칼
과
혀

제7회
혼불문학상
수상작

칼과
혀

권정현 장편소설

다산
책방

언젠가, 너를 만나게 되면

작은 손거울 하나를 선물하고 싶다.

2014.5.12 — 2017.9.6

차
례

일러두기

* 중국어 지명과 인명은 한자어 발음으로 표기하되, 책의 주가 되는 요리명은
  중국어 원어 발음으로 표기했다.
  (지명 '광동'은 원어의 느낌을 살려 예외로 '광둥'으로 표기했다.)

I부

I

비린내 풍기는 도마 위에서 생애 첫날을 맞이한 사람이 있다.

나의 아버지 왕채판(王菜板)*이 그 주인공이다. 5척 단신인 아버지는 돼지감자를 빼닮은 몸통에 머리가 유난히 큰 이족(彝族) 사람이었다. 벗어진 이마에는 주름이 찹쌀죽처럼 흐물거렸고 맛을 보느라 실룩이는 입술은 늘 욕구불만에 젖어 있었다. 목과 턱에도 주름이 많아 웃을 때마다 머리가 몸통 속에 숨어버리곤 했는데, 주방 동료들은 그런 아버지에게 '나비애벌레'라는 별명을 붙여주었다.

아버지는 자신이 광둥에서 첫손가락에 꼽히는 요리사로 불리길 원했다. 아버지는 어스름이 채 가시기도 전에 숨을 헐떡이며 주강

---

* '菜板'은 주방용 도마란 뜻.

삼각주가 한눈에 내려다보이는 서쪽 언덕으로 뛰어올라갔다. 그곳
엔 흰 페인트로 마감된 최신식 주강호텔이 자리하고 있었다. 식당
은 2층이었다. 아버지는 주방 뒷문을 슬그머니 따고 들어가 화덕에
불을 피운 뒤 물이 끓으면 쌀을 넣어 주걱으로 저으며 중얼거렸다.

"나는 광둥 제일의 요리사야. 음, 그렇지!"

아버지는 태어날 때부터 요리사로 운명이 정해졌다. 믿거나 말
거나지만 아버지는 피가 임리한 통나무 도마 위에서 첫 울음을 터
뜨렸다. 목격자들에 따르면 횃대에 올라선 수탉처럼 패기가 넘쳤다
고 한다. 아기 엄마는 도마 옆에 쪼그린 자세로 죽어 있었다. 태반
조차 완전히 쏟아내지 못한 채였다. 탯줄이 팽팽하게 엄마와 아기
를 잇고 있었는데, 갓 태어난 아기가 어떻게 제 몸 길이의 세 배가
넘는 통나무 도마 위로 기어 올라갔는지는 아무도 모른다. 필경 제
어머니가 죽기 전에 있는 힘을 다해 아이를 도마 위에 올려놓았겠
지만 아버지는 그 사실을 인정하지 않았다. 아버지는 정월 초하루
면 자식들 앞에서 자주 그날의 무용담을 떠들어댔다.

"불행하게도 어머니는 굶주린 개들이 우글거리던 곳에서 나를
낳았어. 산통이 닥쳐 아랫마을 노파를 찾아 나선 길이었는데 하필
이면 개고기 도살꾼들이 몰려 사는 토막 근처에서 다리가 풀려 쓰
러졌지 뭐니. 나는 살기 위해 높은 곳을 찾아 기어올라야 했어. 그
게 도마인 줄은 나중에야 알았고. 음, 진실이지!"

'음 진실이지!' 이 말을 아버지만큼이나 자주 썼던 사람이 또 있

을까? 아버지는 말끝마다 '음, 진실이지'를 덧붙이며 자신의 이야기가 결코 과장되지 않았음을 강조했다. 하지만 아버지는 동네에서 소문난 허풍선이었다. 한번은 이웃이 집을 짓기 위해 터를 다지다 공룡 뼈 몇 조각을 수습한 적이 있는데 아버지는 전설에 나오는 용의 뼈가 발견됐다며 허풍을 쳐댔다. 일본 제국주의자들이 만주에 발을 들여놓았을 때도 이미 북경이 점령됐다고 호들갑을 떨고 돌아다녔다.

자신의 주장대로 아버지는 개들이 우글거리는 곳에서 태어났다. 그 말만은 거짓이 아니다. 아버지의 고향인 남녕시 모란촌은 매년 하지에 열리는 여지구육제(荔枝狗肉際)*에 3천 마리가 넘는 죽은 개를 공급하는 중요한 마을이다. 축제에선 매년 3만 마리 이상의 개들이 도살된다. 하지가 다가오면 상인들은 우마차를 끌고 모란으로 몰려가 각종 개고기 부속들을 주문한다. 아버지가 첫발을 디딘 도마 위에서도 매번 수십 마리의 개들이 목이 잘리고 내장을 해체당했다. 간혹 우리를 탈출해 숲으로 들어간 개들은 민가로 내려와 보복하듯 아이들을 물어 죽였다. 할머니가 제 죽음을 밀쳐내며 아기를 통나무 도마 위에 올려놓은 이유가 여기에 있다.

도마가 놓인 곳은 젊은 부부가 사는 두 칸짜리 토막 앞마당이었

---

* 광서성 옥림시에서 매년 6월 21일 하지에 열리는 축제로, 과일 여지(荔枝)와 개고기를 먹는다.

다. 대추나무로 만들어진 그것은 속이 단단했고 넓이는 대략 한 자 (尺) 반이 넘었다. 아기를 낳지 못해 고민이 깊던 부부에게, 도마 위에서 들려오는 아기 울음소리가 어땠을지를 상상하기는 어렵지 않다. 부부는 아이를 거두어 제 자식처럼 소중하게 길렀다. 걸음을 떼자 아이는 누가 시키지도 않았는데 자기가 첫발을 디딘 도마로 기어올라가 부부를 놀라게 했다고 한다. 말을 익힌 뒤에는 개나 돼지의 등뼈를 끊어낼 때 쓰는 무식하게 생긴 칸다오(砍刀)를 손에 쥐고 한바탕 허공에 휘둘러대며 "정말 쓰기 좋은 칼이군" 하고 중얼거리기를 즐겼다.

성장한 아버지는 여지구육제 기간에 백정 부부가 개를 팔아 장롱에 숨겨둔 돈을 훔쳐 광둥으로 건너갔다. 고등학교에 입학하던 해였다. 초창기에 광둥에서 아버지가 무엇을 했는지는 구체적으로 알려지지 않았다. 아버지는 자신에게 불리한 질문이 나올 때마다 기침을 하거나 눈을 끔뻑거리며 딴청을 피웠다. 그 덕분에 아버지의 무용담은 백정 부부의 도마 위에서 갑자기 식당 주방으로 건너뛴다. 서른셋이 되었을 때, 아버지는 프랑스 사람이 광둥 남쪽에 세웠다는 주강호텔 중식당의 수석 요리사가 되어―아버지의 표현을 빌리자면 '당당히!'―있었다.

"돌이켜보면 그때가 내 인생 최고의 시기였다. 너희 엄마를 만난 곳도 그곳이지. 솔직히 말하면 너희 엄마는 미인이 아니었다. 광둥엔 상상할 수도 없이 예쁜 여자들이 넘쳤거든. 매일 3백 명이 넘는 사람들이 식당을 찾곤 했어. 요리사만도 스무 명이 넘었지. 다른 건 몰라도 박하잎에 싸서 약한 불에 푹 익힌 뒤 더우반장(豆瓣醬, 정식 명칭은 쓰촨라더우반장. 콩에 고추, 향신료를 버무려 발효시킨 중국식 장)에 찍어 먹는 개고기 요리 하나만큼은 나를 따라올 사람이 없었다. 애간장을 녹이듯 혀끝에 졸깃하게 와 닿는 박하 향, 씹을 때 입안에 고이는 육즙은 어떤 요리도 대적할 수 없는 완벽함을 지녔지. 신선이 먹는 요리가 있다면 바로 그런 걸 거야. 비린내 나는 토끼 고기 따위는 감히 범접할 수 없는 기품을 지녔거든. 기름기 가득한 돼지고기는 비교 축에도 들지 못했어. 너무 흔해서 광둥 거지도 먹지 않는 소와 닭이 주강 식당의 수습 요리사 몫일 때, 개고기 요리는 늘 메뉴판의 높은 곳을 독차지했다. 죽기 전 신이 한 가지 음식을 선택하라고 하면 나는 맹세코 칭탕거우러우(清汤狗肉, 개고기찜)!라고 말할 거야."

아버지는 정말로 죽기 전 칭탕거우러우라고 외쳤을까?
불행하게도 그런 순간은 주어지지 않았다. 아버지는 죽음의 순간을 느끼기도 전에 목이 부러졌으니까. 그게 백정 부부의 도마 때문이었다면 과장이겠지만 아무튼 아버지는 그 도마 때문에 죽었다. 주강호텔 부주방장에까지 오르며 앞만 보고 달리던 아버지의 인생은 마흔다섯이 될 때까지 평탄했다. 나라가 국공(國共)으로 나뉘어 전란에 휩싸이고 바다를 건너온 제국주의자들로 곳곳이 어수선할 때에도 아버지의 지위는 흔들리지 않았다. 한쪽에서 죽고 죽이는 전쟁이 계속되어도 다른 쪽의 사람들은 부지런히 먹고 마셨으니까. 그게 광둥인들의 삶이다.

그해 5월에 아버지는 고향인 모란에서 전보 한 통을 받았다. 자신을 키워준 백정 부부의 집에 불이 나 늙은이 둘이 숯덩이가 되었다는 전갈이었다. 마을 회의에서 아버지를 상속자로 결정하였기에 얼마 안 되지만 유산을 받을 수 있는 기회였다. 백정 부부는 돈을 훔쳐 그곳을 뜬 아버지에 대해 사람들에게 함구해왔던 것이다. 뜻하지 않은 행운에 아버지는 작은 흥분을 느끼며 나를 데리고 모란으로 들어갔다.

"인생을 살다보면 예기치 않은 행운이 찾아오기도 하지."

모란에 들어섰을 때의 첫인상은 지금까지도 충격으로 남아 있다.

이틀을 꼬박 기차를 타고 남녕시까지 들어가서 마차를 빌려 보이현까지 이동했다. 마차에서 내린 뒤에도 지름길로 간다며 반나절이나 질척한 산길을 탔다. 도시에서 자란 나로서는 처음 겪어보는 고된 행군이었다. 우기가 지났는데도 사방의 공기는 끈적끈적했고 발치에선 빗줄기에 드러난 어린 노순(盧筍)들이 거치적거렸다. 이따금씩 닭보다 더 커 보이는 잿빛 털을 지닌 새들이 날개를 푸덕이며 줄행랑을 놓기도 하였다. 개들이 중구난방으로 짖어대는 소리가 메아리처럼 들려오기도 했는데, 그 소리는 작은 바위산을 하나 넘어간 직후부터 심해졌다.

"저기 뒤쪽에, 산속 깊이 들어가면 관 장군을 모시는 신당이 있는데 그곳 무당이 어릴 때부터 네 할머닐 데리고 다녔다더라. 명절이면 뭘 빌겠다고 몰려드는 인간들이 있게 마련이고 그러다가 개 중 한 놈하고 붙어먹은 모양이지. 네 할아버지를 말하는 거다. 이다음 커서 족보 같은 건 따질 필요가 없다는 얘기야."

아버지는 내가 듣건 말건 혼자 떠들어댔다. 모란촌은 촌이라는 이름에 걸맞지 않게 2백호가 넘는 큰 마을이었다. 넓은 골짜기를 따라 집들은 여덟 개의 군락 단위로 모여 있었다. 고갯마루서 보면 그 모양이 마치 여덟 장의 붉은 모란 잎을 보는 것 같았다. 하지만 모란이 주는 화사함과는 달리 입구로 들어서기 무섭게 코를 자극한 것은 사방에서 풍겨오는 역겨운 피비린내였다. 여지구육제가 막 끝난 직후여서 물이 흐르는 곳마다 손질하고 남은 개의 부속들이 사방에서 썩어갔다.

불이 난 백정의 집도 마찬가지여서 죽기 전까지 개를 손질한 듯 도마 주변에 개의 힘줄 같은 부속물들이 아무렇게나 버려져 파리를 비롯한 온갖 벌레들을 불러들였다. 도마 위에는 개의 것으로 보이는 머리통이 그대로 방치돼 있었는데 퀭한 눈두덩이 불시에 잘려버린 한 생명의 원망을 뿜어내고 있었다. 허옇게 질린 제 뼈를 언덕 삼아 죽음의 순간을 노려보는 검은 눈동자를 차마 바라볼 수 없어 나는 고개를 돌렸다. 길게 늘어진 보랏빛 혀 주변으로 각다귀들이 날아오르고 있었다. 멀리서 어른대던 모란 꽃잎은 지옥이 개들의 비명을 만찬으로 피워 올린 핏빛 환영이었다.

　아버지는 나흘 동안 정성껏 백정 부부의 장례를 치렀다. 사람들
틈에 섞인 아버지는 누가 봐도 개 판 돈을 훔쳐 야반도주한 개자식
이 아니었다. 아버지의 눈빛은 진지했고 양부의 죽음이 진정으로
안타깝다는 듯 때론 눈물을 글썽이기까지 했다. 아버지는 매 순간
자신의 인생에서 완벽한 연기자였다. 아버지가 평소 즐겨 만들던
음식 중에 훠궈(火鍋)가 있다. 훠궈는 끓는 육수에 고기와 버섯 따
위를 익혀 소스에 찍어 먹는 음식으로 아버지는 명절날이면 손수
훠궈 요리를 해주었다. 그러면서 즐겨 인용하던 고사가 해납백천
(海納百川)이다. 바다는 모든 강을 받아들인다는 그 고사는 훠궈를
설명하기에 가장 적절한 단어였다. 훠궈에 담지 못할 음식은 없다.
아버지의 표현대로라면 만리장성 빼고 다 훠궈에 담아낼 수 있다.
아버지는 자신이 그런 포용성을 지녔다고 생각했지만 그건 주강호
텔 내 찬모들과 낯선 미각을 좇는 허영기 가득한 여자들에게만 해
당하는 얘기였다.

　모란을 출발할 때 아버지는 무슨 연유에선지 도마를 챙겼다. 아
버지는 그것을 호텔 주방으로 옮겨 한바탕 허풍을 떨어댈 속셈이
었을 것이다. 마당에 놓인 도마가 준 첫인상은 설명할 수 없는 종류
의 강인함이었다. 마치 무쇠로 내부가 채워진 것처럼, 그 어떤 칼날
도 받아줄 수 있다는 듯이, 마당 한쪽에 망부석처럼 우두커니 놓여
있었다. 잔뜩 포식한 뒤에 나뭇등걸에 기대앉아 졸고 있는 잿빛 곰

한 마리를 보는 것 같았다. 무겁고 부피가 많이 나가 산길로 운반하기엔 여간 품이 드는 게 아니었는데, 아버지는 돈을 써가며 특별히 마차를 빌려서 그것을 백정 부부가 가지고 있던 돈이 될 만한 짐 몇 가지와 함께 실었다. 마을을 완전히 벗어나자 아버지는 평소 즐겨 부르던 이족 전통 민요를 휘파람으로 웅얼거렸다.

길을 따라 꽃들이 피어나고
나무 열매는 수확을 기다리네
먼 곳에서 오신 손님이여,
부디 떠나지 말고 남아주오

말이 갑자기 날뛰기 시작한 것은 모란 특유의 역겨운 피 냄새가 가시고 마차가 울창한 산림지대로 들어섰을 때였다. 아버지는 잠시 쉬어가자며 마차에서 내렸다. 부자는 낭떠러지 밑을 향해 오줌을 갈겼다. 아버지와 나는 차례로 마차로 돌아왔고 마부가 말의 잔등에 한 차례 채찍을 가했다. 그게 내가 기억하는 마지막 모습이었다. 갑자기, 말이 앞발을 들고 공중으로 뛰어올랐다. 마치 보이지 않는 계단이라도 만난 것 같았다. 짐칸이 뒤로 쏠리며 마차는 계곡으로 굴렀고 나는 짐칸 밖으로 튕겨 나가 소나무에 머리를 부딪치며 정신을 잃었다. 마부와 나는 살아남았지만 계곡 아래로 추락한 아버진 목이 꺾인 채 현장에서 죽었다.

불시에 아버지를 잃고 내가 무슨 정신으로 광둥으로 돌아왔는지는 자세히 기억나지 않는다. 이틀을 내리 잠에 빠져 있다 깨어났을 때, 나는 머리맡에서 비린내를 풍기는 통나무 도마를 발견했다. 지금 생각해보니 나는 그것을 버리고 왔어야 했다. 피로 얼룩진 눈앞의 저 낡은 도마를. 수많은 영혼들이 칼날에 베여 안간힘을 쓰며 제 죽음을 밀어내던 저 분노의 순간들을. 대륙으로 폭풍처럼 짓쳐들어오는 제국주의자들의 총검과 피바람, 죽어가는 자들의 한숨이 압착된 저 도마를 말이다. 나는 도마 위에 엎드려 처분을 기다리다 누군가의 혀를 만족시킬 재료들이나 다름없다. 내가 과연 저 날카로운 광풍의 칼날을 비껴갈 수 있을까?

2

사령부의 하루는 쓸모없는 소음으로부터 시작된다.

졸음을 깨우는 부관의 발짝 소리, 전황을 보고 받는 사령실 장교들의 과장된 외침, 사흘 만에 부산까지 내달리는 대륙호의 시끄러운 경적, 출병하는 기병대의 말발굽소리, 작전 나가는 94식 트럭의 켈켈거리는 엔진음, 천수각 모서리에 앉아 시끄럽게 짖어대는 까마귀 몇 마리와—보름 전 당번병을 시켜 까마귀들을 쏘아 죽였지만 이후에도 녀석들은 계속 날아왔다. 당번병의 사격 솜씨가 형편없어서 총알을 70발이나 소모했다—바로 아래층, 총감부의 성질 사나운 타카하시 소장이 부관의 뺨을 철썩 후려치는 소리 같은. 조만간 그의 집무실을 옮겨줘야겠다.

사내들의 세계에 음악이 없다는 건 슬픈 일이다.

장교들은 음악을 사랑하지 않는다. 고작해야 호루라기를 불어 대며 "반자이"를 외치거나 뒷골목 창녀의 사타구니에 머리통을 처박고는 "요시요시"를 연발하는 것을 생의 기쁨으로 아는 수준 낮은 자들이다. 평생 어머니의 자장가 따위는 들은 기억이 없으니 당연한 일이겠지. 그러고 보니 그녀 생각이 사무친다. 내 머리를 당신 무릎에 기대게 하고 화로에 석쇠를 얹어 흰색과 붉은색이 깔끔하게 조화된 분고규(豊後牛, 규슈 지방의 전통 쇠고기 요리)를 구워 입에 넣어주던 어머니. 그런 어머니를 저 사내들은 갖지 못한 게 분명하다. 잠이라도 들라치면 조용조용한 목소리로 "카고메, 카고메, 새장 속 저 새는 언제 나올까?" 하고 귓불에 대고 다정히 속삭이던 어머니들의 자장가를.

말라깽이 황제 푸이가 머무는 황궁 뒤쪽으로 연기가 한 가닥 가물거린다. 조선인이 많이 거주하는 관성자(寬城子) 골목 어디쯤인 것 같다. 말이 많고 소란스럽지만 헌병대의 말굽 소리만 들어도 어깨를 움츠리며 뿔뿔이 흩어지는 어중이들. 또 저희끼리 치고받고 싸우다가 집에 불을 지른 거겠지. 내 시선은 골목을 따라 벌판을 건넌다. 풍경을 내려다보고 있지만 의식 깊숙이에서는 풍경을 뛰어넘어 닿을 수 없는 과거의 시간 속을 헤매기 일쑤다. 중요한 회의 때도 이 버릇은 여지없이 발동한다. 장교들은 나를 가리켜 본쿠라(얼간이)라고 수군거리지만 신경 쓰지 않는다. 지휘자들이란 늘 하급자들에게 이런 저런 욕을 먹으며 살게 마련이니까.

신경(新京)*은 한 국가의 수도로 손색이 없게 잘 구획된 계획도시다. 군사 도로가 발달한 덕에 대동광장에서 남녘을 내려다보면 방사형의 길들이 게의 집게발처럼 대각으로 뻗친 걸 볼 수 있다. 아직 포장되지 않은 길 주변엔 잡초가 출진하는 병정들처럼 버티고 섰는데, 그 주변으로 거대한 관공서 건물들이 옛 왕릉들처럼 솟아 있다. 건물과 건물 사이엔 굴뚝을 집 밖으로 뺀 검은색 벽돌의 만주족 전통 가옥들이 비집고 들어와 있다. 길 건너 철도역엔 하루에도 수천 명의 군인, 노역자, 잡상인들이 바삐 오가고 짐을 실어 나르는 중국인들의 우마차는 해가 질 때까지 시끌벅적 도로를 달군다. 저 모든 인간들이 하루 두 끼 이상의 식사를 하고 변소를 들락거리고 저희들끼리 히히덕거린다는 건 참으로 놀라운 일이다. 군복을 입지 않아서 그럴까? 비극이 곪아 썩은 냄새를 풍기며 코앞까지 다가와 있지만 저들은 당최 무감하다.

제19대 관동군 사령관 야마다 오토조(山田乙三).

이것이 나의 정식 직함과 이름이다. 하지만 나는 이런 형식으로 불리길 원치 않는다. 나는 이 거대한 제국의 허울 좋은 주인이자 공포와 비명을 감춘 천수각의 성주, 그리고 매끼 맛깔나는 음식에 목말라하는 요리애호가이자 예술비평가다. 나는 시멘트 냄새 풍기는

---

* 일본이 세운 옛 만주국의 수도. 현 장춘.

사령부를 벗어나 거리의 이름난 음식점들을 순회하길 좋아한다. 만주가 질 좋은 음식을 즐길 수 있는 환경이 결코 아님에도 말이다. 이런 재미라도 없다면 나는 진즉 신병을 내세워 사령관 직함을 반납했을 것이다.

오토조라는 딱딱한 이름 대신 나는 어릴 적 아명인 '모리'로 불리길 좋아한다. 아버지의 반대로 끝내 개명을 하고 말았지만 나는 여전히 모리란 단어가 품은 의미를 사랑한다. 규슈에선 주로 '수북한'을 뜻하지만 구마모토에선 숲(森)의 의미가 더 강하다. 숲에선 어떤 일도 벌어지지 않는다. 삶과 죽음조차 숲의 너른 잎맥 사이로 숨어버리기 때문이다. 고백하건대 나는 전쟁과 어울리는 인간이 아니다. 고등공립학교를 졸업했을 당시만 해도 내 꿈은 교단에서 정년까지 아이들을 가르치는 것이었다. 교외에 스키야즈쿠리(数奇屋造)*풍의 전원주택을 지어놓고 벚꽃 울타리에 기대어 '꽃잎 하나 지네, 어라, 다시 솟아나네, 나비구나!'** 하고 봄의 창백한 민낯을 읊조리면서.

내 집무실은 사령부 건물 정중앙 7층에 있다.

이곳에서 내려다보면 신경 전역이 손아귀에 잡힐 듯하다. 사실 나는 '손아귀에 잡힐 듯하다'는 표현을 별로 좋아하지 않는다. 현장

* 정자와 정원이 조화를 이룬 무로마치 시대(室町時代, 1333~1568)의 건축 양식.
** 승려 시인 아라키다 모리타케(荒木田守武, 1473~1549)의 하이쿠.

에 와보지 않은 책상 관료들이 대륙의 지도를 집무실에 걸어놓고 "별거 아니군, 손아귀에 잡힐 듯해"라고 중얼거리는 꼴을 자주 보아왔기 때문이다. 조선을 장악하는 데 공을 세운 이토 히로부미가 천황의 발아래 엎드려 "조선은 우리 손아귀에 있습니다, 폐하" 라고 중얼거렸다는 일화만큼이나 우스꽝스러운 말이다. 교만은 죽음을 부른다는 걸 견장에 힘만 줄 줄 아는 자들일수록 알아야 한다. 나는 이토를 관통한 안(安)의 총소리 따윈 절대 듣고 싶지 않다.

장교들은 사령부 건물을 '성(城)'이라는 애칭으로 부른다. 클 대(大)자를 모방해 지은 관동군 사령부 건물은 본토의 오사카성, 혹은 구마모토성의 천수각을 그대로 옮겨다 놓은 것처럼 생김새가 유사하다. 아마도 설계자는 오사카나 구마모토에 적을 둔 자이거나 옛 전국시대의 영광을 재현하고자 한 멍청이였겠다. 그래선지 발아래 엎드린 시가지를 바라볼 때마다 놀랍도록 기시감에 휩싸인다. 구마모토, 구마모토…… 철길이 덜컹거리고 멀리서 뿌연 연기라도 보이기 시작하면 나도 모르게 입에서 '구마모토'라는 발음이 튀어나오곤 하는 것이다.

의지와 다르게 이곳으로 천거되었을 때, 나는 어릴 때부터 내 주변을 맴돌던 죽음의 그림자가 마침내 못된 가와타로(川太郎, 거북이처럼 생긴 일본의 꼬마귀신)처럼 가까이 다가와 옆구리를 쿡쿡 찌르는 소리를 들었다. 대본영의 조각(組閣) 물망에 올랐던 다른 대장들은 나를 시기하여 꼭두각시 같은 유리장교를 천거했다고 비난했다. 그들의 말은 틀리지 않았다. 한때 전투 사단을 맡아 관할한 적도 있지만 나는 교육대 교수로 출발한 전형적인 행정장교다. 강제 입대 전까지는 시와 문학을 강의하던 평범한 사람이었다. 퇴역한 지 4년이나 된 나를 다시 불러올린 건 외할아버지의 억척스러운 인맥이 작용한 결과겠지만, 그만큼 장교 자원들이 전장에서 허무하게 죽어나간 때문이기도 하다.

비싼 세금을 축내는 대본영의 머저리들. 전황이 이렇게 불리해졌는데도 녀석들이 자결하지 않는 건 매우 놀라운 일이다. 차라리 2·26* 때 그 늙은 수염들을 깡그리 총살해버렸어야 한다. 정작 죽어야 할 노인네들은 죽지 않고 젊은 주동자들만 무수히 죽어나갔다. 간지** 같은 멍청이들도 진즉에 뒈졌어야 할 인간에 속한다. 전쟁은 정말 지루하고 피곤한 일이다. 사람이 죽고 건물이 파괴돼 전쟁이 슬픈 건 아니다. 그걸 몰라서 전쟁을 시작했던가? 전쟁의 진짜 슬픔은 세쓰분(節分)***에 어머니가 정성껏 볶아준 콩을 맛보지 못하는 슬픔에 있다. 먹던 콩을 문밖으로 던지며 "오니와소토, 후쿠와 우치(도깨비는 밖으로, 복은 안으로)" 하고 외치던 어머니들을 추억해 보라.

* 1936년 2월 26일 젊은 장교와 하사관, 병사 약 1,400명이 일본 정부 요인들을 습격한 사건.
** 1931년 남만주철도 폭파 사건을 조작해 만주사변을 일으킨 관동군 작전참모 이시와라 간지(石原莞爾, 1889~1949).
*** 일본의 명절. 입춘 전날로 액운을 쫓기 위해 콩을 뿌리는 전통이 있다.

똑똑, 문 두드리는 소리가 들리고 시게오가 들어온다.

내가 대답도 하기 전에 성급하게 문을 밀치고 들어오는 이 녀석을 비적이 우글거리는 봉천 내지로 전출시킬까 여러 번 고민했다. 하지만 깍듯한 인사는 무례한 침입을 상쇄하고도 남았다. 녀석은 항상 "사령관님, 안녕히 주무셨습니까?" 혹은 "오늘은 날씨가 괜찮군요?" 따위의 인사를 입에 달고 산다. 다른 하급 지휘관들이 "합!"이나 "도쓰게키!" 같은 판에 박힌 구령을 붙이는 데 반하여 말솜씨에 인간미가 풍긴다. 사격 솜씨가 형편없다는 게 결정적인 흠이지만.

"또 무슨 일인가?"

나는 턱으로 부동자세를 풀게 한 뒤 자리로 돌아와 앉는다.

"긴급보고차 왔습니다. 헌병대장 호시노 나오키로부터의……."

나는 손을 들어 녀석을 제지한다.

"잠깐만! 숨이 막힐 지경이군, 시게오 하사."

"넷? 무슨 말씀인지……."

시게오가 그물에 걸린 문어처럼 멍청한 눈으로 입을 다문다.

"너무 성급하군. 난 지금 내 소중한 어린 시절을 회상하고 있었단 말이야. 자네로 인해 내 사생활을 침해받았으니 당장 총살감이지. 하지만 지난밤 끓여온 콩나물죽 때문에 한번 봐주는 거야. 공습이 임박한 본토의 사정보다 더 급한 일은 아니지 않은가? 그러니 조금만 기다리지. 궐련 하나가 타들어갈 시간이면 충분해!"

나는 갑자기 수다스러워진다.

"기다리겠습니다."

녀석이 군화로 바닥을 툭 찍으며 대답한다.

"자네는 이 전쟁이 어떻게 될 것 같은가?"

"글쎄요. 전황이 불리하지만 우리 군은 천황폐하를 구심점으로 전 병력이 일치단결하여 필사로 항전할 각오가……."

녀석은 대본영에서 내려보낸 교육 자료를 그대로 읊는다.

"그런 거 말고 좀 더 주관적인 생각을 얘기해봐. 자네와 내가 어떻게 될 것 같은가? 여기 사령부는? 백만의 우리 관동군은?"

시게오가 수염이 자라지 않는 맨 턱을 문지른다.

"저, 그게……."

북해 출신답게 키가 크고 마른 데다가 얼굴이 우유처럼 흰 스물일곱의 청년이다. 계급은 하사, 전쟁이 끝나지 않는다면 특무상사 계급을 달고 부대 내 보급품을 취급하며 할 일 없이 시간을 때우게 되겠지. 시게오는 북해에서도 최북단인 와카나이 촌놈 출신으로 하사관 학교를 만년 꼴찌로 졸업한 형편없는 군인이다. 보통학교 졸업 후 일찍이 만주로 건너와 중국인 상회에서 일을 한 탓에 이곳 언어에 밝은 점만 아니라면 사병식당에서 닭의 내장이나 긁어내는 일에 적합한 인간이다. 장교식당이 문을 닫았을 때 대령하는 야참 솜씨 하나만큼은 분명 수준급 실력을 지녔으니까.

전쟁이 유능한 요리사 하나를 썩혀두고 있는 셈이다.

"솔직히 말씀드리자면 이번만큼은 노몬한*의 치욕을 씻고 싶습니다. 본토는 대본영의 작계에 묶어두시고 사령관님 독자적으로라도 대책을 마련해서……."

녀석이 눈치를 보다가 대답을 그만둔다. 진심이 아닐 것이다. 빨리 전쟁이 끝나길 바라겠지. 전쟁이 끝나 자신의 꿈대로 북해요리 전문점을 열기를 고대하고 있겠지.

치욕이라니? 나는 녀석을 차갑게 쏘아본다.

"죄, 죄송합니다, 대장님. 제가 감히 작전을……."

"괜찮아. 내가 묻지 않았나?"

"저는 아는 바가 없습니다. 명령대로만 수행하겠습니다."

나는 피식 웃으며 녀석을 비웃는다.

"한 가지만 알아둬. 전쟁은 졌다고 생각했을 때 지는 것이다."

"네?"

"멍청이들일수록 정신의 승리를 강요한단 말이야."

나는 말속에 숨은 함의를 시게오가 이해하길 바란다.

"10개월 안에 끝날 것이다. 우리는 앉아서 기다리면 돼!"

시게오는 더 대답하지 않는다. 나는 서랍에서 쿼런을 꺼내며 성

---

* 1939년 5월부터 9월까지 몽골과 만주국의 국경 지대에서 소련·몽골 연합군과 일본이 맞붙은 대규모 전투. 일본군의 일방적인 패배로 막을 내렸다.

냥을 찾는다. 시게오가 달려와 제 주머니의 성냥을 들이댄다. 불빛이 잠시 녀석과 나의 턱을 가깝게 한다. 수염이 나지 않은 시게오의 턱은 예술품에 가깝다. 단지 수염이 나지 않아서가 아니다. 녀석의 턱은 하늘로 도도하게 뻗어 나간 천수각의 수막새를 빼닮았다. 이따금 복잡한 생각에 잠겨 있을 때 녀석은 고개를 들어 철도역을 유심히 바라보며 턱을 매만진다. 허공을 향해 살짝 쳐든 군살 하나 없는 턱선, 그 순간 창으로 들어오는 무례한 햇살들은 죄다 시게오의 턱에 고여 전진을 멈춘다!

"녀의 턱은 인간이 지닌 빛나는 본질을 죄다 지니고 있다."

녀석은 주춤주춤 뒤로 물러난다.

"무슨 말씀이신지……."

"수염이 없는 건 가풍인가?"

"아니, 그저……."

시게오는 어느새 수줍은 청년으로 돌아가 있다.

"수염이란 참으로 귀찮은 존재지. 계급이 갈 때까지 간 멍청이들일수록 수염을 기르는 데 시간을 투자하지만 난 그 시간에 『바람이 분다』*를 진지하게 읽겠어. 모두가 도고** 흉내를 내고 싶은 거겠지. 머저리 같은 놈들."

---

* 1930년대 후반 호리 다쓰오가 발표한 연작 연애소설.
** 청일전쟁, 러일전쟁을 승리로 이끈 도고 헤이하치로(東鄕平八郞, 1848~1934).

시게오가 두 다리에 뻣뻣이 힘을 준다.

"대장님, 아까 하지 못한 보고를 올리게 해주십시오."

나는 담배를 재떨이에 짓이기며 고개를 끄덕인다.

"자넨 목숨이 두 갠가 보군. 좋아 어디 말을 해봐. 헌병대에서 비적 우두머리라도 잡아들였나? 아니면 조선인 비적 진지를 완전 소탕이라도 했나?"

"간밤, 순찰을 나갔던 병사들이 불손한 자들을 잡아온 모양입니다."

"불손한 자들? 그 정도면 헌병대에서 알아서 처리할 문제지, 야간에 잠도 제대로 못 잔 자네를 오라 가라 괴롭히는 진짜 이유가 뭔가?"

"잡혀온 자들이 지난 새벽 내내 황궁 주변을 얼씬거렸답니다. 두 명인데, 잡힐 때 무기를 지니지도 저항을 하지도 않았답니다. 죽지 않을 만큼 두들겨 팼더니 한 놈은 자신이 비적 출신이라고 자백했고 한 놈은 끝까지 아니라고 주장을 하는 모양입니다. 자신은 요리사라고요."

"요리사? 그거 재미있군."

"그것도 광둥요리는 뭐든 한다고 큰소리를 치는 모양입니다."

"요리사가 새벽에 황궁 근처를 얼씬거릴 이유가 있나?"

푸이가 집정부(執政府)로 쓰는 황궁은 만주국 건립과 함께 급하게 지은 2층짜리 서양식 건물이다. 신해혁명으로 쫓겨나 소일하던 푸이는 소화 9년(1934) 제국의 부름을 받아 이곳에 왔다. 접견실과 별도의 숙소를 갖추었지만 사령부에 비하면 조악하기 그지없는 건물이다. 푸이가 하는 일이란 비서가 들고 온 종이에 도장을 찍고 각지에서 내방한 이런저런 인사들을 접견하고 시간이 좀 남으면 마작을 하거나, 두 부인과 더불어 밤새 침대를 삐걱이는 일이다. 외국에서 찾아온 인사들을 접대하는 것도 그의 임무다. 서양식 파티는 주로 토요일과 일요일에 집중적으로 열린다. 가끔은 근위대를 이끌고 시찰을 나가기도 하는데 보안상 멀리 가지는 않는다.

"궁정 주방에서 일을 하고 싶었답니다. 아침 일찍 도착하기 위해 집을 나섰는데 서두른 탓에 너무 일찍 와버린 모양이지요."

1년에 한 번 엄격한 시험을 거쳐야 황궁 요리사가 될 수 있다. 이런 규정을 모르는 그 중국인은 세상 물정 모르는 순박한 인간이거나 나쁜 목적을 지닌 자일 것이다. 감히 요리사를 사칭하다니, 녀석은 그 대가를 치러야 한다. 순수성만이 요리의 정신에 부합되니까. 단 하나의 오점도 없는 재료들이 요리사의 손길을 거쳐 불과 물과 한바탕 섞일 때 가장 완벽한 모습으로 거듭난다. 하나의 요리가 장인의 손을 떠나 인간의 혀와 맞닿는 최초의 순간, 세상의 진귀한 요리는 바로 그 한순간으로 존재한다. 어머니가 화로에 정성껏 구워주던 쇠고기도 첫 번째 입안에 넣어진 게 가장 맛이 훌륭했듯이. 남은 접시의 음식은 오로지 그 첫 젓가락을 위해 존재한다.

푸이가 가진 것 중에서 탐나는 게 딱 하나 있다. 그것은 요리에 대한 권력이다. 요리에 있어서만큼은 푸이의 부엌이 사령부 장교식당을 넘어선다. 외국의 공관들을 접견해야 하는 만큼 만주는 물론 본토와 중국 각지에서 선발된 맛에 일가견이 있는 요리사들이 종사하고 있기 때문이다. 30평쯤 되는 그곳 부엌에서 다섯 명이나 되는 각양각색의 특기를 지닌 요리사들이 매일 다양한 요리를 만들어낸다. 새벽에 황궁 주변을 어슬렁거리는 자칭 광둥요리 달인 따위가 끼어들 자린 없는 것이다. 죽치고 틀어박혀 장교들 뒷담화만 쏟아내며 세끼 밥을 축내는 사령부 장교식당의 얼간이 취사병들보다야 그나마 실력이 낫겠지만 말이다.

"그래서, 헌병대의 나오키 중좌는 그들을 어떻게 할 참인가? 왜 자네를 불러 그런 하찮은 일을 보고하게 하는 건가?"

"대장님께서 장교식당 밥맛을 자주 타박하셨다며 광둥인을 한번 시험해보는 게 어떻겠냐고 물었습니다. 필요 없으시다면 오후에 쏴버리겠답니다."

"나오키가 그런 말을 해? 그잔 보기보다 입이 가볍군."

"대장님은 제게도 자주 그 말씀을 하셨습니다."

시게오가 어색하게 웃는다.

"그래, 장교식당 밥맛이 별로인 건 길 가던 거지도 알 만큼 유명한 애기니까. 좋아, 내가 직접 심문을 해보지. 요리사라고? 차라리 개돼지의 말을 믿는 게 낫지."

나는 제모를 쓰고 방을 나선다. 시게오가 문을 닫고 쫓아온다. 아리사카 소총을 세우고 섰던 경비병들이 기둥과 일직선을 이루며 부동자세에 힘을 준다. 복도로 나설 때마다 느껴지는 시멘트 바닥의 차가움이 나는 싫다. 가뜩이나 부드러움이 결여된 사내들의 공간을 더욱 삭막하게 만든다. 문 앞에 사무를 보는 타자수를 별도로 두고 싶었지만 장교회의에서 완강하게 거부했다. 앞뒤가 꽉 막힌 머저리들, 오로지 명령에 따라 앞쪽으로 달려갈 생각만 했지 뒤통수를 보지 못한다. 태평양에서 미군을 상대하는 사이 곰 같은 소비에트군이 동굴을 박차고 나온 걸 보라.

"자네가 먼저 가서 헌병대장 방으로 그들을 데려오게."

피 냄새가 진동하는 헌병대 감옥은 싫다.

"그럼, 먼저 가겠습니다."

시게오가 허리띠를 조이며 계단을 내려간다.

헌병대는 大의 왼쪽 날개에 해당하는 서동 2층 전체를 쓰고 있다. 나오키는 아부를 좋아하는 인물로 대본영 정보과에 있다가 별다른 전과도 없이 관동군으로 전출되어 왔다. 본토와 관동군 간에는 편제 이동이 엄격히 제한돼 있던 터라 한때 스파이일지도 모른다는 소문이 돌았다. 사실일 수도 있고 아닐 수도 있다. 사실일 확률이 더 높다. 자신의 본성을 숨기고 한껏 자세를 낮추지만 그런 자들일수록 숨겨야 할 게 많은 법이니까. 본영에서 관동군의 움직임을 감시하기 위해 파견한 인물이 비단 그 하나뿐이겠는가? 원칙을 지킨다면 두려울 이유가 없다.

"오셨습니까, 사령관님?"

나오키가 잘 다듬은 콧수염을 좌우로 펼치며 인사를 건넨다.

욱일기를 등지고 선 나오키는 그 자체만으로도 빛나는 제국군인
의 상징이다. 만주의 누런 대지와 잘 어울리는 군복, 어깨에 단 직
사각형의 붉은 세로줄 견장은 피의 감옥을 지키는 쇠창살 같다. 검
도가 3단인 그는 근육으로 단단하게 다져진 어깨를 지니고 있다.
부드러움과 다부짐이 동시에 엿보이는 인상이다. 어느 여인인들 저
사내의 품에 안기고 싶지 않겠는가? 나오키가 장교 부인들 사이에
서 인기가 많다는 얘기를 들었을 때 나는 그렇게 생각했다. 아주 잘
생긴 미남은 아니지만 잘 빠진 몸과 군모 사이로 흐르는 부드러운
눈매에는 사람을 마비시키는 힘이 있다. 헌병대장으로는 많이 부적
절한 용모다. 아직 그런 일로 세인의 입방아에 오른 적은 없다는 게
다행이라면 다행.

"요리를 한다는 자들은 널렸지만 진짜 요리산 드물지."

나는 나오키가 내어준 자리에 앉아 거드름을 피운다.

만약 나오키가 밀정이라면 오늘 밤 본영으로 이런 전문이 날아
들 것이다. 오토조 사령관은 특별한 야심이 없는 자다. 백만 소비에
트군을 머리에 지고도 요리 타령을 하며 헛소리를 늘어놓기 일쑤
다. 본영의 허가 없이는 절대로 군대를 움직일 인물이 아니다. 그가
충직한 군인일지는 모르지만 그렇다고 해서 소비에트군을 상대할
인물인지는 재평가가 필요하다. 한마디로 그는 무능한 대장이다.

작전회의는 건성이고 매일 집무실에 틀어박혀 부관과 쓸데없는 소리만 지껄이며 세월을 낭비한다. 본영으로 송환하여 견장을 뗀 뒤, 당장 민간인으로 전역시킴이 옳다.

"사령관님, 바로 이잡니다."

시게오가 체구가 작고 깡마른 중국인 하나를 데리고 들어온다. 서른 전후? 나이를 가늠키가 쉽지 않다. 머리가 덥수룩하고 눈이 작다. 입술이 터지고 목이 붉게 부어올라 있다. 하관이 짧고 코털도 제멋대로인 볼썽사나운 얼굴이다. 등은 꼽추처럼 목과 붙어 있으며 어깨는 공처럼 둥글고 배에도 살이 늘어져 있다.

정말로 요리사일까? 헌병이 중국인을 무릎 꿇리는 사이 나는 그의 손을 유심히 살핀다. 몸집에 비해 투박한 손이다. 베인 자국과 울긋불긋한 흉터들이 이력처럼 남아 있다. 녀석의 거친 손만은 마음에 든다. 요리사가 분명하다면 재료를 굽고 튀기면서 무수히 불과 싸운 흔적이다. 재료를 씻느라 물에 절여진 손이다. 꽉 다문 대합을 강제로 열다가 단단한 석회질에 힘줄을 잘리기도 했을 것이다. 유능한 요리사일수록 싱싱한 재료와 다투길 좋아하는 법이니.

"이름은?"

중국인이 고개를 떨군 채 대답한다.

"첸입니다. 왕 첸."

"중국엔 유달리 왕씨 성이 많군. 광둥인이라고?"

시게오의 번역이 두 사람을 바삐 오간다.

"네, 어릴 때부터 쭉 광둥에서 자랐습니다. 아버님 고향이 이족 자치구였으니 사실 한족은 아닙니다. 이족의 피가 섞여 있습니다."

녀석이 중국인이 아님을 굳이 강조하는 이유는 무얼까? 밤낮 없이 출연하는 중국인 비적들이 신경 쓰인 거겠지. 어수룩해 보이지만 감춘 것이 있다.

"요리사라고?"

"그렇습니다. 아버지가 광둥 주강호텔 수석 요리사였습니다. 저는 그런 아버님 밑에서 광둥요리를 배웠고요. 제발 저를 죽이지 말아주십시오. 저는 단지 요리가 하고 싶습니다. 제 요리를 알아주는 곳에서 일을 하고 싶었습니다."

말투마다 광둥을 강조하는 게 느껴진다. 광둥이 요리의 천국이라는 말을 들은 적이 있다. 그것을 상기시켜 자신을 믿게 하고 싶은 게 아닐까?

"여기 오기 전엔 뭘 했지? 가족은?"

나오키가 불쑥 끼어든다. 적당히 끝내자는 압박인가?

"전쟁 통에 직장을 잃고 무작정 만주로 올라왔습니다. 원래는 북경에 광둥요리점을 낼 생각이었는데 배신을 당하는 바람에…… 이태 전에 신경에 정착했고 역에서 짐꾼으로 일했습니다. 하지만 요리가 너무 하고 싶어서 견딜 수가 없었지요. 누가 그러는데 황궁엔 실력 있는 요리사가 많다고 들었습니다. 그래서 무작정 부탁을 해볼 생각이었습니다. 집은 매지정 근처, 노모와 아내가 있습니다."

녀석이 쉬쉬 바람을 잇새로 흘리며 더듬더듬 늘어놓는다.

"어떠신지요? 적색분자 냄새가 나는 것 같기도 한데."

나오키는 여차하면 중국인을 쏘고 싶다는 태도다.

"그렇게 보기엔 형편없는 몸을 지니고 있군. 더구나 집에 노모와 아내가 있다고 하지 않나."

"동정심을 자극하기 위해 꾸며내고 있는지도 모르죠. 공산당과 연결돼 있지 않은지 더 조사를 해볼까요?"

나오키는 지금 나를 시험하고 있다. 어쩌면 나를 비웃고 있는지도 모른다. 공산당은 국민당만큼이나 지긋지긋한 자들이라고 들었다. 무지렁이 농민들을 간악한 혀로 구워삶으려는 야만인들, 그들은 자신들의 엉터리 철학을 위해 문명의 미를 훼손하는 자들이다. 아름다움을 불신하고 도외시하는 자들은 세상을 통치할 자격이 없다. 부디 내 앞에 납작 엎드린 저 중국인이 공산당원이 아니기를, 저 사내가 굵고 투박한 손으로 불과 싸워 얻어낸 진짜 요리들을 맛보고 싶다.

"네가 아무리 광둥 제일의 요리사라 주장한들 그걸 믿을 사람은 아무도 없다. 단 한 가지, 네 손을 거친 요리만이 스스로 너를 증명해주겠지. 너와 네 가족의 목숨을 걸고 너의 솜씨를 마음껏 발휘해볼 생각이 있느냐?"

자칭 요리사가 흔들림 없이 대답한다.

"해보겠습니다."

"잘 생각하는 게 좋을 거야. 제안에 응하지 않으면 너 하나의 목숨으로 족하다. 제안에 응한다면 네 가족의 목숨을 전부 걸어야 한다."

가족의 목숨을 건다면 그럴 만한 이유가 있을 것이다.

"그래도 좋습니다."

중국인이 조금 망설이다가 대답한다.

"조건이 있지. 요리 재료는 단 한 가지! 기름은 물론 어떤 양념도 사용해선 안 된다. 조리기구도 제한한다. 오로지 재료를 익힐 불과 음식을 다듬을 칼의 감각에 의지하도록. 요리 시간은 단 1분, 재료는 신경에서 구할 수 있는 것이어야 해."

중국인의 작은 눈이 새우처럼 휘어진다.

"겨울이라 마땅한 재료를 구하는 일이……."

"못하겠다는 건가?"

"조건이 한정되면 맛을 제대로 이끌어내지……."

"옳은 말이군. 그래도 최선을 다해보게."

중국인이 고개를 숙인다.

"흥정은 끝났다. 녀석을 장교식당 주방으로 안내하여 재료를 구하도록 도와라. 만약 시험을 통과하지 못하면 내일 자정, 녀석을 총살하겠다."

헌병대를 나서는데 시게오 하사가 묻는다.

"살려두실 생각이 없으신 거군요?"

나는 고개를 끄덕인다.

"나오키의 직감을 믿기로 했네."

"만약 시험을 통과하면요?"

"세상에 그런 요리는 존재하지 않아. 양념은 물론 조리기구조차 쓸 수가 없지 않은가? 더구나 시간은 단 1분, 기름을 쓸 수 없으니 튀기거나 볶을 수도 없고 찔 수도 없으니 천상 날것으로 대령하게 되겠지. 맛과 모양까지 갖춰야 하니 까다로운 도전이야. 누가 그런 요리를 상상이나 할 수 있겠나?"

"흥미롭군요."

"목숨을 건 내기는 늘 흥미롭지."

북해 청년은 더 대답하지 않고 혼자 웃을 뿐이다.

3

　나는 걷는 것을 좋아해. 신발이 닿는 대로 걷다가 마주 오는 사
람에게 물어보곤 하지. 여기가 어디죠? 전신국이 저 너머에 있다던
데…… 기차역은? 평양으로 빠지는 큰길도 알고 싶어요. 동명(東明)
이라는 식당이 유명하다던데 들어본 적 있나요? 카륜에 있다는 소
비에트 교회로 가고 싶은데. 참, 물속에 잠겨 있는 극락사의 반가사
유상은 어떻던가요? 기념일이면 황제가 탄 마차가 대동광장을 지
나 구시가지까지 천천히 달리는 모습을 볼 수 있다던데…… 역전
에 가면 3개 국어를 할 수 있는 거지를 만날 수도 있답니다. 두 달
전 평양을 떠났다는 예원좌*는 왜 도착하지 않는 걸까요?

* 1935년 민족항일기 말에 설립된 신파극단.

사방은 물속에 잠긴 듯 뿌옇게 변해 있어. 모래바람이 잦은 날일수록 나는 애써 다른 풍경을 그려보곤 해. 콧구멍으로 달려드는 노랗게 달궈진 봄바람, 그 속에 섞여 고개를 드는 아기의 손등 같은 꽃망울, 꽃 속의 생명들, 생명들 속의 움직임, 움직임이 가져온 나른한 평화, 평화 속에 깃든 열망, 헌병의 말발굽 소리가 아닌 느릿느릿 대문을 나서는 어머니의 뒤태, 손에 든 망태기, 망태기 속에 쌓이는 푸른 쑥, 코로 밀고 들어오는 달큰한 부드러움, 뒷마당에 앉아 책을 읽어주는 오빠의 변성기가 갓 지난 목소리, 오후의 한복판으로 담장 밖의 모과나무 그림자가 젖어가는 소리, 그늘과 그늘이 교대하며 내는 하품, 하품 속에 주저앉아 벽돌치기를 하며 노는 아이들. 아이들이 뒤집어놓은 오후의 반대편으로 저무는 하루.

아침에 다원에서 얻은 흰 차꽃 두 송이를 정성스레 종이에 싸서 지옥의 부처를 만나러 가는 길이야. 내가 살고 있는 곳에서 큰길로 나가려면 매지정(梅枝町)을 지나가야 해. 매지정 뒷골목엔 신경에서 제일 큰 매음굴이 있어. 날씨가 궂은 날이거나 저녁 어스름에 이곳을 지나칠라치면 찌쬐쬐하게 모여 있는 더러운 집들마다 흰옷들이 덜겅거리며 움직이고, 열린 문이나 구멍 틈으로 스치듯 들여다보면 얼굴에 흰 분칠을 한 예닐곱, 혹은 스무 살을 갓 넘은 듯한 계집아이들이 히죽히죽 웃으며 양복쟁이 사내들의 농담을 받아내고 있곤 해. 날이 좀 이슥해져 손님이라도 한 상 들라치면 〈도라지〉니 〈양산도타령〉 같은 조선 노래들이 흘러나오고 자정으로 향할수록 노랫

소리는 토악질 소리와 짐승 같은 교성, 술병을 부수거나 뺨을 철썩철썩 때리는 소란으로 뒤바뀌지.*

신경에 온 조선인들은 그 수가 대략 만 명쯤 된다고 해. 만주족이나 일본인에 비하면 형편없이 적은 숫자지만 매지정과 조일통, 관성자, 팔리보 등 몇몇 군데에 모여 집단촌을 이루며 논거머리들처럼 버티고 있어. 그들 중 내 오빠 같은 사람들은 허리를 굽신대며 일인(日人)들 비위를 맞추다가도 밤이 되면 눈을 빛내며 남부식 권총에 기름칠을 하기도 하지만, 그런 사람은 아주 소수일 뿐이야. 대부분은 하루 끼니를 걱정해야 하는 빈곤한 상태에서 무력감과 싸우고 있어. 고향을 떠날 때의 희망 같은 것이 아직 저들에게 남아 있는지는 모르겠지만 일말의 희망이 우리를 살게 하는 거라면 그 말은 어느 정도 맞을지도 몰라. 저 모래바람이 물러가고 나면 거기 내가, 아니 우리가 원래 가야 했던 그런 길 하나쯤 보이게 될까?

"첸이 아직 돌아오지 않았어."

어제저녁, 나는 오빠에게 물었던 것 같아. 골목 뒤편, 쓰레기들을 모아놓은 냄새나는 적재소 뒤에 서서 오빠는 쥐새끼처럼 담배만 빨고 있었지.

"그는 오지 않아. 하지만 죽지 않았으니 걱정 마."

오빠의 대답은 감정이 없는 것처럼 무뚝뚝했어.

* 〈만선일보(滿鮮日報)〉의 매지정 관련 기사를 일부 참조, 인용함.

"이제 내가 무얼 해야 할까?"

"놈이 사령부로 잡혀갔으니 곧 헌병대가 닥치겠지. 숨지 말고 고개를 똑바로 들어 놈들에게 너를 보여줘, 너의 예쁨을. 사령부로 끌려가거든 수단과 방법을 가리지 말고 장교들에게 접근해. 특히 비밀을 다루는 자들일수록 좋아."

"사령부로 들어가라고?"

"그래, 가서 어떻게든 거기 붙어 있어. 청소를 하든 주방에서 그릇을 닦든, 한두 달 지나면 너를 도와주는 사람도 나타날 거야. 거기에도 우리가 심어놓은 사람이 있으니까. 놈들의 일거수일투족을 알려줘. 특히 사령관 오토조의 동정을 집중적으로 캐. 놈을 죽이면 관동군도 무너지게 돼. 놈이 무엇을 먹고 어딜 즐겨 가는지. 놈은 밖으로 나올 때마다 사병용 트럭을 타고 나오는 데다가 민간인으로 철저히 위장을 해. 놈이 가는 곳만 알아낸다면 네가 할 일은 끝나. 난 이 권총으로 놈의 이마에 납덩일 박아넣을 거야. 나는 또 다른 안(安)과 윤(尹)이 될 거야."

놈이 가는 곳만 알아내면 내가 할 일이 끝난다고? 오빠는 늘 이런 식이었어. 만주에 와서 조금만 나를 도와주면 네가 할 일은 끝나. 아직 고등여학교 본과조차 끝내지 못한 나를 다시 청진으로 불러들일 때에도 그랬지. 죽기 전까지 몇 개월만 아버지를 돌보면 네가 할 일이 끝나. 난 오빠의 명령이 내가 죽지 않는 한 영원하리란 걸 알고 있어. 그것은 낙인이자 수인이야. 오빠가 내 몸의 비밀을 알아버린 열여섯 살 어느 날부터 나는 늘 오빠를 벗어나려고 했지만 제자리로 돌아왔어. 오빠는 알까? 청진을 떠나고 싶었던 게 아니라 어쩌면 오빠의 기억으로부터 도망치고 싶었던 거라는 걸.

나는 물어봤어야 해. 도대체 사람을 죽여 무얼 얻지? 오빠는 화를 냈을 거야. 계집들 때문에 집안이 망한다고. 그 얘긴 아버지가 즐겨 내뱉던 말이기도 했어. 숙영이가 죽었어도 오빠는 조금도 동요하지 않았지. 자신 때문에 한목숨이 끊어졌는데도 앞날에 방해가 되게 생겼다며 욕을 해댔어. 숙영인 자살한 게 아니라 오빠의 무관심이 죽인 거야. 썩어 악취를 풍기는 혁명주의자. 내가 죽여야 하는 건 이름도 얼굴도 모르는 일본인이 아니라 오빠라는 사내들인지도 몰라. 오빠라는 뜨거운 생명을 건너가면 대웅전 부처처럼 열반에 들 수 있을까? 오늘은 그 질문에 답을 듣고 싶어.

오빠, 그래서 나는 물어요. 오빠는 아직도 청진에 미련이 남아 있나요? 청진에 미련이 있느냐는 말의 의미를 부디 오빠가 이해했으면 좋겠어요. 그 질문의 진의 속엔, 청진에서 보낸 모든 과거의 시간까지 사랑할 수 있느냐는 의미가 숨어 있으니까요. 비단 시간이나 함께했던 사람들뿐만이 아니랍니다. 9월부터 시작되는 혹독한 추위와 5월에도 감자 몇 알로 버텨야 했던 지독한 배고픔, 한겨울에도 쌓인 눈을 뚫고 나서야 했던 버섯채취작업과 산기슭으로 흩어지던 새끼 염소들의 추위에 떠는 울음소리, 사는 것에 지쳐 제 가족에게 함부로 주먹을 놀리던 가장들의 못된 손길까지도 사랑할 수 있느냐는 거예요.

나는 청진에서의 기억을 잊었답니다. 청진을 떠날 때도 오빠처럼 큰 대의 따윈 없었어요. 난 그저 그곳을 하루 빨리 벗어나고 싶었을 뿐이죠. 단지 그곳만 아니라면, 그곳이 아닌 곳이라면 어디라도 정을 붙일 수 있을 것 같았어요. 그래서 2년 만에 받은 오빠의 편지가 더 반가웠는지 몰라요. 오빠가 죽지 않고 살아 있어서가 아니라 나를 만주로 불러주었기 때문이에요. 오빠와 오빠 친구들이 늘 중얼거리던 혁명을 위한 소모품에 불과했겠지만 그런 시비를 가릴 시간이 없었어요. 그것이 병으로 죽어가는 아버지를 청진에 두고 고무신을 꺼내 신을 수 있었던 이유예요.

오빠는 어떻게 생각할지 모르지만 나는 만주가 점점 좋아져요. 이곳 특유의 게으름과 거리에 넘치는 붉은 흙, 철로의 붉은 녹과 자동차에 치인 짐승들의 붉은 피, 만족 거리에서 만날 수 있는 붉은 치파오까지, 나는 그 속에 내 청진의 푸른 숨을, 푸른 피를 흘려 넣고 싶답니다. 전사가 되고 싶은 오빠와는 다른 의미에서 나는 붉은 색을 좋아해요. 그것만큼 치열하게 생명이 느껴지는 색도 없으니까요. 제 말을 믿지 못하겠다면 당장 오빠가 품고 다니는 그 작은 칼로 손목을 그어보아요. 누구의 소유일 수도 없는 오빠만의 뜨거운 생명, 그 뜨거운 살아 있음의 증거들이 투두둑 옷소매를 적시게 될 거예요. 거짓 황제가 경영하는 이 도시는 지금 바로 그 붉은 피가 필요해요.

전신국 사거리에서 서쪽으로 돌아, 이곳 사람들이 여루라고 부르는 작은 언덕을 넘어가기 직전이야. 소나무가 우거진 길을 30분쯤 내려가면 극락사가 나와. 극락사는 고구려 때 세워진 건물인데 전쟁으로 두 차례나 불에 탔다가 제국주의자들이 만주국을 건설하면서 최근에 새롭게 복원한 조선식 사찰이라고 해. 복원 과정에서 땅속에 묻혔던 많은 보물이 발견되어 한때 신문지상을 떠들썩하게 했다지. 그래선지 조선인 목수들이 각지에서 차출되었대. 조선에서 흔히 볼 수 있는 법당과 건축 양식, 가람의 배치와 거의 비슷해. 대웅전과 산신각, 해우소, 스님들이 머무는 부속사, 종과 목어가 매달린 전각, 공양간 같은 건물들까지.

특이하게도 극락사는 계단을 내려가야 대웅전에 닿을 수 있어. 사찰이 분지 아래쪽에 자리잡았기 때문인데 시내에서 접근하기 좋게 절의 뒤편으로부터 길을 뚫어놓았어. 대부분의 절들이 108개, 혹은 그보다 많은 상징적인 수의 계단을 밟고 올라가야 하는 것과 달리, 서른여섯 개의 폭이 넓은 계단을 밟고 내려가야 본존불을 만날 수 있어. 서른여섯이라는 숫자는 극락사가 세워지던 해 쇼와 일왕의 나이라고 해. 계단을 만들던 한 조선인 석공이 계단 아래 몰래 '죽을 사(死)'가 새겨진 종이를 파묻었다가 발각되어 손목을 잘린 일화는 신경에서 제법 유명해. 원래는 목을 치려고 했으나 부처님 곁이라 손목을 받았다지.

이번이 세 번째 방문이야. 발을 디딜 때마다 지옥의 밑바닥으로 내려가는 기분이야. 한 방향으로만 이어진 추락의 길, 저 끝에 죽음이라는 단 하나의 진실이 도사리고 있을 거라는 믿음. 그날 손목이 잘린 조선인 계단 기술자는 지금쯤 무엇을 하고 있을까? 손이 잘려 돌아온 자식을, 혹은 남편을 마주해야 했던 그 가족들의 슬픔은 어떤 것이었을까. 독립운동을 하면 어딘가에 이름이라도 남잖아. 사실 신경만 해도 그래, 운동을 하는 사람들은 이제 거의 자취를 감췄어. 조선에서 큰 뜻을 품은 지식인들이 간간이 흘러 들어오지만 기껏해야 〈만선일보〉나 왜인 측량국, 러시아인 거주지 주변을 기웃거리며 일거릴 찾는 게 다야. 모두들 지친 거겠지.

계단을 다 내려와 산신각을 지나면 거북이처럼 웅크린 본전과 부속사를 만나게 돼. 마당엔 잡초들이 빼곡해. 하지만 이곳 스님들은 잡초를 뽑으려고 하지 않아. 본전의 부처는 특이하게도 미륵반가사유상이야. 이 절은 모든 게 새것인데 오직 대웅전 불상만이 썩은 냄새를 풍기고 있어. 기존의 대웅전 터를 정리하다가 파냈다는데 정확한 건 아니야. 그런 말들은 매번 입과 입을 옮겨 다니며 과장되잖아. 나는 본전의 부처가 마음에 들지 않아. 돌로 된 그것은 땅에 오래 묻혀 있었기 때문인지 검은 빛이 도는 데다가 왼쪽 귀 끝 부분이 떨어져 나가서 귀기마저 느껴져. 예부터 금칠 같은 것을 두껍게 해 입혔는지 미간으로 칠이 흘러내려 눈물을 흘리는 것 같기도 하거든. 우는 부처라니? 슬픔에 젖은 부처가 세상을 구원할 수 있을까?

나는 지금 향냄새를 따라 걷고 있어. 슬픔에 젖은 데다 턱에 집게 손가락 하나를 대고 눈을 거의 감은 채 생각에 잠긴 반가사유상 아래 꿇어 엎드려 가련한 첸의 목숨을 구걸할 생각이야. 첸의 무모한 계획이 성공하길 바라진 않아. 어쩌면 또 하나의 생목숨을 내놓아야 한다는 얘기이기도 하잖아. 다만 그가 몸성히 살아 있기를 바랄 뿐이야. 모두가 죽지 않고 모두가 행복해지는 방법은 없는 거겠지? 자신이 작업한 돌계단 밑에 애써 원한의 부적을 숨기지 않아도, 가련한 석공의 손목을 자르지 않아도, 황궁에 잠입하여 허수아비 황제를 독살하거나 일본군 장교들을 권총으로 쏘아 죽이지 않아도 되는 그런 세상을 부처에게 빌어보고 싶어.

법당 밖 난간에 기대 한 젊은이가 이쪽을 바라보고 있어. 법당에 들어간 제 안주인을 기다리기라도 하는 모양이지? 무슨 일일까. 신발을 벗어 돌려놓는데 법당으로 들어가는 외문 옆으로 기분 나쁜 공기의 흐름이 감지돼. 저 사내 때문일까? 안으로 들어가니 천장 만다라 밑에 앉은 중년 사내가 내 쪽으론 눈길도 주지 않은 채 반가사유상을 바라보고 있어. 차갑고 엄숙한 분위기야. 일본인인지 중국인인지 구분이 되지 않아. 죽부인처럼 길어 보이는 얼굴에 콧수염이 보일 듯 말 듯 자란, 선해 보이는 인상이야. 차림새로 보아선 행정사무를 보는 관공서의 서기관이거나 대로변에 가게를 낸 잡화점 주인 같은 물색을 하고 있어. 평생 큰소리라고는 내본 적이 없을 것 같은 관상. 하지만 사내는 지금 진지하다 못해 엄숙할 정도로 뚫어져라 미륵불에 집중하고 있어. 마치 짝사랑하는 여인을 하염없이 바라보듯이.

나는 방해가 되지 않게 버선발을 들고 살금살금 걸었어. 부처에게 세 번 절한 뒤 저고리 안에 넣어 온 차꽃 두 송이를 조심스레 불전에 올려놓고 뒷걸음질을 쳤어. 흰 차꽃이 극락사를 덮고 일왕의 이기심이 어린 서른여섯 석조 계단을 타고 지상으로 올라가 밤낮없이 계속되는 제국주의자들의 마음속에서까지 하얗게 빛을 밝히기를, 등불로 부처의 앞길을 밝혔다는 난다라는 여인처럼 나는 그렇게 꽃송이를 들고 다가가고 물러났던 거지. 그러거나 말거나 본전의 부처는 예의 그 핏물이 듣는 얼굴로 손가락 하나를 이마에 맞댄 채 명상 중이었고. 매번 그랬지만 내게는 눈길 한번 주지 않았지. 영원처럼 그 부처는 좌대에 앉아 생각에 생각을 거듭할 모양인가 봐. 세상이 망하고 지옥이 아가리를 벌릴 그때에도.

"와아, 스고이!"

그 순간, 사내의 돌연한 외침이 법당 안의 정적을 깼어. 내가 사내의 옆을 지나쳐 출입문 근처에 막 꿇어 엎드리기 직전이었어. 그 사내가 일본어로 다시 중얼거렸어.

"사무이노니 시로이하낫테, 스고이네!(추운 날씨에 흰 꽃이라니, 대단하군.)"

그게 다였어. 사내는 여전히 내 쪽으로는 눈길도 주지 않았어.

나는 급히 몸을 돌려 법당을 나왔어. 손발이 계속 떨렸어. 어떤 힘이 나를 법당 밖으로 밀어낸 건지는 모르지만, 사내가 일본어로 제멋대로 지껄여댈 때 내가 느낀 감정은 불쾌함이었어. 신성한 법당 안에서 함부로 말을 늘어놓을 수 있는 권력, 그래 그자에겐 그런 권력이 있었던 거지. 설령 군인이 아니라고 해도 만주의 주인은 이제 그들이야. 나는 그 사실을 인정하기 싫었던 거였어. 땅속의 검은 부처는 밖으로 나오지 말았어야 했는지도 몰라. 저들의 교만과 위선과 당당함을 잠에 빠진 저 부처가 대변하고 있다는 생각을 그동안 하지 못했던 거지. 손목을 잘린 석공처럼, 차꽃을 바친 내 손목을 잘라버리고 싶은 오후야. 부처는 그저 부처일 뿐이란 걸, 물 위로 막 고개를 내민 서른여섯 계단을 전부 밟고 올라와 땅 위에 섰을 때에야 비로소 깨닫게 되었어.

진짜로 길을 잃은 기분이야.

4

원형의 도마는 죽고 죽여야 하는 투계장 같다.

칼날이 집요하게 도마를 두드리며 피 냄새를 부른다.

극락사 승려가 저녁마다 법고를 두드려대듯이 잘고 질기게 가늘고 짧게 탁 툭 툭툭 투두두둑, 옷감을 짜는 여자들이 다듬이질을 하듯 도도 도도 도 도도도 도, 풍화를 앞둔 늙은이가 규칙적인 동작으로 물레를 돌리듯 닥 닥 닥 닥 닥 닥, 때론 낡은 사찰 기왓장을 타고 빗물이 듣듯 득 득 드드득 득 득 드드득, 그러다가도 칼날은 어느새 사나워져 단박에 산 것의 목을 내리치고 말겠다는 듯이 도마를 호령하며 탁, 혹은 탁탁, 굵고 짧게 내리치며 단단한 섬유질들과 딱딱한 목뼈와 여린 무청의 순을, 뻣뻣한 연근을, 질긴 소의 힘줄을 각각의 원형질과 결별시킨다.

아버지가 죽은 뒤에도 칼과 도마는 끊어낼 수 없는 노순 줄기처럼 내 인생을 따라다녔다. 1938년 10월 제국주의자들이 대아만으로 지쳐 오던 아침, 나는 스페인 선교사가 세운 직업학교를 향해 집을 나섰다. 20개월 과정의 서양식 요리 전문반에 막 등록한 참이었다. 그날 스무 명 남짓한 동기생들과 함께 붉은 벽돌로 마감한 요리 실습실에서 소의 꼬리를 중불에 쪄낸 뒤 토마토소스를 얹고 감자를 곁들여 먹는 스페인식 소꼬리 찜(Rabo de Toro)을 만들 예정이었다. 지각한 우(虞)가 교실 문을 활짝 열어젖히며 뛰어들어온 건 조별로 소의 꼬리를 잘라 솥에 넣기 직전이었다.

"르번구이쯔* 자식들이 새카맣게 몰려오고 있다!"

교실은 순식간에 아수라장이 됐다. 울상을 지으며 가방을 챙기는 녀석도 있었고, 바닥에 주저앉아 식은땀을 흘리며 숨을 몰아쉬는 머저리도 있었다.

"조용히들 해!"

소란을 잠재운 건 서른다섯의 웅기 선생이었다. 그는 들고 있던 칼로 교탁 옆구리를 탕, 하고 내리친 뒤 한심하다는 눈빛으로 우리를 쏘아보았다.

"아직 나의 요리 강의가 끝나지 않았다. 무서운 자들은 썩 집으로 달려가 엄마 치마폭 뒤로 숨거라. 나는 남은 학생들과 계속해서

---

* 日本鬼子, 일본 귀신. 일본인을 비하할 때 쓰는 말.

수업을 진행할 테니."

웅성임이 잦아들었다. 학생들은 방금까지 자신들이 마주하고 있던 조리대 앞으로 다가가 허리를 편 채 다시 각자의 역할대로 소꼬리 찜을 완성해나갔다. 사실 그날 스페인식 소꼬리 찜은 그리 대단한 게 아니었다. 달착지근한 토마토소스는 입맛에 맞지 않았고 내 손님에게 즐겨 내주고 싶은 요리도 아니었다. 하지만 웅기 선생이 보여준 침착함과 용기는 여러 학생들에게 깊은 울림을 주었다. 훗날 산속에 차려진 자경단 본부에서 웅기 선생을 다시 만나게 될 때까지 나는 그의 정체를 알지 못했는데, 함께 산속으로 들어갔던 우가 알려준 바에 따르면 웅기 선생은 일찍이 프랑스로 유학을 떠났다가 뜻한 바가 있어 고향으로 돌아온 사회주의 운동가였다.

"한 접시의 요리보다 더 중요한 것은 그 접시에 담긴 요리사의 진심이다. 모든 일에는 흥하고 망함이 있다. 너희들이 매 순간 중심을 잃지 않을 때, 우리를 위협하는 제국주의자들의 힘도 무뎌지는 것이다. 그러니 집으로 돌아가거든, 자신이 오늘 하루 소꼬리를 잘라내는 데 썼던 그 칼이 진정으로 필요한 곳이 어디인지 고민해보기 바란다. 소꼬리 찜은 전쟁이 끝난 뒤 다시 배우자!"

그로부터 며칠 뒤, 동기생들 중 몇몇은 집안에서 닭뼈를 발라낼 때 쓰곤 하는 날렵한 젠다오(尖刀) 하나씩을 품에 감춘 채 웅기 선생을 찾아갔다. 우리는 열흘에 한 번 광둥 동북쪽 백운산 계곡에 모여 도가 사상가들에 대한 책을 읽고 토론하거나 옛 요리를 되살려내는 일로 시간을 보냈다. 그 과정에서 자연스럽게 마르크스를 접하게 되었다. 이듬해부터 웅기 선생의 지휘에 따라 광둥에 주둔 중인 제국주의 군대의 배치 상태와 숙영지를 그림으로 그려서 마오의 홍군(紅軍)에게 은밀하게 전달하는 일을 시작했다. 뜻이 맞지 않은 몇몇은 장제스의 중국혁명동맹회로 넘어가기도 했는데 웅기 선생은 그들을 막지 않았다. 밤이면 동굴 속에 초를 밝힌 채 저마다의 특기를 발휘해 요리를 배우고 사격 연습을 했으며 제국주의 나라의 언어를 익혔다.

"동굴에 웅크려 있지 말고 나가서 싸워라. 총을 잘 쏘는 사람은 적을 쏘고, 말을 잘하는 자는 적들의 언어를 통역해라. 바느질을 잘하면 적들의 군복을 꿰매고 요리를 잘하는 자는 적들을 위해 요리해라. 자신이 가장 잘할 수 있는 것으로부터 혁명은 시작되어야 한다. 조금만 참으면 언젠가 우리들의 세상이 올 것이야."

만주로 건너오기 전까지 2년 동안, 나는 광둥 서쪽의 생선요리 전문식당에서 수습 요리사로 일했다. 그게 무엇이든 웅기 선생의 말은 우리들의 피를 끓게 했다. 그는 내 아버지가 갖지 못한 것들을 갖고 있었다. 그는 정당한 폭력을 사랑했다. 그는 억압하는 모든 것을 적으로 규정했다. 말과 행동은 반드시 일치해야 했고 개인이 아니라 공동체의 정신을 강조했다. 그사이 동지들 몇몇은 죽었고 몇몇은 적의 군대로 끌려갔다. 나는 부지런히 먹고 부지런히 요리를 만들었다. 그 식당은 일인 장교들이 자주 찾는 곳이었다. 식당 주인은 나라 정세는 아랑곳없이 돈만 긁어모으는 늙은이였는데, 유독 내게는 친절했다. 나는 밤마다 불 꺼진 식당으로 기어들어가 외상 장부에 적힌 제국주의 장교들의 신상을 옮겨 적었다. 무를 썰며, 파의 배를 가르며 나는 도마 위에 그들의 이름을 얹었다. 전골 요리 속에, 소의 내장 속에, 돼지의 붉은 피 속에 그들의 이름을 하나하나 새겨나갔다. 눈앞의 적(敵)들이 펼쳐놓은 도마 위에서.

그리고 지금, 나는 다시금 한바탕 싸움을 앞두고 있다.

장교식당의 도마는 어디서나 쉽게 구할 수 있는, 두 자쯤 되는 투박한 나무판이다. 모서리에 얇은 철판을 둘러놓았는데 철판 옆면엔 국화 몇 송이를 새겨놓았다. 나는 조리병이 건네준 끝이 뾰족한 회칼을 가슴 높이로 들어올려 조용히 숨을 고른다. 일인들이 '야나기바'라 부르는, 생선의 회를 뜰 때 쓰는 얇고 날렵한 칼이다. 칼이 재료와 만날 수 있는 시간은 단 1분, 나머지는 내가 스물여덟 해 아슬아슬하게 버텨온 운명의 몫이다. 간부식당의 장교와 사병들이 죄다 몰려나와 신기한 구경거리라도 되는 양 도마 위에서 벌이는 목숨을 건 쇼를 즐기고 있다. 나는 내 칼이 재료가 아니라 그들의 심장을 구원하길 바란다.

"기다려라, 아직 대장님이 도착하지 않으셨다."

젊은 부관이 가볍게 주의를 준다. 나는 다시 한번 천천히 숨을 들

이쉰다. 매번 그랬지만 재료를 앞에 놓아두고 칼집을 넣기 직전만
큼 겸허한 시간은 드물다. 마침내 싸움이 시작되고 다섯 마디 손가
락이 꿈틀거리며 산 것들의 욕망을 죄 갈라놓을 때, 그리하여 그것
이 불과 섞이고 양념이 덧발려 여백을 거부하는 수무요* 위에 가지
런히 담길 때 나의 욕망은 끝난다. 아버지의 말을 빌리자면 지금 이
순간만큼은 요리사는 그 누구의 입맛도 아닌, 자신의 욕망을 위해
싸워야 한다. 어떤 식재료도 완전히 굴복시켜 불의 품으로 돌려보
내겠다는 열의, 그 수고로움이 식탁 위에서 인간의 혀에 얹힐 때 비
로소 요리사의 임무가 끝난다.

아버지는 내가 일곱 살 때 손에 조리용 칼을 쥐어주었다. 도마 위
에는 털도 뽑지 않은 산 닭 한 마리가 아버지의 완력에 눌려 날개
를 애처롭게 떨며 엎어져 있었다. 바로 한 시간 전까지 앞마당을 활
보하던 놈이었다. 어머니는 출입문을 걸어 잠근 뒤 마당에 열 마리
쯤 되는 닭을 키웠다. 장닭이라 부르던 그 수탉은 우두머리 닭이었
다. 나보다 나이가 서너 살이나 많았던 수탉은 특유의 거만한 걸음
걸이로 집안을 휘젓고 다녔다. 그해 봄, 나는 이질에 걸려 보름 넘
게 앓았다. 가뜩이나 약한 몸에 매일 설사를 반복했다. 병원을 들락
거린 끝에 설사는 겨우 멎었으나 몸이 허깨비처럼 가벼웠다. 마당
의 무법자가 그런 나를 눈여겨보았던 모양이다.

* 修武窯, 송대 도자기의 하나.

수탉이 나를 공격한 건 엄마가 점심 준비를 위해 자리를 비웠을 때였다. 수탉은 햇살을 등진 채 천천히 다가왔다. 두 눈은 밉살맞은 노파나 마녀의 눈처럼 길게 쭉 찢어졌고, 부리와 발톱은 독수리의 그것처럼 단단했다. 녀석은 시뻘건 벼슬을 훈장처럼 흔들며 구부러진 부리를 들었다. 눈이 마주치는가 싶더니 부리가 동공으로 확 달려들었다. 어른이 된 지금까지도 그날의 공포는 내가 태어나 겪은 공포 중 가장 무서운 것으로 남아 있다.

"욕망해라. 저 재료와 네가 쥔 칼에 자부심을 가져라."

아버지는 내 눈을 쪼던 닭의 숨통을 내게 넘겼다.

"너의 손놀림이 네 혀와 네 가족을 기쁘게 할 거야. 어서, 부릅뜬 놈의 눈을 찔러버려. 목을 따버려! 그리고 푹 익혀 고기를 뜯으며 맛을 느껴라! 너를 해치려던 맛이다. 너는 그걸 알아야 해. 식당의 개고기라고 해서 모두가 같은 법은 아니지. 단골 미식가일수록 인간을 물어뜯었던 개의 고기를 최상품으로 여긴다. 어쩌면 너는 오늘 비로소 재료가 너의 혀에게 안기는 기쁨에 감사하게 될지 모른다."

칼로 닭의 목을 내리친 건 아버지의 잔소리를 끊고 싶었기 때문이다. 그날 이후 아버지는 주말마다 내게 한 가지씩 요리를 가르쳤다. 이족의 전통 요리를 배우는 걸로 2년을 보냈다. 열 살이 되자 아버지는 본격적으로 광둥요리를 가르쳐주었다. 배워야 할 요리는 수백 가지가 넘었고 내가 아버지의 지루한 도마를 벗어나는 길은 그 과정을 빨리 끝내는 길밖에 없었다. 그런 나를 구원한 건 그 누구도 아닌 모란촌의 도마였다. 아버지가 도마를 마차에 싣고 오다 불시에 죽지 않았다면, 나는 지금도 아버지에게서 요리 강습을 받고 있었을 것이다.

　"오오, 마쓰타케다네, 마지 오키이야쓰다!(오오, 송이로군, 아주 큰 놈이다.)"

　모여 섰던 장병들이 일제히 부동자세를 취한다. 콧수염이 엷게 매달린 얼굴에 머리통이 긴 사내가 누런 계급장을 번득이며 나타난다.

　그가 준비된 의자에 앉으며 도마 위의 송이를 건너다본다.

　"겨울 송이라…… 시내에서 구할 수 있는 재료가 아닌데?"

　나는 그의 눈에 패배의 그림자가 어리는 걸 놓치지 않는다. 이 싸움은 나의 승리로 끝날 것이다. 적어도 재료 싸움에서 상대를 압도한 것은 분명하다.

　"극락사 공양간에서 구했습니다."

　통역을 하던 부관이 대답한다.

　"극락사라고? 부처님 공양물을 취해 왔군. 시작해봐."

　대장의 목소리는 간결하며 사무적이다.

　나는 도마에 놓인 송이의 눈동자를 살핀다. 산 것이든 죽은 것이든 식물이건 해산물이건 모든 재료에는 눈이 있다. 아버지는 재료의 눈을 제압하는 것이 요리의 진정한 시작이라고 자주 이야기했다. 재료에 맛과 향취를 입히기 위해서는 재료를 완전히 굴복시켜야 한다고. 재료가 칼 아래 저를 온전히 내어놓을 때 불과 기름, 온갖 양념과 그것에 더해지는 요리사의 손길을 받아들여 또 다른 생명으로 건너가는 거라고, 그렇다! 음식이란 하나의 재료가 다른 재료들과 더해져 빚어낸 하나의 궁극이다. 그것을 깨달았을 때 나는 요리가 생명을 살리는 일이라는 아버지의 말을 비로소 이해할 수 있었다. 아버지가 죽고 한참 뒤의 일이었다.

"아니, 저자가 미쳤나?"

장교 하나가 혀를 내두른다. 나는 기다리고 있다. 시간은 이미 10초를 넘어섰다. 나는 동요하지 않는다. 오른손에 칼을 쥐고 두 눈으로 송이를 내려다보고 있을 뿐이다. 내가 송이의 눈을 찾고 있다는 걸 저들이 알 리가 없다.

12초가 되었을 때 나는 도마 옆에 마련된 화덕의 덮개를 벗겨낸다. 특별히 부탁하여 준비해놓은 참나무 화덕 속으로 빨간 불길이 심장을 숨긴 혀를 발산한다. 거의 동시에 나는 왼손 집게손가락과 엄지를 이용해 송이를 들어올리고 야나기바를 송이와 직각으로 세워 뾰족한 끝부분을 이용해 고르게 송이의 속살을 노린다. 송이의 눈은 하나가 아니다. 갓이 상하지 않게 하면서도 몸통을 돌려가며 고루 칼집을 넣는다. 칼집의 깊이가 정확히 중심에 이르도록 손목 힘에 정교함을 더한다.

"20초 경과!"

부관의 목소리가 긴장으로 갈라진다. 지켜보는 수십 개의 눈동자가 칼질에 집중된다. 혀와 혀 사이에 고인 침묵들이 딱딱하게 굳어간다.

"22초⋯⋯."

부관의 목소리가 채 끝나기도 전에 나는 칼을 멈추고 집게로 화덕의 불씨를 헤집어 그 속에 송이를 파묻는다. 하, 탄식이 흐른다. 불이 빨간 혀를 내밀어 제 먹이를 먹어치운다. 그러나 녀석은 곧 그것을 토해내게 되겠지.

"저 애송인 송이를 고구마로 아는군."

재료 구하는 일에 도움을 줬던 장교식당 주임이다.

그의 말에선 요리사에게서만 느낄 수 있는 안타까운 연민이 묻어난다. 그는 내가 몸으로 숨긴 언어를 읽어내고 있다. 나를 동정하고 있다. 남은 30초 동안 송이를 익혀내야 한다. 뜨거운 불 속에 재료를 내보내 불과 하나가 되도록 하는 것, 그 방법만이 단시간에 가장 깊은 곳까지 재료가 불에 노출되어 안과 밖을 균일하게 익히는 유일한 방법이라는 것. 하지만 이 방법에는 커다란 약점이 하나 숨어 있다. 바로 그을음이다. 송이는 흉하게 숯덩이가 되고 말 것이다.

숯불로 송이를 완전히 덮고 나자 30초가 지난다. 칼을 가슴께로 올린다. 내 머릿속에서 칼날은 불 밖으로 꺼내질 재료의 내생을 겨누고 있다. 이제부터는 재료가 아닌 불과의 싸움이다. 송이가 지닌 맛과 향, 속살의 부드러움까지 어느 것 하나도 잃어선 안 된다. 송이 특유의 향이 뜨겁게 불을 밀어내며 흙에서부터 뽑아진 본질을 지켜야 한다. 불을 받아들이되 제가 가진 것을 잃지 않는 힘, 송이는 그 힘을 가진 재료 가운데 으뜸에 속한다. 칼날이 정확하게 내부의 길을 열어줄 때만 송이가 지닌 본성을 접시 위로 완전하게 옮겨놓을 수 있다.

52초…… 쇠집게가 불 속의 송이를 끌어내자 신음이 장교식당을 그을음처럼 메운다. 송이가 사라진 자리에 까만 숯덩이가 흉측스럽게 놓여 있다. 아아, 틀렸어. 몇몇은 푸념하며 자리를 뜬다. 그들은 오늘 밤에 집행할 총살형을 머리에 떠올리고 있을 것이다. 송이를 불씨 속에 통째로 넣어 굽다니 미련한 인간, 재료가 불과 싸워 이겨낼 틈을 주었어야 했어. 십 몇 초의 시간을 허비하는 대신 송이를 두 쪽으로 잘라 앞뒤로 뒤집어가며 구웠다면 약간이라도 승산이 있었을 텐데. 멍청한 자식, 과욕이 화를 부르고 말았어. 과욕은 요리사의 자질이 아니야.

54초…… 한몸이 된 나의 야나기바가 다시 활약할 시간이다. 나는 뜨거운 송이를 왼손에 단단히 쥔다. 불덩이가 손가락으로 옮겨온다. 피부에 박인 굳은살들이 비명을 지르며 불과 맞선다. 송이와 함께 익어가는 엄지와 집게손가락의 살냄새를 느끼며 송이의 표면을 태풍처럼 고요히 깎아나간다. 그을음을 한 겹씩 밀어내자 송이 본래의 흰 속살이 수줍게 벌어진다. 막 사랑의 기쁨을 알게 된 여인

의 허벅지 같다. 칼등으로 툭 건드리자 특유의 향을 흩리듯 장교식
당에 풀어놓는다. 제 몸의 일부를 태워 온전히 속살을 지켜낸 연하
고 부드러운 자승자강(自勝自强)의 맛. 입안에 넣지 않고는 참을 수
없을 만큼 깊은 향을 지닌 송이구이가 흰 접시에 담긴다. 58초. 마
지막 2초가 남았을 때 나는 그을린 송이 조각을 뭉쳐 접시 한편에
'향식(餉食)'이란 두 글자를 새겨넣는다. 내 손님이 말의 의미를 알
아채길 고대하면서.

접시를 바라보는 대장의 눈동자가 흔들린다.

5

　패종시계가 10시를 가리킨다.

　계급장에 빳빳하게 풀을 먹인 늙은 장교들이 꾸역꾸역 회의실로 몰려든다. 정례회의는 죽고 죽인 자들에 대한 전황 보고로 채워진다. 남태평양의 이름 모를 군도에서 바다 위 불붙는 전함 위에서 혹은 내륙 깊은 곳에서 작전을 수행하다가 적의 총탄에 가슴을 관통당한 채 혹은 패배에 대한 책임을 지기 위해 할복하거나 유곽 계집들의 젖무덤에 코를 처박은 채, 강철처럼 든든했던 사내들이 낡은 계단을 밟는 것처럼 여인들의 품에서 미끄러진다. 전쟁이 길어질수록 죽은 자의 이름이 산 자들을 압박한다. 죽은 자들이 관에 누워 외친다. 명예롭게 죽어야 한다!

　매일 혹은 매주, 매달, 의무적으로 치러내야 하는 각종 행사와 상부에 올려야 할 보고서들, 그것들의 깊이와 본질, 처신과 대응 방법을 이끌어내는 자리다. 예외 없이 벌어지는 돌발 사태도 중요한 회의감이다. 국경을 압박해 들어오는 북방의 군대와 식민지 조선에서 벌어지고 있는 크고 작은 사건들도 주요 안건이다. 사령부 내부의 동정과 만주국 내부의 질서를 세우는 일도 회의를 필요로 한다. 전쟁은 서류 위에서 펼쳐지고 병사들은 흙 위에 피를 남긴다. 장교들을 모아놓고 비밀스럽게 여는 회의나 황제와 각국 사절들을 포함시킨 회의나 다음 달 부자재 공급 계획을 세우기 위한 식당 사관들의 회의도 쓸데없이 엄숙하기는 마찬가지다.

오늘 회의의 대주제는 반진제(頒金節)*다. 명칭에서부터 별로 호감이 가지 않는 반진제는 이 땅에 살아왔다는 토박이들의 기념일 이상도 이하도 아니다. 만주족은 한때 대륙을 호령했노라 스스로를 위로한다. 그러나 지금은 그 정통성이 거의 남아 있지 않다. 만주국이 없었다면 그들의 이름은 대륙에서 지워졌을 것이다. 명민한 광무제가 철딱서니 없는 망나니 왕망을 무너뜨리고 후한 왕조를 세웠듯, 만주국은 청조의 또 다른 이름일 뿐이다. 12대 황제 푸이는 그의 집무실 안에서만 건재하다. 반진제가 화려하게 열리는 날, 곳곳에 흩어진 천만의 만족들은 그들의 황제가 여전히 살아 있음에

* 음력 10월 13일, 청나라 태종 황태극(黃太極)이 1635년 '여진족'에서 '만주족'으로 개명한 것을 기념하는 날로 만주족 최대 명절이다.

안도하겠지만 제국은 오로지 그들의 피만 원한다.

"반진제는 만주국의 최대 명절 가운데 하나이니 조금의 소홀함도 없이 치러져야 할 것이오. 관례대로 총무청이 이번 행사를 주관하고 민정부와 재정부가 도우시오. 외교부에선 각국 사절들에 대한 예우에 만전을 기해야 하오. 우리 군에서도 불순분자들의 책동이 행사에 차질을 빚지 않도록 최대한 협조하겠소."

총무청장 나가오카 류이치, 외교부 차장 오하시 주이치, 재정부 총장 이나카키 고로가 형식적이나마 내 말에 고개를 끄덕이며 동의를 표한다. 군과 행정부 관료들은 언제나 평행선을 그어왔다. 표면적으로 만주국은 총무청이 만주국의 핵심 역할을 맡는 총무청 중심주의를 표방한다. 군을 견제하기 위해 혁신관료라 부르는 본토의 행정 전문가들이 대거 건너와 행정부 요소요소 의자를 디밀고 앉아 있다. 하지만 대부분의 업무는 관동군의 재가를 받도록 명문화돼 있다. 무슨 일이건 군이 우선이다. 동양척식주식회사를 앞세워온 조선의 관례처럼 관료주의를 전면에 내세우며 만주국의 정통성이 민간에 있음을 내세우고 있지만 말이다.

"이번 행사에선 특히 나이 든 사람들에게 음식과 술이 넉넉히 돌아갔으면 합니다."

푸이가 안경 속에 두 눈을 고정한 채 천천히 덧붙인다.

"거듭된 가뭄으로 흉년이 진 뒤라 각 가정마다 먹을 것이 넉넉잖으니 이날만이라도 다 같이 먹고 즐긴다면 총력 동원으로 피폐해진 백성들의 불만을 어느 정도는 가라앉힐 수도⋯⋯."

헌병대장 나오키의 일그러지는 얼굴을 나는 놓치지 않는다. 푸이는 외로워 보인다. 4층 대회의실을 가득 메운 50여 명의 만주국 수뇌부들 앞에서 그는 혼자다. 직위 낮은 만주인이 몇 끼어 있긴 해도 그들은 급수 낮은 필경사거나 번역을 하는 자들일 뿐이다. 회의가 진행되면 푸이는 낮고 조근조근한 음성으로 제 백성들을 놓고 자신의 주장을 펼친다. 푸이가 곧 사라져버릴 모국어로 단어와 단어의 행간을 고민할 때 헌병대장 나오키의 손은 자주 허리의 권총에 가닿는다. 그는 총으로 모든 걸 끝낼 수 있다고 믿는 사내다. 혈기만 가득했지 지혜가 없는 저런 자들로 인해 제국은 얼마나 자주 곤경에 빠졌던가. 총리가 관저에서 살해되고 장성들이 칼침을 맞는 엉터리 같은 일들이 제국을 이 지경으로 몰고 왔다. 마르코 폴로 브리지(The Marco Polo Bridge)라는 낭만적인 이름으로 불리던 노구교*를 더럽혀놓은 것도 저런 애송이들이다.

"각하의 의견을 조금의 허술함도 없이 반영하여 이번 행사를 성공적으로 끝내겠습니다. 나머지 세세한 일들은 우리 내각 대신들에게 맡겨주시지요."

총무청장 나가오카 류이치가 허리를 숙여 예를 표한다. 적당히 알아서 할 테니 황제는 더 이상 나서지 말라는 뜻이겠다. 이제 막

* 1937년 일본과 중국의 군대가 노구교에서 충돌한 사건. 중·일전쟁의 발단이 되었다.

오십 줄에 접어든 나가오카는 도쿄대학에서 행정학을 전공한 전형적인 책상 관료다. 그는 군부가 장악한 만주국을 견제하기 위해 대본영에서 파견한 서른 명의 혁신 인재 가운데 하나다.

"한 가지 부탁이 더 있습니다만."

푸이는 아직 물러설 마음이 없다.

"금년의 축제엔 만주 전역의 부족 대표들을 전부 신경으로 초청했으면 합니다. 2천 년 역사를 자랑하는 우리 민족은 여러 부족으로 이루어진 연합체라고 해도 과언이 아닙니다. 부족장들을 초대하여 그들의 노고를 위로……."

"그것은 안 될 말씀이오."

나오키가 길어질 조짐을 보이는 푸이의 말을 자르고 나선다.

"어째서 그런가?"

나는 나오키의 발언권을 연장한다.

"부족 늙은이들이 모여 할 수 있는 일이란 정부에 대한 불만을 토로하고 모반을 계획하는 일뿐이지 않겠습니까? 그런 자들을 불러들인다는 건 불순한 의도를 지녔다고밖에 볼 수 없습니다. 더구나 대규모 인원이 모여들다보면 테러에 대한 위험도 그만큼 커지겠지요……."

번역 장교는 우리의 말을 푸이에게 전하지 않는다.

"그렇다면 적당히 합의점을 찾아보면 좋겠군. 특별히 10인 이내의 주요 부족 대표를 초대하는 것으로 형식을 갖추게. 너무 압박하면 그것도 좋지는 않으니."

교활한 나오키가 그쯤에서 물러난다.

"알겠습니다."

나는 탁자 위에 무표정으로 마주앉은 사내들을 살핀다.

저들은 무슨 생각을 하고 있을까. 저들은 직위에 따라 풀을 잔뜩 먹인 각자의 제복을 입고 신분에 어울리는 표정들을 하고 있다. 모두 잘 훈련된 배우들 같다. 욱일기와 만기가 나란히 내걸린 대회의실은 그들이 연기를 펼치기에 적당한 무대다. 이곳에서 그들은 제복에 어울리는 말투와 저마다의 욕망을 감춘 구로코(黑子)*를 동시에 연기한다. 본래의 얼굴을 두꺼운 화장에 가린 저 사내들은 각자의 책상 앞에서 늘 고독하다. 이 제국이 허물어지지 않는 한 저들의 고독은 영영 구원받지 못할 것이다. 그리하여 술을 마시거나 아편에 취해 잠시 세상을 망각하거나 기차역으로 매일 수십 명씩 쏟아져 들어오는 내지 여인들의 치마 속으로 숨어드는 것을 좋은 해결책으로 여기며 자신을 위로할 자들이다.

"그건 그렇고 행사 땐 무얼 주로 먹습니까? 만주족 전통 음식 중에서 먹을 만한 게 있다면 하나 추천을 해주시지요."

나는 이 딱딱한 자리가 속히 허물어지기를 바란다.

---

* 가부키에서 검은색 복장으로 온몸과 얼굴을 가린 채 무대장치를 바꾸는 인물. 무대 위에서 활동하나 관객들은 없는 존재로 여긴다.

"누린내가 좀 풍기지만 쉐창(血腸)은 먹을 만하지요."

마지못해 대답하는 푸이의 안색이 누렇게 변한다.

그가 분노할 때마다 그런 표정을 지어 보였음을 기억해내고 나는 애써 웃음을 참는다. 요리에 대한 내 질문이 좀 과했던가? 화를 내는 푸이는 요람 위에서 못된 계모의 젖을 보채는 어린애 같다. 침착하게 표정을 감추고 있지만 나는 그가 궁리 끝에 찾아낸 단어가 쉐창임을 꿰뚫고 있다. 쉐창은 돼지나 소, 양의 피를 응고하여 만든 묵 같은 음식이다. 황제의 대답은 책상에 앉아 콧수염이나 만져대는 50여 명의 엉터리들을 역으로 조롱하는 것이다. 비록 굴욕은 감수했지만 황제의 대답은 그 어떤 칼날보다 날카롭게 힘만 믿는 자들을 제압했다. 세상에서 그 누구보다 피를 좋아하는 자들은 바로 책상 앞에 앉은 저 머저리들일 테니.

"저도 언젠가 화예구의 한 식당에서 그 요리를 먹은 적이 있습지요. 좀 비린 맛이 났지만 간장에 찍어 먹을 땐 그럭저럭 먹을 만했습니다."

재정부의 이나카키가 끼어든다.

"그럼 축제 기간에 관저를 한번 들르시지요."

"자, 축제 얘기는 이쯤에서 마무리합시다. 각 말단 부서에서 충실히 행사를 기획하여 사고 없이 무사히 치르도록 협조하시오. 알다시피 전시 총동원 기간인 만큼 예산 집행이 가능한 범위 내에서 절제하며 집행하시오. 축제와는 별개로 우리 군에서는 영관급 장교

이상을 모두 소집하여 연회를 베풀겠소. 그 자리에서 지난 1년간 우리를 괴롭히다 잡힌 불순분자들을 처형할 생각이오."

'처형'이라는 단어에 회의장의 분위기가 엄숙해졌다. 푸이는 체념한 듯 창문 너머 먼 곳으로 눈동자를 고정시킨다. 그가 앉은 의자는 지나치게 푹신하며 높이가 낮다. 나는 그가 낀 둥근 안경을 통해 바라보는 세상이 궁금해지곤 한다. 사형수의 대부분은 아마도 마을을 급습한 마적들일 것이다. 지금 당장 우리를 지탱해주는 제국이 무너지고 천황이 적국의 깃발 아래 무릎을 꿇는다 해도, 그리하여 역사의 얼룩들이 말끔히 제거되고 아름다움이라고는 찾아볼 수 없는 전쟁의 광기가 지구의 대기 밖으로 밀려나도, 감옥에 든 자들과 그들을 집어넣은 자들의 위치가 바뀌고 권총을 찬 자들과 총알을 온몸으로 받아야 하는 자들의 위치가 바뀐다고 해도 죽을 자들은 죽어야 한다. 역사의 총체적 아름다움에 속할 수 있는 가장 단순하면서도 명쾌한 진리가 이들의 죽음에 있다.

처음 만주에 발을 들여놓던 날이 떠오른다. 평양을 떠난 뒤 몇 시간을 달려도 계속되는 특유의 허허벌판에 나는 잔뜩 주눅이 들어 있었다. 마치 지구를 벗어나 어느 낯선 행성에 와 있는 것 같았다. 어쩌다 기차가 정차라도 할라치면 광주리마다 찐 감자를 담아 몰려드는 꾀죄죄한 행색의 만주인들도 적응이 되지 않기는 마찬가지였다. 바람이 드세서 눈을 제대로 뜨기도 힘들었는데 불법에서 말하는 풍도지옥이 예인 것 같았다. 그들의 목소린 이빨 사이로 바람이 빠지는 듯 쉬쉬 귀를 빠져나가기 일쑤였고 한창 고와야 할 젊은 여인네들조차 여자로서의 매력이라곤 찾아볼 수 없는, 땅을 파먹고 사는 두더지들과 매한가지 행색이었다.

그러나 사령부로 들어서자 불안하던 마음이 다소 누그러짐을 느꼈다. 그것이 내 고향 구마모토의 천수각을 빼닮은 사령부 건물 때문임을 부인하지는 않겠다. 건축가들의 천박한 싸구려 모방 의지에는 동조하지 않지만 그것이 주는 정감은 이 낯선 곳에 내가 빨리 정붙이게 해주었다. 벽돌과 콘크리트로 튼튼하게 네 개 층의 업무 공간을 쌓아 올린 뒤 성루 같은 건물 위에 다시 천수각을 모방하여 사람 인(人) 자 두 개를 포개어놓은 듯한 누각을 정면과 양 측면 3면에 지어 올렸다. 오사카성이나 구마모토성을 축조했던 장인들이 절제미 속에 사쿠라 꽃잎처럼 쌓아 올린 겹겹의 누각을 포기하는 대신, 양 측면으로 누루를 분산시켜 군사 건물로서의 위엄과 예술적 화려함을 적절히 뒤섞어놓은 것이다.

구마모토…… 불에 구운 토마토 한 조각을 입안에 넣을 때처럼 뜨거워 혀를 움츠리는 느낌의 규슈 사투리로 발음해본다. 지금 누에처럼 꿈틀거리며 잿빛의 대기 속으로 속살을 드러내 보이고 있는 인구 50만의 이 신흥도시는 보통학교 시절 거의 매일 아침 아버지를 따라 올라가 망루에서 내려다보던 남쪽의 구마모토역과, 선로를 늙은 뱀처럼 천천히 돌아가는 기차가 보이던 추억의 어린 시절로 나를 안내한다. 나는 추억만 남은 뱀처럼 두 개의 공간을 공유

한다. 독을 키운 채 햇볕 아래 어슬렁거리던 철부지 시절의 꿈 많던 나와 허물을 벗고 난, 세상살이에 한껏 교활해진 늙은 뱀의 모습. 뱀은 큰 놈이든 작은 놈이든 보이면 죽여야 한다! 아버지는 자주 그렇게 얘기했다.

우리 집은 구마모토성에서 걸어서 30분쯤 걸리는 오관구 260번지에 있었다. 군인이었던 아버지는 새벽 5시면 나를 두들겨 깨워 규슈의 토종개인 쓰쿠시이누(筑紫犬)를 데리고 천수각까지 달렸다. 아버지는 늘 군복을 말끔하게 차려입고 허리에 장교의 상징인 칼을 둘렀다. 아버지는 달릴 때마다 허리춤에서 울리는 철컹이는 쇳소리를 좋아했다. 하지만 아버지가 칼을 차고 달리는 이유는 다른 데 있었다. 당시만 해도 도로가 정비되기 전이어서 천수각으로 오르는 5리 남짓한 언덕엔 봄마다 뱀들이 우글거렸다. 아버지는 달리다가 길을 막는 뱀이 있으면 칼을 빼들어 그놈들의 목을 내리쳤다. 칼날은 매번 자로 잰 것처럼 뱀의 모가지를 베곤 했는데, 나는 뱀보다 아버지의 칼 솜씨를 소름 끼치도록 두려워했다.

"지금으로부터 20여 년 전이지. 저쪽 언덕으로부터 이쪽 성벽을 따라 사령관 다니 다테키 소장이 이끄는 정부군과 반란군 간에 일대 격전이 벌어졌다. 아마 2월 20일이었을 거야. 정부군은 추운 날씨 속에서 사스포와 스나이더를 발사하며 저돌적인 공격을 감행했어. 하지만 아침까지 이어진 파상 공세에도 성은 견고했지. 그때 죽은 병사들이 7백명이 넘었다고 한다. 아침이 되자 피 냄새를 맡은 개들이 민가를 뛰쳐나와 요란하게 짖어댔어. 피 냄새가 개들의 향수를 자극했겠지."

아버지는 남쪽 언덕을 내려다보면서 중얼거리곤 하였다. 교과서에서 근대사를 접하긴 했지만 나는 전쟁 따위엔 관심이 없었다. 전쟁은 칼로 뱀의 머리통을 싹둑 잘라내는 일만큼이나 무료한 일이었다. 호사가들에겐 재밌는 얘깃거리일지언정 굳이 기억할 만한 일은 아니라고 여겼다. 아버지는 마치 전쟁을 직접 경험한 사람 같았다. 나는 아버지가 누구보다 피를 원한다는 걸 알 수 있었다. 아버지는 자주 국외 파병에 자원했는데 그때마다 무산되었다. 아버지의 상관이었던 장인이 그것을 허락할 리 없었기 때문이다. 아버지는 술에 취해 돌아올 때마다 어머니를 저주했다.

"악처를 얻으면 평생 흉년이라더니 그 말이 딱이군."

그러나 노란 군표에 붉은 줄이 그어진 중좌 계급장을 달고 아버지가 거들먹거릴 수 있었던 것은 오로지 외할아버지 덕이었다. 외할아버지는 당시 규슈를 지키던 17향토사단의 우두머리였다. 신참 소위였던 아버지가 어머니를 겁간하다시피 하여 나를 임신시켰을 때 외할아버지가 아버지를 쏘아 죽이지 않은 것은 매우 놀라운 일이다. 그 일은 두고두고 외할아버지를 후회하게 만들었다.

"이 성은 언젠가 파괴될 것이다!"

그날 아침 아버지가 예언자처럼 말했다.

아버지가 왜 그런 말을 했는지 지금에서야 이해가 간다. 올라가

본 사람은 알겠지만 구마모토성의 성벽엔 무사를 돌려보내는 돌담이란 의미의 '무샤가에시(武者返し)'란 글귀가 새겨져 있다. 실제로 구마모토성은 난공불락의 요새다. 하지만 적국의 비행기들이 끝없이 공중을 위협하는 오늘날, 천 길의 성이라 한들 초라해 보일 뿐이다. 적들은 천수각 따위엔 관심이 없을 것이다. 그들이 노리는 곳은 제국의 심장인 도쿄다. 아버지가 지금도 살아 있다면 분명히 이렇게 소리칠 것이다. 구마모토엔 뱀이 참 많지. 안 그래? 이제 그 뱀들을 일일이 칼로 내리칠 일도 없어졌군!

점심시간이 지난 뒤 시게오를 호출한다.

일정한 발소리가 복도를 울린 뒤 문 두드리는 소리가 들린다. 데려왔습니다! 시게오는 예의 각진 턱을 10도쯤 들어올린 채 나를 향해 똑바로 경례를 올린다. 아름답다. 녀석의 턱을 볼 때마다 나는 감탄하지 않을 수 없다. 나는 녀석이 잔뜩 발기한 채 제 애인을 향해 다가가는 모습을 상상한다. 헐렁해 보이는 군복 속에 의외로 탄탄한 근육을 숨기고 있을지도 모른다. 제국군인들은 누구나 강한 어깨와 강한 성기를 지니고 있다. 그들은 전쟁에 광분하는 것만큼이나 계집들의 살냄새를 사랑한다. 제 성기의 능력을 믿는 자들일수록 죽음과도 그만큼 가깝다.

"데리고 들어오게."

밖으로 나갔던 시게오가 손목이 묶인 첸을 끌고 들어온다.

"풀어줘."

손목이 자유로워지자 첸이 넙죽 절을 올린다.

"고맙습니다."

나는 땅딸막한 체구의 첸을 비웃듯이 쳐다본다. 비굴한 자들일 수록 다른 것을 숨기고 있기 마련이다. 녀석은 시한부로 장교식당에 배속되었다. 반진제 행사 기간에 야전 장교들과 국외 사절들을 대접할 요리를 만드는 일손이 부족했기에 내린 명령이었다.

"일은 할 만한가?"

"네, 사령관님 덕분에……."

"덕분이라니. 난 아직 너를 살려둔다 하지 않았다."

사실이다. 나는 녀석을 총살한다고 말한 적이 있다. 하지만 시험을 통과했다고 해서 목숨을 보전해준다고는 말하지 않았다. 내 실수를 인정하지만 녀석이 시험을 통과하는 상황은 고려 밖이었다. 나는 이기지 못했지만 아직 패배한 게 아니다.

"그럼 저를 총살하실 생각입니까?"

녀석의 목소리가 두려움을 가장하고 있다.

"글쎄, 네가 적어준 '향식(餉食)'이란 말의 의미를 되새기고 있었다. 난 학식이 모자라서 아직 너의 깊은 지혜를 헤아리지 못했어. 네 심중이 헤아려지면 그때 너의 볼품없는 몸뚱이를 어떻게 할 건가 다시 생각해보기로 하지."

"별 뜻 없는 글이었습니다. 대장님께 제 요리를 처음으로 올린다는 의미였지요."

"그런가? 말이란 아와 어가 다른 법이지. 나한텐 그 소리가 비로소 년 요리다운 요리를 맛보게 된 거야, 하는 비웃음으로 들리더군. 죽음을 건 내기였는데 너무 건방지지 않은가? 그깟 세 치 혓바닥에 제 목숨을 걸다니."

"……제가 결례를 했습니다."

첸이 무릎을 꿇으며 안절부절못한다.

"일어나라. 그런 큰절은 너희 청나라 황제에게나 해."

첸은 시게오의 눈치를 보며 이러지도 저러지도 못한다. 옆에 선 시게오와는 너무도 대조적인 작고 탄탄한 어깨, 살집이 오른 턱살 때문인지 보는 이로 하여금 역겨움을 일으키게 하는 몰골이다. 저 볼품없는 몸뚱이가 과연 황제를 살해할 수 있을까? 공산주의자들이라면 가능한 일인지도 모르겠다. 머릿속에 허황된 꿈을 숨긴 자들일수록 뇌수를 칼날처럼 움직여 짧은 혀로 제 자신을 포장한다. 이론과 선동에만 강한 게 결정적인 흠이지만 저 멍청이처럼 가끔 제 몸뚱일 소중히 여기지 않는 자들도 있게 마련이어서 헌병대에 꾸준히 일거릴 제공한다.

"넌 쉐창을 어떻게 생각하느냐? 요리의 맛이 아니라 그 요리가 품고 있는 본질에 대하여 듣고 싶다. 그 요리를 모르는 건 아니겠지?"

녀석의 굽은 어깨를 보고 있자니 장난기가 발동한다.

"쉐창은 중국요리이기 이전에 저희 이족 요리에서 빼놓을 수 없는 음식입니다. 소나 돼지뿐만 아니라 사슴과 양, 오소리의 피도 재료가 됩니다."

"그만, 오소리의 피라니? 참으로 역겹다."

아무리 솜씨가 좋다 해도 이자의 피 요리는 먹고 싶지 않다.

"맞습니다. 문화에 따라 역겨운 음식이기도 하지요."

"광둥에선 사람도 먹는다던데……."

녀석이 곤혹스러운 듯 제 이마를 쓱쓱 문지른다.

"제 눈으로 목격한 적은 없습니다……."

"좋아. 그쯤 해두지. 한데 넌 아직 질문에 답하지 않았어."

"쉐창과 같은 피 요리에 대하여 물으시는 건지요? 그러니까, 피는 궁극적으로…… 그것의 본질은 인간의 혀를 가장 선득하게 하는 아름다움에 있습니다."

"선득한 아름다움에 있다고? 어째서?"

첸이 바닥에 깊숙이 엎드리며 대답한다.

"피 맛을 본 자들은 반드시 그것을 다시 찾기 때문입니다."

그렇군. 너의 말이 맞다. 넌 아직 살려둘 가치가 있어.

"반진제 기간에 너의 실력을 보여라. 쉐창이든 무엇이든 만들 수 있는 건 모두 만들어. 네 목숨을 결정하는 건 내가 아니라 너의 요리다."

"한 가지 청이 있습니다……."

시게오가 손바닥으로 녀석의 어깨를 가볍게 후려친다.

"말하게 돼, 시게오 하사."

"감사합니다. 다름이 아니라, 집에 한번 들르게 해주십시오. 저의 집은 매지정 근처에 있습니다. 아버지에게서 물려받은 도마를 가져오고 싶습니다."

"도마라니? 괜한 헛수작하지 마라."

"아닙니다. 절대로 도망가지 않습니다. 제가 도망을 간다면 집에 있는 처와 노모는 어찌 되겠습니까? 저는 단지 도마가 필요할 뿐입니다."

녀석은 끈질기게 도마를 원하고 있다.

"특별한 이유라도 있나?"

"그 도마 위에서라면 저는 어떤 요리든 두렵지 않습니다."

이놈 봐라?

"요리와 두려움이 무슨 관계가 있지?"

키 작은 광둥인이 입을 오므렸다 벌렸다 반복한다. 머릿속에 맴도는 적당한 단어를 찾아내지 못했다는 듯이. 아니면 발설하기 싫은 비밀을 품었다는 듯이. 천장을 향한 녀석의 눈이 수수께끼라도 품은 양 회한에 젖어 있다.

"알았으니 가봐."

첸이 나간 뒤 시게오에게 은밀히 명령을 내린다.

"녀석을 데려다준 뒤 용궁엘 좀 다녀와야겠어."

시게오가 이내 말뜻을 알아듣고 고개를 끄덕인다. 용궁은 극락
사를 가리키는 시게오와 나만의 은어다. 아직 시게오 녀석을 완전
히 믿는 건 아니지만 녀석이 그곳 돌중들과 말이 통하니 극락사에
심부름을 보내기엔 제격이다.

"특별히 받아 올 물건이라도 있습니까?"

"주지 늙은이한테 서신만 전해주면 돼."

시게오가 차렷 자세를 취한다.

"근데 요리사의 부탁은 어찌할 생각이십니까?"

"도마라니? 참으로 흥미로운 부탁이다. 들어줘."

"알겠습니다. 사령관님."

돌아서는 시게오를 다시 잡아 세운다.

"참, 법당에도 한번 들러. 법당에 가거든 반드시 천장의 만다라
그림 아래 자네의 엉덩이를 내려놓게. 그러곤 눈을 똑바로 들어 본
전의 미륵을 잘 살펴보도록. 아래로 향한 미륵의 얼굴이 살짝 웃고
있는지, 아니면 무표정한지."

"웃고 있다고요? 그게 중요한 일입니까?"

"그래, 미륵은 오로지 만다라 그림 아래에서 바라볼 때만 웃는
모습을 보여준다. 아마도 돌중들은 그런 사실을 모르고 있겠지. 너
는 습관적으로 그걸 확인해야 한다. 다른 건 다 속여도 속일 수 없
는, 최초에 돌을 다듬은 장인이 부처의 각도 속에 숨겨놓은 지옥의
미소를 말이다."

시게오는 무슨 소린지 모르겠다는 듯 고개를 갸웃한다.

"그러니까 천장의 만다라 정중앙에 해당되는 위치에 앉아 본전의 부처를 보되, 웃고 있는지 그 표정을 확인하라는 말씀이십니까?"

"그렇다."

나는 독한 중국 담배에 불을 붙이며 시게오를 태운 트럭이 정문을 빠져나가는 걸 지켜본다. 시게오는 입이 무겁고 명령을 이행함에 있어 군더더기가 없는 청년이다. 나를 위해 제 목숨을 버릴 수 있다면 더할 나위 없겠지만 그 점은 예외로 놓아두어야 하겠다. 오랜 속담대로 생명을 건 모험에서 북해 놈들을 믿어선 안 되니까. 비단 북해 놈들뿐만이 아니다. 2·26 사건 이후 하극상은 이 불편한 제국의 상징과도 같은 존재가 돼버렸다. '제국을 위해서'라는 머저리 같은 애국심에 도취당하는 순간, 누구든 허리에 찬 권총을 빼 제 상관을 쏠 수 있다.

6

"나가서 잡뼈를 좀 사와."

화덕에 불을 지피다가 베베가 내게 손짓을 해.

"더 필요한 건 없어요?"

나는 마늘을 다듬다 말고 구부정히 일어나 그녀 옆으로 다가가. 그녀가 주머니에서 꺼내주는 만주국 동전 몇 개를 받기 위해서야.

"아니다. 내가 갔다 오마."

그녀는 마음이 바뀐 듯 들고 있던 쇠집게를 내 손에 쥐여주고 기둥에 달아놓은 손바닥만 한 거울에 제 얼굴을 비춰봐.

"말린 호박 조금하고 계란 몇 알, 돼지 부속고기 조금, 싱싱한 야채가 있으면 좋겠는데…… 아이쿠, 이런 망할 놈의 전쟁은 언제 끝나나."

그녀는 흐트러진 머리카락을 야무지게 묶어 올린 뒤 자그마한 몸을 돌려 아래층으로 향하는 중이야. 왼쪽 다리가 불편해서 자벌레처럼 다리를 먼저 계단 아래로 쭉 뻗은 뒤 엉덩이를 바닥에 댄 채 조심스럽게 내려가야 해. 체격이 자그마한 그녀는 요람에 누운 어린아이처럼 종일 침상에 누워 있다가 때가 되면 부스럭거리며 일어나 밥을 먹고 화장실에 들러 오줌을 누지. 황궁으로 떠난 제 아들이 돌아오지 않는 금요일 이후에도 그녀는 침상에 누워 깨고 자기를 반복해왔어.

나지막한 지붕을 따라 연기가 피어오르는 게 보여. 어깨를 구부린 사람들이 얇은 외투로 몸을 가린 채 인력거를 피해 바삐 오가고, 다양한 인종들이 종일 내뱉은 고함과 한숨, 가벼운 웃음소리, 종종걸음을 품은 하루가 시장 너머로 꽁지를 빼고 있어. 처음 집을 구하러 왔을 때 첸은 노모를 위한 별도의 방이 없는, 부엌과 방이 한통속인 2층의 이 방을 좋아하지 않았어. 하지만 소개인이 보란 듯이 미닫이창을 열어젖히자 땅호를 외치며 망설이지 않고 계약금을 지불했어. 서쪽 끝으로 떨어지는 해를 따라 길게 뻗은 시장 골목 때문이었어. 온갖 생필품이 모이는 곳이지만 첸은 요리의 재료에만 관심이 많았어. 해질녘이면 고무신을 끌며 거리로 나가 새로 들어온 해산물이 있는지 구경하다 오는 걸 낙으로 삼곤 했으니까.

첸은 가끔 청주 한 병을 사 와 도마에 뿌린 뒤, 남은 술을 마시며 죽은 제 아버지와 도마에 얽힌 이야길 들려주곤 했어. 그때마다 베베는 죽은 듯 침상에 웅크리고 누워 이야길 들었고. 도마를 끼고 있을 때 첸은 세상에서 가장 강한 사나이였어. 처음 첸의 집에 온 날도 그는 도마에 걸터앉아 내게 명령하듯 자신의 집에 머물 것을 권했어. 그날 밤 뼈를 발라낸 닭고기에 밀가루를 묻혀 기름에 튀긴 음식을 내게 만들어주었는데, 발라낸 닭뼈를 칼등으로 부수며 중얼거렸어.

"길순, 네가 이곳에 머문다면 광둥요리를 가르쳐주겠다."

나는 물이 든 솥을 화덕에 올리고 베베가 오전에 만들어놓은 밀가루 반죽을 밀대로 곱게 펴서 국수 면을 만들기 시작해. 잡뼈로 국물을 우려내려면 시간이 좀 걸리겠지만 그래도 근사한 한 끼를 기대할 수 있기에 벌써부터 군침이 돌아. 돼지고기 잡뼈를 삶은 물에 해산물과 각종 야채를 넣어 만드는 광둥식 국수는 특히 베베가 좋아하는 음식이야. 요즘엔 야채가 시장에 잘 나오지 않아 말린 호박 고명 몇 개를 넣는 게 고작이지만, 그래도 베베의 국수 요리를 맛보고 나면 다들 한 번쯤은 다시 먹고 싶다는 생각을 하게 되곤 하지. 끓는 물에 면을 삶다가 퍼지기 직전 꺼내 정확한 시간에 찬물에 넣는 그녀의 솜씨는 누구도 흉내낼 수 없거든.

대부분의 여자들은 자기 방이 아니라 부엌을 먼저 갖게 되잖아? 베베도 그런 여자들 가운데 하나야. 한때 남편을 광둥의 이름난 요리사로 두었다고는 해도 그녀에겐 그녀만의 부엌이 존재했고 그곳에서 제 아들과 남편을 위해 매번 정성껏 음식을 만들어야 했을 거야. 내가 그녀에게 일말의 동정을 느끼는 건 청진의 어머니 때문이기도 해. 청진의 어머니 또한 평생 가족을 위해 국을 끓이고 밥을 안쳤으니까. 자신을 학대하는 사람을 위해서 매일 음식을 장만하며 그녀는 무슨 생각을 했을까? 그녀는 자신의 삶을 짐승만도 못하다고 종종 얘기했는데 그 말은 틀리거나 맞을 거야. 물어뜯을지언정 어떤 짐승도 요리 따윈 하지 않으니까.

그래도 나빴던 기억만 있는 건 아냐. 국수 하니까 생각이 나는데 어머니가 이따금씩 상 위에 올렸던 회국수의 맛은 지금도 입에 군침이 돌 정도야. 요리법은 의외로 간단해. 감자로 만든 국수사리에 맵게 간을 한 명태회를 얹으면 되니까. 찐 달걀과 차갑게 언 배를 곁들이면 입안을 칼처럼 베는 톡 쏘는 맛에 누구든 엄지손가락을 치켜세우게 돼. 달콤하면서도 신 맛이 도는 회국수는 차갑게 먹을수록 더 맛이 있어. 추운 겨울, 가족들에게 국수를 내놓고 어머니는 바람이 드는 부엌에서 선 채로 국수를 넘기곤 했어. 그러면서 사람들은 애나 어른이나 바람에 꾸덕꾸덕 말라가곤 했지.

시장의 이름은 호이파야. 호이파는 옛 여진족 일파를 부르는 말이라고 해. 해가 막 넘어가기 직전의 거리는 만족 전통 복장을 입은 여인들로 울긋불긋 꽃을 피우고 있어. 베베는 이미 인파에 섞여 들어서 보이질 않아. 용이 조각된 시장 입구, 아치형 나무 장식 아래서 고성을 지르며 몇 사람이 실랑이 중이야. 소금 가마니를 가득 실은 마차 한 대가 인력거를 들이받아 흰 소금이 도로 한쪽으로 쏟아져 내렸어. 저녁 햇빛을 받은 소금 알갱이들이 툭툭 튀어 오르며 구경꾼들의 눈을 따갑게 해. 3년 전 봄, 루손(Luzon)섬의 해변에서 어부들이 그물로 끌어올리던 흰 새우들처럼.

아, 새우 얘기를 하지 않는 건데…….

지난 몇 년간 나는 꿈에서 종종 그 흰 새우들을 눈부셔했지. 큰 배에 우리를 태운 일인들은 남쪽의 방직공장으로 간다고 했어. 배를 타고 한 달을 가야 하는 아주 따스한 나라, 나는 그들의 말에 일말의 희망을 걸었던 것 같아. 청진은 너무 추웠거든. 나는 어디를 가든 보이는 모든 걸 차갑게 얼려버리는 청진 따위는 버리고 싶었어. 이른 봄부터 눈이 푹푹 쌓이는 겨울까지 산을 뒤지고 다니며 약초를 캐는 늙은 독사로부터. 세상의 약초란 약초를 다 뒤지고 다니면서도 제 몸의 병 하나 고치지 못해 붉은 가래를 토해내던 사람으로부터. 나는 내가 떠나고 난 뒤 굶어죽게 될 독사를 상상했어. 제 손으로는 감자 한 톨 직접 찔 줄 모르는 인간이었으니까.

시작은 오빠의 편지였어. 만주로 오라는 전갈을 받고 나는 가진 돈으로 검정 고무신 한 켤레를 샀어. 저고리를 하얗게 빨아 널며 마음은 이미 대륙으로 가는 기차에 올라 있었어. 아버지에겐 차마 청진을 떠난다고 말하지 못했어. 이웃마을 친구가 죽어서 며칠 다녀올 거라고. 가마솥에 옥수수죽을 쑤어 윗목에 한 상 부려놓고 통보하듯 중얼거렸던 기억이 나. 그는 아무 말도 하지 않았어. 그의 몸속에 평생 동안 고인 독이 옮겨 오기라도 한 것처럼 내 몸에선 찬바람이 일었지. 하지만 마음은 봄바람에 얹힌 듯 좋았어. 오빠의 부름이 그때만큼은 싫지 않았거든. 하지만 그게 다였어. 청진 역으로 나가 기차를 기다리며 잠시 한눈을 파는 사이 낯선 사람들에게 둘러싸였고, 눈이 가려진 채 짐짝처럼 큰 배의 짐칸으로 던져졌어. 그곳엔 나처럼 영문도 모른 채 잡혀온 여자들이 공포에 떨며 웅크리고 있었는데, 우리의 울음을 잠재운 건 낯선 사내들이 던진 한마디 말이야. 한두 달만 참으면 따스한 남쪽으로 갈 수 있다는.

　루손섬에 닿은 건 두 달 후야. 만주에서 만나자던 오빠와의 약속이 걱정되었지만 나는 끝까지 사내들의 말을 믿었어. 그리고 마침내 루손섬에 닿았을 때, 그 눈부신 새우들을 보게 된 거지. 검게 그을린 반라의 남정네들, 흰 눈자위와 이빨을 드러낸 채 그물을 던져 대던 어부들, 살아보겠다고 쌀알처럼 타닥타닥 튀어 오르던 수백, 수천만 마리의 새우들, 그게 짐짝처럼 실려 갔던 우리들의 운명이었지. 부두를 벗어나 채 두 시간도 못 가서 우린 거리에 널린 주검을 보았어. 모든 시시비비가 분명해진 순간 혀를 물고 자결이라도 해야 하는 건지 구차하게 살아남아야 하는 건지 고민을 했어. 하지만 같이 끌려온 고향이 어딘지도 모르는 3백 명의 여자들 중 누구도 죽음을 택하진 않았어. 우린 더러운 정글 속으로 스물, 혹은 서른 명씩 나뉘어 찢어졌고 하루가 멀다 하고 억센 손길을 받아내었어. 죽음이 아니면 결코 끝날 것 같지 않던 그 가혹한 운명을 끝장내준 사람이 바로 요리사 첸이야.

6개월 뒤, 우리는 대륙으로 옮겨졌어. 광둥의 중국인들은 별다른 저항 없이 항구를 열었어. 마치 내일은 바쁜 일이라도 있다는 듯이 그들은 먹고 마시는 일에 열중했지. 나는 22군에 배속된 작은 정훈 중대를 따라다녔는데 중대장은 이시하라라는 자였어. 이시하라는 밤마다 나를 자신의 침대로 불렀어. 뜨거운 날씨만큼이나 무감각한 날들이었어. 이시하라의 여단이 광둥방어군으로 선정되면서 이시하라는 항구가 내려다보이는 언덕에 집을 얻고 그곳으로 나를 불러올렸어. 매일 수많은 사내들을 받아내는 삶보단 편해졌지만 몸뚱이가 고달픈 건 여전했지. 이시하라는 연회가 있는 날이면 잔뜩 취한 채 집으로 돌아와 일본도를 빼들고 내 속옷을 강제로 벗겨내곤 했어. 반항이라도 할라치면 허리띠를 빼 사정없이 등짝을 후려치곤 했지. 어느 날 밤, 나는 이시하라의 학대를 견디지 못하고 집을 도망 나왔고 그렇게 숨어든 곳이 바로 첸의 집이었어. 그날 첸이 날 죽음으로부터 구해준 거야.

시장에 나갔던 베베가 돌아오는 소리가 들려.

베베는 불편한 다리를 질질 끌며 문을 열고 들어와 숨을 고른 뒤, 계단을 아주 천천히 올라와. 나는 그녀가 매번 들르는 식료품 상회를 알아. '왕'이라는 풍채 좋은 주인은 베베가 갈 때마다 "마마님 오셨어요?" 하고 깍듯이 인사를 한 뒤 물건들을 내어줘. 왕은 누구에게나 그런 친절을 베풀어. 동네 사람들은 그의 친절이 넉넉한 배에서 나온다고 우스갯소리를 하곤 해. 왕이 마적단 사내들에게 자금을 댄다는 은밀한 소문이 돌기도 하지만 어디까지나 소문이야. 이곳에선 누구의 말도 믿어선 안 돼. 세작들은 곳곳에 도사리고 있으니까. 일본인 주인 밑에서 웃음을 보이며 허리를 굽실거리는 내 오빠가 밤마다 권총에 탄환을 바꾸어 끼우듯. 죽음이 산 자의 운명을 결정하고, 이미 죽은 자들이 거리로 몰려나와 잎담배 냄새를 풍기며 말 탄 헌병들을 동경의 눈으로 바라보는 곳. 그 풍경 속에서 아이가 태어나고 연인들은 사랑을 속삭여.

만주의 진짜 속살들은 제 상처를 헤집고 깊이 내려가 골수 안쪽에 웅크린 채 이방인들에게 제 속내를 보여주지 않아. 눈으로 훑는 풍경 속에서 그들의 상처는 한껏 미화되고 견딜 만한 장면이 되고 때론 희망이라는 그럴듯한 단어 속에 희생되기도 하지. 아침을 먹고 나서 고개를 들었을 때 무심코 보이는 하늘, 모래바람이 더 거세졌거나 기러기들이 날아가거나 멀리서 말발굽 소리가 들려오거나 아이들이 골목에 나와 시끄럽게 떠드는 소리가 들려와. 발정난 고양이들은 왜 아기 울음소리를 내면서 시끄럽게 구는지. 풍경의 바닥에 등을 대고 누워보지 않은 사람들이라면 그렇게 스치듯 지나친 풍경을 만주의 전부라고 믿게 되지.

이런 태도는 오히려 좋은 건지도 몰라. 매지정의 돌담을 넘어 들어가 변소 뒤에서 하혈을 하는 어린 여자애의 눈과 마주칠 필요도 없고 어느 만주인 농가의 대문을 열고 들어가 전장에 나가 돌아오지 않는 아들의 사진을 붙잡고 울고 있는 늙은 여인의 손등을 목격할 필요도 없고 마약에 취해 눈꺼풀이 풀린 중국 부자의 침실을 굳이 엿볼 필요도 없으니까. 풍경은 공기주머니처럼 그저 제풀에 터지도록 놓아두는 거야. 그 편이 이방인이 되어 만주에서 살아가는 데 유리해. 만주의 속살을 다 알 필요는 없거든. 만주가 내 속살을 굳이 궁금해하지 않듯이.

"차는 얼마나 남았니?"

베베가 뼈를 물에 씻으며 물어와.

"잠깐만요."

그것을 확인하려면 다락에 올라갔다 와야 해. 전쟁으로 물자가 귀해지면서 거의 매일 마시던 차를 마시지 않게 된 지 벌써 두 달도 넘었어.

"오늘은 국수를 먹고 나서 차를 한 모금 넘겨야겠구나."

베베가 핏기가 말라붙은 뼈다귀들을 물로 잘 씻은 뒤 솥단지에 넣으며 중얼거려. 나는 베베의 침대를 밟고 올라가 다락으로 통하는 좁은 문을 열고는 손을 더듬어서 차가 든 상자를 찾아냈어. 다락은 어린아이 두어 명이 겨우 웅크릴 정도의 크기야. 그곳엔 베베가 아끼는 온갖 물건들이 다 들어 있어.

"다섯 번쯤 더 우릴 만한 양이에요."

미역 줄기처럼 딱딱해진 찻잎을 손톱으로 긁으며 대답해.

"첸이 오면 좋으련만."

노인네가 무당처럼 중얼거려. 어젯밤 무슨 꿈이라도 꾼 건가. 그러고 보니 닭뼈 국물에 말아 먹는 국수는 첸이 좋아하는 음식이잖아?

"꿈이라도 꾸신 거예요?"

베베가 대답 대신 동문서답을 해.

"도마를 잘 닦아놓아라."

"도마는 왜요?"

도마는 화덕 바로 앞에 부엌의 주인처럼 버티고 있잖아.

"첸이 없어도 도마는 깨끗이 닦아놓아라."

그게 다였지. 베베는 이후 다시 어린아이로 돌아갔어. 얌전히 국수 한 그릇을 비운 뒤 침상으로 올라가 새근새근 잠이 든 거야. 처음 첸의 집으로 숨어들었을 때에도 베베는 아이처럼 잠들어 있었어. 마치 방안의 가구처럼, 농가 헛간에 걸어놓은 도리깨처럼, 그녀는 뼈만 남은 볼을 퀭하니 드러난 채 잠을 자는 거야. 손에 일본도를 든 이시하라가 장화 소리를 찌걱대며 집 주변 골목을 배회할 때에도, 느닷없이 문을 열고 뛰어든 나를 위해 집안의 불을 모두 끄고 첸이 내 어깨를 다독이며 숨죽여 기다리던 그 시간, 우리의 심장이 폭발할 듯 바삐 떨 때에도 베베는 무심했지. 두 달 뒤, 첸이 이시하라의 목을 토막 내고 전망 좋은 그 집에 불을 질렀을 때도, 새벽 첫차로 만주 끝까지 길고 긴 도망길에 올랐을 때도, 베베는 아무것도 묻지 않은 채 제 아들을 따라나섰어. 아니 집을 뜨기 전 아들의 등에 업혀 한마디 뱉었던 것도 같아. 도마는 챙겨 가야 한다.

그 뒤 광둥의 일이 어떻게 처리되었는지 나는 듣지 못했어. 들을 필요도 없는 일이었어. 세상은 불타는 지옥의 날들이었고 광둥에서 장춘, 아니 신경까지의 거리는 천국과 지옥만큼이나 멀었으니까. 나중에 안 사실이지만 첸은 광둥을 지키기 위해 조직된 지하 자경단원이었어. 일본군 소위 하나를 목 벤 것으로는 성이 차지 않았던지 만주에 온 뒤에도 황궁으로 들어갈 궁리에만 골몰했어. 전쟁이 나면 멍청한 남자들일수록 으레 그래야 하는 것처럼 세상의 모든 정의를 짊어지고 불속으로 뛰어들길 주저하지 않잖아? 그건 때가 되면 규칙적으로 여자들에게로 찾아오는 이름 모를 일본 병정들이나, 남부식 권총 하나로 세상의 부조리를 끝낼 수 있다고 믿는 내 오빠나, 도마 하나로 세상을 바꿀 수 있다고 믿는 첸이나 모두 매한가지야. 그래서 난 사내들을 믿지 않아.

밤 9시가 되자 갑자기 밖이 소란스러워졌어.

아래층에서 기르는 누런 개 한 마리가 미친 듯이 짖어대. 평소에는 잘 짖지 않아 바보 개라 불리는 잡종 만주 갠데. 베베는 우려낸 차를 반 이상 남긴 채 죽은 듯 누워 있었고 나는 겹겹이 몰려드는 어둠 속으로 숨기듯 내 몸을 밀어넣었어. 난 만주의 누런 모래만큼이나 깊은 어둠이 좋아. 저녁 9시가 가까워지면 대부분의 집들이 문 앞의 조등을 치워버리고 어둠을 맞이할 준비를 하지. 어둠에도 결이 있고 냄새가 있어. 청진의 어둠과 만주의 어둠이 다르지 않아서 몇 집 건너 하나씩 걸린 시계들이 댕그렁거릴 때마다 팽팽히 줄 하나를 펼쳤다가 당겼다가, 이윽고 자정이 넘어서면 세상은 제풀에 지쳐 깊은 나락 속으로 떨어져버리지.

철물 가게에서 들려오는 괘종시계 소리를 들으며 청진의 아버지를 생각하고 있었던 것 같아. 그 순간 개 짖는 소리를 뚫고 인간이 아닌 기계처럼 느껴지는 발짝 소리들이 1층 출입문을 부술 듯 두드려대는 거야. 아래층 젊은 여자가 급히 문을 열어주자 그 집에는 별 볼일이 없다는 듯 곧장 이쪽으로 남정네들의 군홧발 소리가 몰려왔어. 등을 든 사내가 앞장을 섰고 그 뒤로 군복을 입은 서너 명이 2층의 작은 방을 꽉 채우듯 밀고 올라왔어. 나는 하마터면 앗, 하고 소리를 지를 뻔했어. 그 사내들 속에 첸이 굳은 표정으로 섞여 있었기 때문이야. 첸은 베베를 홀깃 곁눈으로 훑고 나서 화덕 앞에 세워놓은 도마로 곧장 다가갔어.

"이 도마랍니다. 이 도마로 말하자면……."

젊은 장교가 첸의 팔을 후려쳤어.

"시끄럽다. 어서 들고 나가."

"잠깐만, 어머님께 문안드릴 시간은 주시지요."

장교가 잠시 틈을 주자 첸은 무릎을 꿇고는 넙죽 제 노모에게 절을 올렸어. 베베가 눈을 떴는지 침상 삐걱대는 소리가 났어. 그러나 베베는 일어나지 않았어.

"됐습니다. 이제 가도 좋습니다."

제 어머니의 손에 입을 맞춘 첸은 볼일이 끝났다는 듯 도마를 들어올려 어깨에 얹고는 구부정히 아래층으로 향하는 계단으로 내려가는 중이야. 묶여 있던 어둠의 한 귀가 풀어지고 그 속에서 낯선 사내들이 튀어나왔다가 다시 그 부푼 침묵 속으로 죄 기어들어 갔지. 불이 꺼지며 막이 내려가는 경극 무대의 한 장면처럼. 자동차 소리가 들리고 개 짖는 소리가 멈출 때까지도 나는 화덕 옆에 나무 기둥처럼 붙박여 있었어. 느닷없었지만 신경에서 이런 일들은 부지기수로 일어나니 놀랄 일도 아니야. 그래선지 신경의 여자들은 어둠을 사랑해. 마적 떼의 총탄에 젊은 남편을 잃은 일본인 여자의 통곡 소리와, 한밤중에 느닷없이 헌병들의 방문을 받게 된 만주족 가정들의 형편이 비슷한 발짝 소리 속에 밤마다 자라나곤 했으니까.

"불을 켜라."

어둠 속에서 베베가 중얼거리는 소리가 들려.

"참이라도 드시게요?"

나는 질문이 엉뚱하다는 걸 알면서도 물었어.

"불을 켜라……."

어둠 속에서 그녀가 재차 중얼거렸어.

나는 침대 밑에 넣어두었던 등잔을 꺼내 심지에 불을 붙였어. 불이 붙자 거무튀튀한 방구석 어둠이 일렁이며 여러 개의 풍경으로 겹쳤다가 번지길 반복해.

"찾아봐."

그녀가 잠꼬대하듯 중얼거렸을 때에야 비로소 나는 베베의 말을 알아듣고 방바닥을 살폈어. 도마가 놓였던 자리와 화덕 근처, 아아, 화덕 속에 작은 종이 같은 게 아무렇게나 접힌 채 들어 있어. 도마를 가져가며 첸이 급히 숨겼다는 걸 알 수 있었지. 한데 베베는 그 사실을 어떻게 알았을까? 베베는 무엇이 쓰여 있느냐고 묻지도 않은 채 침상에 돌아누워 작은 어깨를 규칙적으로 움직이는 중이야. 나는 문이 잠겼는지 아래층 계단을 확인한 뒤 심지 가까이 종이를 끌어당겼어.

毒. 종이에는 오직 단 하나의 글자만 쓰여 있었어.

독을 구해놓으란 의미일까? 이번만큼은 첸의 의도를 알아차릴 수 있었어. 언젠가, 청진에 두고 온 내 아버지가 약초장이였다는 걸 첸에게 말한 적이 있거든. 첸은 정말로 투사가 되기로 작정한 건가 봐. 도마 위에 온갖 재료들을 늘어놓고 곳곳에 칼집을 넣어가며 만찬을 준비하겠지. 적들의 눈을 속이되 치명적이며 가장 확실한 효과를 볼 수 있는 독, 운이 따라준다면 음식을 먹은 모든 장교와 하사관들을 한칼에 쓰러뜨릴 수 있게 되겠지. 나는 첸의 도마가 첸의 계획을 이루어줄 것이라고 확신했어. 음식은 정직하지 않지만 독은 정직하니까. 그게 권총 한 자루에 의지하는 내 오빠보다 나은 방법이란 걸, 나는 왜 지금껏 생각해내지 못했을까.

외투를 걸치고 급히 고무신을 찾아 신었어.

통금이 되기 전에 남호(南湖)에 닿아야 했거든. 남호는 시장 건너편에서 좌회전을 한 뒤, 사령부가 있는 서쪽과 반대로 30분쯤 더 가야 하는 거리야. 달이 뜨지 않았다는 건 아주 좋은 징조야. 돌아오는 길 헌병들의 눈길 걱정을 덜게 되었으니. 숨이 격렬하게 밤공기와 겨루는 사이 남호공원 서쪽 입구에 닿았어. 출입문 근처의 흰 백양목 아래, 거북 형상의 장식물 밑에 쪽지를 감춘 뒤 다시 뛰기 시작해. 첸이 주고 간 종이를 오빠가 최대한 빨리 봐주기를 갈망하면서. 발길을 돌려 돌아오는 길에야 비로소 독을 전해줄 방법을 모른다는 데 생각이 미쳤지.

7

　

도마 앞에 서면 으레 아버지의 잔소리가 이어졌다.

"재료가 도마를 떠날 때까지 잠시도 눈을 떼면 안 돼. 눈과 코를 도마와 칼에 집중하며 놈들을 째려봐 첸. 산 거든 죽은 거든 요리로 부적절한 것이든 도마에 올라온 이상 접시에 놓일 운명을 타고난 거다. 요리사는 지금 이 순간 접시의 재료들과 운명을 같이해야 해. 손은 보조 도구일 뿐이야. 도마 위에서 주인공은 칼이야. 너는 그 작은 나무판 위에서 뭐든지 할 수가 있어. 쇠뼈를 부러뜨릴 수도 있고, 감성돔 한 마리를 올려놓고 낙천(樂天)*보다 더 멋진 무늬를 그

---

* 당나라 시인 백거이의 시 「홍선담(紅線毯)」 중 "비단이 하늘거리고 향기는 솔솔 불어 부드 러운 꽃이 놓일 자리를 못 찾네" 차용.

려낼 수 있어."

칼을 들어 재료를 내리칠 때도 마찬가지였다.

"도마에 놓인 것은 그것이 무엇이든 하나의 생명이야. 칼은 그들의 생명을 끊는 도구가 아니라 그들을 굴복시키는 도구야. 칼을 다룰 때 조금이라도 허점이 보이면 재료들은 접시에 오르는 순간까지 말썽을 부리잖아. 칼은 등을 보여서도 안 돼. 칼날로 재료를 지그시 눌러가면서 놈들의 눈을 제압해. 숨통을 단박에 끊어놓을 듯 위협하면서 동시에 재료 고유의 빛깔과 싱싱함이 다치지 않도록 배려해."

아버지의 화려한 언변은 대부분 식당 찬모들을 유혹하는 일에 쓰였지만 그 말들이 아주 쓸모없었던 것만은 아니었다. 요리에 대한 잔소리들은 넘치지도 그렇다고 모자라지도 않게 도마를 벗어나려던 나를 되돌아오게 만들었다. 도마 앞에서만큼은 아버지는 누구에게도 뒤지지 않을 예술가였으며 철학자였다. 아버지의 칼질은 존재감 없이 도마에 엎어진 재료들의 혼을 깨우고 그것들에 가장 아름다운 옷을 해 입혔으며 접시 위에서 최고의 순간으로 기억될 수 있도록 다그쳤다. 도마 위에서 무수히 자신의 살을 내어준 것들에 대한 최소한의 예의였다.

르번구이쯔들이 항구 동쪽 해안에 닻을 내렸을 때, 독(dock)으로 개미 떼처럼 일병들이 쏟아져 나왔을 때, 총구에 꽂힌 뾰족한 대검이 해를 사방으로 분절시켰고 지켜보던 청년들은 눈을 감고 무기력하게 흩어졌다. 우리는 누구도 감히 뒤돌아볼 수 없었다. 수천 수만 개의 칼날들이 번쩍이며 날아와 눈을 멀게 할 것 같았기 때문이다. 일병들은 잘 훈련된 조련사처럼 우리의 몸을 구속했지만 숨통을 끊어놓지는 않았다. 그들은 빠른 시간 안에 점령지의 주인이 되길 원했고 전리품들이 그들의 식탁 가득 쌓였다. 무기력한 대륙인들에겐 만찬의 접시가 치워지는 일만 남았다. 동시에 우리의 운명선도 희미해져갔다. 내가 도마를 끝끝내 놓지 못하는 이유가 여기에 있다.

만주행은 계획에 없던 것이었다. 이시하라를 죽이지 않았다면 지금도 여전히 광둥에 남아 있었겠지만 그 일을 후회하지는 않는다. 그들의 말은 무가 썹히듯 아삭아삭 끊어졌고 한자를 비튼 글자는 단순하고 가벼웠다. 만주로 건너온 뒤에도 나는 일본인 식당에서 그들의 문화와 말을 깨치는 데 공을 들였다. 민간인은 친절했고 병사들은 죽음 앞에서 기계처럼 냉정하게 움직였다. 그들은 술을 좋아했고 유머를 몰랐으며 빼앗은 목숨에 집착했다. 어떤 경우에도 죄책감 같은 건 갖지 않았고 조상들에게 자주 제사를 지내는 것을 빼면 특별히 신을 믿지도 않았다.

신경에 온 뒤 나는 한때 일본인이 운영하는 식당에서 일했다. 일병들에게 조사를 받는 동안에도 끝끝내 그 사실만은 불지 않았다. 내가 기본적인 그들의 언어를 이해하고 그들이 무얼 먹으며 무얼 좋아하는지 치밀하게 수집해왔음을 들키고 싶지 않았기 때문이다.

결과적으로 나는 일차적인 목적을 달성했다. 자신들이 쥐여준 칼이 도마라는 치열한 전장을 거쳐 도로 자신들의 심장을 겨눌 줄 그들은 조금도 예상하지 못하고 있을 테니까. 생선을 손질할 때 쓰는 데바보초와 그것을 얇게 떠내는 사시미보초, 야채를 다듬는 투박한 우수바와 초밥을 자르는 우시기리, 심지어는 장어를 절단할 때 쓰는 사키에 이르기까지, 목표는 오로지 하나다. 펄떡이는 생명을 끊어놓는 것.

나는 갖가지 칼들을 배열해놓고 다시금 도마 앞에 선다. 기름때가 묻은 장교식당 주방의 칼들은 특유의 무겁고 탁한 분위기를 풍긴다. 종류별로 주방 벽에 나란히 매달린 날카로운 저 칼들은 보기에 따라 주방의 이빨을 보는 것 같기도 하다. 칼들은 어둡거나 밝거나 늘 그곳에 걸려 제 주인을 기다린다. 도마를 탁탁 내리치며 소임을 다하기도 하지만 그것들이 내리치는 것은 결국 빈 허공일 뿐이다. 재료들은 공간 속에 놓였다가 공간 속으로 소멸한다. 음식물들이 인간의 몸속으로 들어가 소화되는 동안, 칼들은 벽에 나란히 기대 이따금 쉬쉬 바람 소리를 낸다. 바람은 칼날에 부딪혀 스스로 베이고 스스로 익어간다.

나는 이 딱딱한 공간조차 마음에 든다. 어떤 공간이든 그것이 풍기는 고유의 분위기가 있게 마련이다. 장교식당 주방으로 말하자면 늘 어느 구석에 마늘과 미역 꾸러미가 걸려 있던 어머니의 부엌을 떠올리게 한다. 그 투박하기 짝이 없는 공간에서 어머니는 늘 무언가를 했다. 만두를 빚거나 카이란 잎을 다듬으며 그녀가 내게 가르쳐준 건 침묵이었다. 아버지의 수다스러움과 달리 어머니의 침묵은 내게 어떤 요리도 강요하지 않았다. 한 평 남짓했던 공간은 아버지가 밖에서 뿜어내는 온갖 소문의 소멸처였으며 완전하게 닫힌 공간이었다. 침묵은 그녀의 가장 확실한 소스였고 가장 확실한 눈물이었다.

대본영 장교식당은 총 스물여섯 개의 크고 작은 화덕을 갖추고 있다. 며칠 사이 나는 화덕 하나를 눈치껏 부릴 수 있게 되었다. 화덕은 이곳에서 일종의 계급이다. 어깨의 견장이 집단의 질서를 품고 있다면 화덕은 식당에 끼친 공로와 장교들의 까다로운 입맛을 제압할 수 있는 기술, 그때그때 주어진 재료를 최대한 활용하여 한 끼의 살림살이를 무사히 치러내는 능력에 따라 갈린다. 그런 의미에서 화덕을 일곱 개나 지배하는 요시이 마사토 하사관은 단연 이 주방의 제왕 같은 존재다. 그의 가장 큰 장기는 경극 배우처럼 사방으로 쉴 새 없이 몸을 움직여 일곱 개의 화덕을 활활 달아오르게 하는 데 있다. 한창 요리에 열중일 때는 마치 팔이 여러 개인 신 사라스바티처럼 정신없이 움직인다.

"자, 전쟁을 시작해볼까?"

석탄 화덕이 달아오르면 매번 웃통을 벗어던지고는 스모 선수처럼 요상한 자세를 취한다. 일종의 의식이다. 솥뚜껑처럼 큰 웍(鑊)

에다가 돼지기름을 두를 때는 이향란(李香蘭)*의 앳된 노래들을 돼지 멱따는 소리로 즐겨 부른다. 그의 손은 일곱 개의 화덕을 교대로 오가며 식단표에 예고된 탕과 조림, 찜과 같은 요리들을 매번 식탁으로 대령한다. 초급장교들이 음식 맛에 불평이라도 할라치면 양 손바닥에 침을 탁 뱉어 비비며 "언제 죽을지도 모르는 머저리들"이라고 욕을 해댄다. 그러면서도 사방으로 부지런히 눈알을 굴려가며 다른 화덕에 참견질을 해댄다.

"보리는 정량을 반드시 섞어야 해. 장교들이라고 각기병이 피해가진 않으니까. 새우를 볶을 땐 남아 있는 돼지기름을 조금 써도 괜찮아. 그래야 새우의 쓴맛을 죽이거든. 주머니에 건빵을 처넣고 꺼내 먹는 놈들은 죄다 총살을 시켜야 한다니까. 요리를 하면서 다른 음식을 먹다니, 그건 음식에 대한 예의가 아니지. 하지만 가끔 썩은 머리칼 몇 개쯤은 들어가도 좋아. 그래야 제 잘난 다이조(隊長) 놈들이 조리병들의 소중함을 알지. 어이, 거기 멍청이 광둥인, 안 그래?"

식당 주임인 난조 세이코 조장(曹長)**이 있을 때도 요시이의 입담은 거침이 없다. 하사관과 장교들이 어디서든 으르렁거리는 사이란 걸 알고 있기 때문이다.

"소비에트 놈들은 최신식 T-34 전차를 5백 대나 보유했다죠? 그

---

* 일본명 야마구치 요시코. 1920년 만주에서 태어난 여배우이자 가수.
** 당시 일본 하사관 계급의 최상급.

녀석들은 아마도 곰 고기가 주식일 겁니다. 후훗, 기껏해야 생선 토막이나 씹어대는 우리 반다이 돌격대들하곤 차원이 다르죠. 아, 오해는 마십시오. 저는 놈들이 밀고 내려오는 그날도 주방에서 변함없이 콩을 볶고 미소를 엷게 풀어 국을 끓이고 있을 겁니다. 매지정에 나가 성병에 걸려 온 장교님들을 먹여 살려야 하니까요."

굳이 요시이의 입을 빌리지 않아도 사령부의 암울한 분위기는 여러 곳에서 감지된다. 장교든 사병이든 대놓고 말은 하지 않지만 표정들이 무겁긴 마찬가지다. 그것이 만주국 머리 위로 몰려들고 있는 북방의 군대 때문이란 건 어린아이도 알 수 있다. 초봄부터 블라디보스토크와 이르크츠크 등으로 병력을 집결시켜온 소비에트군은 언제든 남하할 준비를 갖추고 있었다. 관동군이 병력 수로는 밀리지 않지만 장비와 화력, 보급은 형편없었다. 거기에 주력인 3군과 5군이 연이어 남쪽 전선으로 차출되면서 관동군은 매미 껍질처럼 쭉정이만 남은 상태다.

여기저기서 사령관 오토조의 무능을 비난하는 소리가 들린다. 언젠가 요시이와 난조 조장이 나누는 대화를 엿들은 적이 있는데, 사령관은 소비에트와 전쟁을 치러낼 의지가 전혀 없는 사람이었다. 그는 먹는 데 집착했고 사령부를 자주 비운 채 극락사 중들을 만나 시시덕거렸다. 본토에서 그를 끌어내리지 않는 이유를 모르겠다며 난조 조장은 혀를 내둘렀다. 막상 놈들의 심장부로 들어와 전해 듣게 된 이야기는 이처럼 형편없는 내용들이 대부분이다.

사령부 건물엔 대략 3백여 명의 장교들이 머물고 있다. 간혹 야전에서 막 돌아온 듯한, 얼굴이 검게 탄 초급장교 무리들이 집단으로 식사를 할 때도 있지만 이삼 일 이내에 다른 곳으로 떠나버린다. 3백 명의 장교들이 매번 식사를 하는 것도 아니다. 식탁에 모여드는 인원은 2백여 명 안팎이다. 소좌 이상의 장교들은 당번병을 시켜 음식을 가져오게 하거나 고급 요리점들이 늘어선 장통로 주변으로 몰려가 밥을 먹고 돌아온다. 장통로와 섬서로가 교차하는 지역에는 본토에서 건너온 일본 요릿집들을 비롯 중국, 조선의 요리점들이 경쟁하듯 손님을 맞는다. 지금은 없어졌지만 내가 한때 일했던 '카모메'라는 일본 요릿집도 두 대로의 경계에 있었다.

장교들의 입맛은 미식가들처럼 까다롭다. 그들은 자신들이 확실히 사병들보다 대접받기를 원한다. 야지(野地)로 나가 있는 말단 사병들이 하루 반 되의 쌀보리와 생선 반 토막, 단무지 한 개로 연명하는 동안 영관급 장교들은 한겨울에도 소비에트 상인들이 몰래 가져온 새우와 대합, 동태로 풍성하게 식탁을 장식한다. 일부 장교들 중에는 야간에 당직병을 시켜 해물우동이나 생선가스 같은 특별한 요리를 주문할 때도 있다. 잠을 자다가 눈을 비비며 불려 나오는 취사병은 언제나 나카무라 일등병이다. 그가 신참이기도 해서지만, 관서에서 우동 가게를 하는 아버지를 둔 탓에 해물우동 하나만큼은 실력을 따를 사람이 없다.

사령관 오토조의 부관 시게오도 장교식당의 단골손님이다. 뻣뻣하게 생긴 그 녀석은 나를 괴롭힐 준비가 끝났다는 듯 시시콜콜 화덕 옆에 서서 참견하길 즐긴다.

"이봐, 땅딸보. 손은 깨끗이 씻은 거지? 대장님이 워낙 까다로운 분이라서. 소금 한 알을 치는 데도 정성을 다해야 해. 잘못해서 더러운 각질 한 조각이 계란 노른자에 박히기라도 하면 너는 그날로 총살을 당할 테니."

대꾸를 안 하고 서 있으면 또 중얼거린다.

"그나저나 북방 놈들이 잡은 새우를 먹으면서 그놈들 군대를 걱정해야 하는 꼴이라니. 이봐, 광둥인. 광둥에선 새우를 어떻게 요리해 먹지?"

나는 눈길도 주지 않은 채 대답한다.

"광둥의 미식가들이라면 새우 따위는 결코 먹지 않아요."

녀석은 약간의 빈정이 섞인 내 말에 토를 달지 않는다.

"그렇군. 그럼 광둥인은 뭘 먹지?"

자존심이 발동한다. 광둥인들이 딤섬에 빠져 세 끼 중 두 끼를 딤섬으로 해결한다는 말은 차마 하지 못하겠다. 하긴 기껏해야 생선 조림이나 먹고 자랐을 이따위 말라깽이 제국군인 녀석에게 딤섬의 위대함을 설명한들 무슨 소용이 있을까.

"광둥 사람들은 정말 잘 먹습니다. 전쟁 전 물자가 좋을 때만 해도 하루 세 끼를 꽉 채워 먹고 네 번에 걸쳐 갖가지 간식을 먹곤 했지요. 국민혁명* 기간에도 세끼를 꼬박 챙겨 먹었습니다. 요즘처럼 물자가 부족할 때를 빼곤요.”

나는 녀석이 내 말의 숨은 의미를 알아채길 바란다.

“그래서 광둥인은 무얼 먹지?”

“아침에는 주로 가벼운 딤섬으로 시작을 하곤 합니다. 이어 냉채와 뜨거운 요리를 번갈아 먹으며 혀를 즐겁게 해주지요. 그중에선 특히 쏘가리튀김과 삼겹살찜을 추천해드리고 싶군요. 다좐차오주간이라 부르는 마늘에 돼지 간을 함께 볶은 요리도 추천해드리고 싶습니다. 아아, 새의 가슴살을 골라 볶은 차이방쯔는 어지간한 재력이 없으면 먹기 어렵습니다. 저녁에 고기완자로 국을 끓인 훙샤오스쯔터우를 맛보면 피로가 싹 가시지요. 간식으로는 술에 절인 거위와 삭힌 두부를 먹습니다. 자기 전에는 꿀에 절인 단 과자와 담백한 차를 곁들이기도 하고요.”

녀석이 흥미롭다는 듯 받는다.

“그걸 너 같은 놈들이 정말로 먹었단 말이냐?”

“광둥인은 먹기 위해 존재합니다.”

“중국인들은 대식을 선호하는 민족이군. 돼지들처럼. 한쪽에선 음식이 남아돌아도 인력거꾼들은 주먹밥 하나에 만족을 해야 하지. 그게 너희들이야.”

---

* 1924~1928년 국민당과 공산당이 힘을 합쳐 전개한 중국의 민족통일운동.

"구구절절 맞습니다. 그들은 개조되어야 해요."

녀석은 갑자기 우울한 표정을 지었다.

"우리 고향에선 음식이 곧 목숨이었다. 음식을 먹는 시간은 최대한 간략하게 줄여야 했고 낭비는 허락되지 않았지. 무사나 군주들일수록 겸양의 미덕을 보여야 했거든. 밥을 축내는 노인네들은 수치심을 견디지 못하고 스스로 제 어금니를 부러뜨렸어."

"……야만적이군요? 음식의 맛을 느끼지 못하고 단순히 생명을 연장시키기 위해 위장에 강제로 집어넣는 행위라니. 음식을 먹는다는 건 배를 채우려는 목적도 있지만 요리 자체가 가지고 있는 풍미를 느끼는 시간이기도 한데, 혀가 안내하는 그 깊고 오묘한 세계를 광둥인들은 잠자리에서까지 찬양합니다."

"굶는 사람들이 도처에 널린 한 식욕에 아름다움 따위가 끼어들 수 없다."

대단한 이타주의자로군.

"그럼 일본인들은 어디서 하루의 즐거움을 찾습니까?"

"즐거움이라고?"

시게오 하사관의 눈동자가 벽에 걸어놓은 생선 눈처럼 퀭해진다. 지금껏 그런 사유를 해본 적이 없다는 듯이. 녀석이 순순히 고백한다.

"생각해보니 네 말도 맞다. 난 밥을 먹으며 즐거움 따위를 신경써본 적이 없어. 어쩌면 음식을 먹으며 여유를 부릴 줄 아는 광둥인

들이 더 나은 삶을 사는 건 분명해. 늘 다른 민족의 지배를 받아야
하는 머저리 신세들이지만. 먹는 즐거움만 뺏지 않는다면 무엇이든
할 수 있지 않은가? 안 그래? 땅딸보."

나는 올리브로 볶아낸 닭의 창자를 보기 좋게 접시에 얹는다.

"맞습니다. 닭의 창자로도 즐거움을 찾을 수 있지요."

장교식당엔 특별히 선발된 아홉 명의 전문 요리사병 이외에도
순번제로 들락거리며 부식 운반이나 재료 손질 같은 것을 돕는 사
병들이 대여섯, 만주족 전통 요리를 잘하는 귀머거리 아주머니와
잡일을 하는 그녀의 남편도 함께한다. 퉁이라 부르는 그녀의 남편
은 식당 출입이 제한돼 있어 얼굴을 보기 힘들지만, 귀머거리 아주
머니는 요시이와 마찬가지로 식당에 없어서는 안 될 귀한 존재다.

키가 작고 체구도 자그마한 그녀는 뒷머리를 땋아 늘어뜨린 채
만족 전통 의상인 파란 치파오를 입고 다닌다. 이름은 호이란으로
조리병들 사이에서 '파란 호'로 불린다. 원래는 푸이의 식당에서 일
했으나 만주족 전통 요리를 좋아하는 사령관을 위해 장교식당으로
자리를 옮겼다. 국공전쟁 때 아들 둘을 다 잃고 귀가 먹었다고 한
다. 귀가 들리지 않지만 눈치가 빨라서 자신이 할 일을 넉넉히 해내
고 있다. 하루에도 수많은 비밀들이 접시 위로 오가는 장교식당에
서 귀가 들리지 않는다는 건 행운이다. 피(血) 요리를 잘한다고 알
려져 있지만 하는 걸 본 적은 없다.

"이봐, 땅딸보, 미각과 말 중에서 하나를 포기하라면?"

퉁이 모는 낡은 트럭을 타고 우리는 시장으로 향했다. 오토조 사령관은 반진제 기간에 특별한 요리를 맛보길 원했다. 부관을 보내일일이 참견을 하는 것도 모자라 청나라 황실에서 해먹던 만한취엔시(滿汉全席)의 재현이 가능한지 알아보라고 명령을 내려놓기까지 했다. 덕분에 내 목숨이 기약 없이 연장되었지만 문제는 재료였다. 만한취엔시는 이름 그대로 수십 가지 요리를 코스로 내놓아야하는 일종의 음식박람회다. 겨울이 다가오는 이때, 세상의 재료들은 싱싱함을 내려놓고 시들해져간다. 살아 있는 것도 마찬가지다. 만한취엔시는 턱도 없는 지시였다.

"글쎄요, 저라면 말을 택하겠습니다."

"뜻밖이군, 요리사에게 미각은 생명이나 다름없을 텐데?"

"요리에 대하여 말하는 즐거움을 빼앗길 순 없으니까요. 같은 요리를 놓고도 광둥인들은 천 가지 찬사를 할 수 있습니다."

시게오는 재미있다는 듯 매끄러운 턱을 쓰다듬었다.

"혀를 잃으면 말도 할 수 없을 테니 너는 두 개를 다 잃은 셈이군."

시시껄렁한 농담이었기에 나는 더 대꾸하지 않았다.

잠시 후 퉁이 중앙시장 입구에 트럭을 주차시켰다. 호이가 앞장을 서고 시게오와 내가 뒤를 따랐다. 사령관의 지시를 따르려면 호아줌마의 활약이 절대적이다. 오늘은 일차적으로 시장에서 조달 가능한 재료를 알아보는 날이었는데 호 아줌마는 별로 기대를 하지 않는 눈치였다. 그녀라면 만주족 마을 곳곳의 특산물을 꿰고 있을 것이었다. 하지만 그것을 찾아내어 신경의 시장으로 공수하는 일은 품과 시간이 많이 든다. 더구나 지금은 총력전 시기가 아닌가. 물자의 우선순위는 군수품이다. 먹는 것은 아무래도 좋았다. 이런 시기에 만 가지 재료가 필요한 만한취엔시를 요구하는 건 상식에 어긋난다.

"만한취엔시를 차리되 철저히 만족 정통식으로 하라."

장교식당 취사병들에겐 재앙이나 다름없는 명령이었다.

불평 많은 장교들 입맛 맞추랴, 반진제에 쓰일 요리를 준비하랴, 일손이 갑절로 늘었기 때문이다. 물론 반진제 준비를 위해 민간에서 수십 명의 보조 요리사들이 지원되고 사령부 내부의 인원도 특별 차출되어 온다지만, 정통 청조식 만한취엔시를 재현하라는 명령은 지키기 어려운 것이었다. 적당히 흉내라도 내면 되겠지만 오토조 사령관은 남다른 미각을 지녔다고 알려져 있다. 정말이지 그가 만주군 사령관을 지내며 인구가 3천만 명이나 되는 나라를 사실상 통치하고 있다는 건 매우 놀라운 일이다. 그의 적들에겐 이보다 더 큰 기회가 없겠지만.

"아무리 뛰어난 만주족 요리사가 온다 해도 만한취엔시를 차려내는 건 무리라고 생각됩니다. 우선 재료를 구하는 일이 쉽지 않을뿐더러, 재료를 취한다고 해도 그것을 격식에 맞춰 내어놓을 인력이 절대적으로 부족합니다."

나는 기회가 있을 때마다 시게오에게 설명했다. 그가 아무런 힘이 없는 당번병에 불과하지만 내 뜻이 어떻게든 사령관에게 전달되길 바랐다.

청나라 6대조 건륭제의 회갑연에서 처음 시작되었다는 만한취엔시는 일종의 천수연 성격을 띤다. 문헌에 따르면 건륭제의 회갑연은 자그마치 사흘간 계속되었다고 한다. 전국에서 초청된 2천 8백 명의 노인들이 하루 두 차례씩 180가지가 넘는 요리를 맛보며 황제를 칭송하는 요식 행사였다. 오토조 사령관은 건륭제 흉내를 내고 싶은 건지도 모르겠다. 반진제 기간에 전국 각지의 노인네들과 한족 귀족들, 공사관에 죽친 코쟁이 유럽인들, 본토에서 날아온 일본 관료들을 모아놓고 청나라 황제가 그랬던 것처럼 진귀한 요리를 대접하고 싶은 거라고, 사령관 집무실로 불려가 직접 명령을 하달받고 돌아온 난조 조장이 요리병들에게 설명해주었다.

"그나저나 청조식이란 게 대체 뭡니까?"

오후의 시장통은 사람들로 왁자지껄했다. 물자가 부족해지면서 사실상 시장이 아니면 생필품을 구할 곳이 없어서 오후만 되면 사람들은 습관처럼 시장에 들렀다.

"재료 고유의 풍미를 살리란 의미겠지. 만족 전통의 만한취엔시는 사라진 지 오래야. 온통 중국풍이 되어버렸지. 사령관님은 중국풍을 걷어내길 바라는 거야."

"그렇다면 저는 별로 쓸모가 없겠군요."

"아니, 그 반대야. 너만큼 중국풍을 잘 아는 요리사도 드무니까. 너의 솜씨를 최대한 죽이면서 호 아주머닐 보조해. 그게 네가 할 일이야. 네가 가장 잘하는 것을 절제하는 것. 너희 입맛에 길들여진 요리라면 철저히 골라내서 접시를 깨버려."

시장을 한 바퀴 돌고 나서 우리는 다들 풀이 죽어버렸다. 신경에서 제일 크다는 시장임에도 구할 수 있는 재료는 형편없는 것들이 대부분이었다. 호 아줌마의 표정이 점점 어두워지는 걸 보면서 시게오와 나는 대안을 찾아 골몰했다. 그중 하나가 만족들이 흩어져 사는 각 지역으로 병사들을 보내 재료를 공수해 오는 것이다. 시게오는 어림없다며 난색을 표했다. 본국에 이런 일이 알려지기라도 하는 날엔 제재를 받는다는 것이다. 다른 장교들의 회의적인 시각도 사령관을 곤경에 빠뜨릴 것이었다. 시게오의 생각은 옳았다. 지금은 한가하게 요리 타령이나 하고 있을 때가 아니다.

나는 일부러 시게오를 자극했다.

"시장 상황이 최악인데 어찌할까요? 이 겨울에 요리에 쓸 붉은 제비를 잡는 일은 턱도 없을 테고 남호가 넓으니 운 좋으면 백조 몇 마리는 찾을 수 있을지 모르겠군요. 미리 상인들에게 얘기해놓으면 들꿩은 몇 마리 살 수 있을 것 같고, 반면에 제비집은 어림도 없고 상어 지느러미도 미리 상인들에게 의뢰를 해놓는 게 좋겠습니다. 해삼과 물고기 부레도 어찌어찌 구할 수 있을 것 같고 전복이나 낙타 혹, 곰 발바닥…… 어이쿠, 머리가 지끈지끈. 한겨울에 낙타 혹이라니."

시게오도 짜증이 나는지 구시렁거렸다.

"적당히 해, 첸. 설마 그 많은 요리 목록을 전부 원하시진 않을 거야. 그럭저럭 흉내를 내자는 거겠지. 낙타 혹은 모르겠지만 곰은 사육하는 곳이 더러 있으니 발바닥을 쉽게 구할 거고, 가만있어보자 표범 태반은 어디서 구한다? 원숭이 골, 이건 아무래도 안 되겠군. 원숭이 골이라니? 만주인들은 별걸 다 먹네. 이런 역겨운 음식을 차려놓고 만한취엔시라 떠벌렸단 말인가? 토악질이 나온다."

그나마 다행인 건 시장 구석에 있는 한 중국인 약재상에서 요리에 쓰일 말린 채소를 조금이나마 확보했다는 것이었다. 겨울철이었지만 원숭이머리버섯을 비롯하여 흰참나무버섯, 그물주름버섯 따위의 재료들을 주문해놓았다. 표고버섯이나 죽순은 시장에서 쉽게 구할 수 있었다. 약재상엘 가보자는 제안은 호 아줌마가 낸 것이었다. 호 아줌마는 전에 거래하던 곳이 있다며 허씨 성을 가진 남자가 운영하는 큰 약재상으로 우리를 안내했다. 거긴 말린 것들의 집합처였다.

"잠깐만요. 복령(茯苓)이 있나 물어보는 걸 잊었어요."

약재상을 나와 차에 오를 무렵 나는 일행에게 양해를 구했다.

"그게 뭐지?"

시게오가 물었다.

"아, 송진이 땅속 소나무 밑동에 수십 년 동안 쌓여 만들어지는 약재인데 경우에 따라 향신료로도 쓸 수 있습니다. 보통은 이뇨제로 쓰이지만, 음식의 역한 맛을 잡아주기도 하거든요. 만한취엔시에 꼭 필요한 거지요."

적당히 둘러댄 나는 얼마간의 유도화 가루를 사서 차로 돌아왔다. 시게오는 내가 사 온 재료에 별로 신경을 쓰지 않았다.

"사슴 힘줄은 어디서 구한다지? 사슴 농장은 본 적이 없는데?"

시게오는 이런 일에 끼어들게 된 걸 후회하는 것 같았다.

"교외로 한번 빠져보는 게 어떨까요? 농장보다는 야생 사슴을 밀거래하는 상인들이 더러 있을 겁니다. 힘줄을 분리하고 말려서 요리에 쓰려면 서둘러야 하죠."

시장과 약재상 몇 곳을 더 살핀 뒤 우리는 저녁이 다 돼 주방으로 돌아왔다. 웃통을 벗어던진 요시이가 저녁 찬에 쓸 콩을 볶으며 물었다.

"만한취엔시라, 기껏해야 새우가 들어간 우동이나 쩝쩝거릴 줄 아는 사무라이들에겐 너무 과한 성찬이지. 안 그런가? 시게오. 난 정말이지 반진제가 너무 기다려진다네. 만한취엔시엔 살아 있는 골 요리가 들어 있다지? 그래서 하는 말인데, 내게 원숭이 골을 핥을 기회를 준다면 남김없이 쪽쪽 빨아 먹을 준비가 돼 있어. 정말이지, 너무 역겨워서 단 5분 만에 쪽쪽 해치울 자신이 있다니깐."

8

"방어진지를 더욱 단단하게 하여 소비에트의 남진을 막아야 한다는 게 중앙정부의 생각입니다. 반진제가 끝나는 즉시 군을 재정비하십시오. 오합지졸들을 후방으로 이동시키고, 전방 사단에 젊은 병사들을 집중적으로 배치해야 합니다. 조선과 만주 곳곳으로 사람을 보내 열여섯 살 이상의 젊은이들을 모병하십시오."

보고를 올리는 정보대 사령관 후쿠하라 요시야 중장의 목소리는 금방이라도 적진을 향해 돌격을 감행할 것처럼 엄숙하다. 사내들은 전쟁을 치르기 전에 목소리로 먼저 싸움을 한다. 후쿠하라도 그런 자다. 후쿠하라는 본토에서 인정받는 군인이다. 늘 둥근 뿔테 안경을 끼고 다니는 그는 안경알처럼 둥그런 눈을 하고 있다. 눈이 크다는 것은 장점이 아니다. 상대에게 마음을 너무 쉽게 들킬 수 있다.

"본토의 생각인가, 자네의 주장인가?"

후쿠하라가 떫은 감잎차를 한 모금 들이켠 뒤 대답한다.

"본토의 의중인 동시에 저의 생각이기도 합니다."

관동군은 지금 이빨 빠진 호랑이나 다름없다. 불과 4년 전만 해도 백만 명의 병사를 보유, 동북아 최강의 군사력을 자랑했다. 그러나 태평양 전쟁에서의 연이은 패전으로 젊은 병사들이 차출되면서 싸울 수 있는 병사는 고작해야 소대당 열댓 명뿐이다. 더구나 30여 개나 되는 사단 중에 공군은 하나도 없고 25개 사단이 신규 창설 중이다. 이중 7할이 이제 겨우 소총 쏘는 법을 배우게 된 신참들이다. 충성심도 없고 왜 싸워야 하는지도 모른다. 그저 삼시세끼 밥을 얻어먹고 고향으로 돌아갈 날만 기다리는 애송이들이다. 반면 소비에트군은 프러시아와 전투를 치렀던 우수한 인력들로 편제돼 있다. 병력과 야포도 우리를 압도한다. 비행기도 5천 대나 보유하고 있다.

"그나마 다행인 건 게오르기 주코프 원수가 빠지고 알렉산드르 바실렙스키라는 인물이 극동군 사령관에 임명될 예정이라는 점입니다."

바실렙스키라고? 누가 되든 죽음의 사신이 될 것이다.

"다행인 게 또 있지. 나는 만주의 지형을 사랑하네."

나는 대수롭지 않게 대답한다. 게오르기 주코프는 노몬한 전투에서 일본군을 빵 부스러기처럼 흩은 인물이다. 그가 전쟁 영웅으로 부각되는 걸 스탈린은 막고 싶었을 것이다. 불안에 떠는 관동군의 입장에선 잘된 일이 분명하다.

"그렇죠……."

후쿠하라가 수긍하듯 미소를 짓는다.

만주는 삼면이 산과 삼림으로 에워싸인 천연의 땅이다. 특히 서쪽은 해발고도 2천여 미터의 산맥이 가로막고 있고 몽골의 광활한 사막은 어떤 군대도 고립시킨다. 내지의 경우 장마철이 되면 땅은 습해지고 곳곳이 진흙밭으로 변한다. 관동군은 이러한 지형을 십분 활용하여 곳곳에 저지선을 두고 남하하는 소비에트와 맞설 계획을 세우고 있다. 국경을 따라 요새를 건설하되 후방에 다섯 개 사단을 배치하여 종심 방어를 펼치는 이중 전략이다. 야전 사령관들의 충성심 또한 아직은 괜찮다.

"자네라면 언제 군사를 움직일 텐가?"

"소비에트군을 말씀하시는 겁니까? 저라면 군대를 움직이지 않을 겁니다. 프러시아와의 전쟁으로 3천만 명을 희생시킨 소비에트가 다시 우리와 전면전을 펼치는 무모한 행동은 하지 않을 거라 믿기 때문입니다."

"만약에 국경을 넘어온다면?"

"그땐 황군의 명예를 걸고 막아야겠지요."

전황을 보고받을 때마다 나는 죽음과 삶 사이에 끼인 수많은 생명들을 생각한다. 죽음을 앞둔 운명만큼이나 절박하고 아름다운 것은 없다. 식탁에 차려진 갖가지 산해진미가 아름다운 이유도 그것이 누군가의 입으로 들어가 소화될 운명이기 때문이다. 소멸되지 않는 장식품은 아무런 미적 가치가 없다. 극락사의 반가사유상이 아름다운 이유도 그것이 긴 세월 동안 조금씩 부패해왔기 때문이다. 언젠가 그것의 몸엔 녹이 잔뜩 슬고 미소는 기괴하게 일그러질 것이다. 그러기에 시시각각 변하는 그 미소를 사랑할 가치가 있다.

"소비에트의 황제는 보르쉬라는 붉은 수프를 먹는다는군."

"예?"

느닷없는 이야기에 후쿠하라가 당황한 표정을 짓는다.

"토마토를 넣어 일부러 수프를 붉게 만든다더군. 그 돼지 같은 나라는 피를 좋아하는 족속인 게 틀림없어. 토마토라니, 난 붉은 야채는 딱 질색이야."

후쿠하라가 내 말속에 숨은 은유를 알아채길 고대한다.

"자네 고향은 어딘가?"

"쓰시마입니다."

"오라, 대대로 무사 집안이었나 보군."

"그렇습니다. 야키모노센소(燒物戰箏, 임진왜란) 때 눌러앉았습니다."

"쓰시마엔 뭐가 유명하지? 이를테면 소문난 음식 같은 것."

"글쎄요. 이시야키(石燒, 생선이나 소라 따위를 돌에 구운 요리)가 가끔 생각나곤 합니다."

"이시야키라, 그렇지! 구운 요리는 언제 먹어도 담백하지."

머뭇거리던 후쿠하라가 말을 받는다.

"그래서 말인데, 사령관께서 바쁘시면 제게 작전 권한을 주십시오. 사단 개편 문제는 한시가 급한 사안입니다. 소비에트군의 화력에 맞서려면 포대도 증설해야 합니다. 대검을 꽂고 돌격하는 전쟁으로는 적을 이길 수 없습니다."

"좋아, 좋아, 그 문제는 일단 행사가 끝나고 논의를 하세. 날씨가 점점 추워지고 있지 않은가? 추운 날엔 기름조차 꽁꽁 얼어붙지. 절대로 군사를 움직일 수 없어."

"하아……."

후쿠하라는 반쯤 포기한 얼굴이다. 후쿠하라는 반드시 알아야한다. 군사 논의 같은 건 월요일마다 열리는 장교단 회의를 통해야한다는 것을. 개인적으로 찾아와 사령관의 소중한 시간을 빼앗은채 본토의 의견을 대신 전달한다는 듯 나를 억압해서는 안 된다. 모든 일에는 정해진 법칙과 예도가 있다. 본토에서 나를 이곳 사령관으로 들어앉힌 이상 모두 내 명령에 따라야 한다. 나는 전쟁에 원론적으로 반대해왔다. 국경을 넘어가 소비에트군을 격퇴하거나 사단병력을 움직여 대륙 곳곳에 숨은 적색분자들을 적발해내는 것도중요한 일이지만, 그런 일들이 집무실에 앉아 차 한 잔을 마시며 내유년의 꿈들을 헤아릴 시간을 방해해서는 안 되는 것이다.

"기다리세. 조금 더 기다리세."

"좋습니다. 반진제가 끝난 뒤 다시 상의드리겠습니다."

후쿠하라가 더는 할 말이 없다는 듯 모자를 들고 일어선다.

오늘 밤 대본영으론 어떤 보고서가 날아들까? 대본영이 나를 이곳에 눌러앉힌 이유를 이제야 조금은 알 것 같다. 강성 장교가 부임했다면 몇 년에 걸쳐 조련해놓은 관동군 정예를 남방으로 움직이는 일은 일어나지 않았을 것이다. 오히려 명령을 어기고 소비에트 깊숙이 들어가길 주저하지 않을 멍청이들이 널려 있다. 본토의 입장에서 보자면 적당히 명령을 따르되 별다른 야심이 없는 나 같은 인물이 적임자 중의 적임자인 셈이다. 정보 장교들이 아무리 나를 비난해도 본토에서 꿈쩍도 하지 않는 이유가 여기에 있다. 나는 그 점을 십분 활용하면 그만이다.

문 여는 소리가 들리고 시게오가 들어온다. 시게오는 쟁반에 문어죽을 받쳐 들고 있다. 최근 며칠 동안 나는 첸이 끓여주는 씹히는 죽에 매료돼 있다. 녀석을 살려둔 건 확실히 잘한 일이다. 문어를 잘게 토막 내어 기름에 볶다가 밥을 함께 볶아 물을 붓고 끓인 뒤 각종 채소를 얹어 내오는 첸식 문어죽 요리는 백만 소비에트군을 가뿐히 잊게 할 정도로 입에 감긴다. 만주족 여자가 끓여주는 기름기 없는 문어죽과 달리, 문어의 속살들이 기름에 튀겨져 특유의 고소한 향내를 매번 입가에 풀어놓는다. 아삭아삭 씹히는 연근과 문어의 조합도 일품이다. 그 못생긴 광둥인의 요리는 종종 고정관념을 깬다. 죽이라고 해서 풀이 죽을 필요는 없지 않은가?

"뜨겁습니다, 천천히 드십시오."

시게오가 뒤로 물러나며 의례적으로 참견한다.

아침을 먹지 않는 대신 나는 10시 전후, 가볍게 죽을 먹는다. 점심은 오후 2, 3시쯤 느긋하게 즐기는 편이다. 죽을 먹고 나선 말린 바나나나 여지로 입가심을 하고 차를 마신다. 대여섯 시에 저녁을 먹고 오후 10시, 혹은 11시에 즐기는 야참에 이르기까지, 나의 하루는 먹는 것으로 시작해 먹는 것으로 끝난다. 먹는다는 것은 내게 잠시나마 이 전쟁과 직위를 잊게 하는 중요한 수단이다. 요리를 먹고 나서 시게오와 가볍게 품평을 하는 것도 잊지 않는다. 요리가 우리를 구원할 수도 있다는 생각이 든다. 다음에 만날 땐 후쿠하라 놈에게 그 얘길 꼭 해줘야겠다.

뜨거운 죽을 한 술 떠 혀에 얹는다. 미뢰에 와 닿는 채소나 고기의 맛과 향이 머릿속으로 조용히 차오를 때, 그리하여 어떤 생각도 사라져버리고 무아가 되어 외롭게 내 생각이 공허 속으로 떠다닐 때, 달거나 시거나 짭조름한 맛들은 나를 몽환에 빠뜨리며 계속해서 내 몸속으로 자아를 끌어당긴다. 저 안쪽으로 꾸역꾸역 돌격하라. 거기 구원이 있다. 저 목구멍 밖에 지옥이 있다는 걸 금세 잊게 하는 맛, 절대적이라 여겼던 밖의 저 세계가 어느 날 무참히 무너진다고 해도 혀가 온전히 보존되는 한 끝끝내 나는 절망하지 않을 자신이 있다고, 입안에 감도는 요리의 질감을 정성껏 씹어 음미하며 차분히 내 몸의 감각에 최면을 걸어보는 것이다.

어제 광둥인이 특별히 끼를 발휘해 만든 사천식 고추탕이 떠오른다. 아쉽지만 고추탕은 더 매웠어야 한다. 무언가를 입에 넣어 씹는 순간은 인간이 자신의 생 앞에서 가장 진실할 수 있는 시간이다. 매운맛을 견뎌낸 소고기들이 혀에 부드럽게 녹을 때 비로소 고통조차 달콤해진다. 적들이 넘실거리며 국경을 넘어와 온몸이 무거운 사슬갑옷을 입은 것처럼 거북해질 때도 나는 한 끼의 식사 앞에서 여유를 부릴 것이다. 나는 어머니의 다리를 베고 누워 먹던 분고규의 평화를 아직도 기억한다. 식탁에 빈 접시가 덩그마니 남게 될 풍경을 머리에 그리며 달그닥거리는 소리조차도 아름답게 들리는 시각, 원형의 식탁을 점령하고 앉아 나는 당장 내일 죽어도 좋으니 이 순간만큼은 평화롭다고 외칠 수 있다. 내가 진정으로 신을 느끼는 순간은 포화에 살이 찢긴 시체를 목격할 때가 아닌, 부지런히 뭔가를 먹는 그런 순간이다.

"할 말이 있는가?"

나가지 않고 미적거리는 시게오에게 묻는다.

"……밖에 푸이 황제가 와 있습니다."

"면담을 하겠단 소린 못 들었는데?"

전에도 푸이는 다른 부서에 들렀다가 내 방에 온 적이 있다.

"특별히 할 얘기가 있는 것 같지는 않아 보였습니다."

몇 분 뒤 푸이가 모자를 벗으며 들어온다. 무릎까지 닿는 코트 차림의 푸이는 책상 위에 얹힌 죽 쟁반을 흘끔 쳐다본 뒤 접대용 의자에 앉는다.

"식사를 하시는군요? 예의가 아닌 줄은 알지만."

"괜찮습니다. 같이 죽 맛을 보시렵니까?"

푸이가 손을 저으며 사양한다.

"아침을 든든히 먹었습니다."

"궁정식당 밥맛이 좋다는 말은 익히 들었습니다. 솜씨 좋은 요리사들이 다 모여 있으니 그럴 만도 하겠지요."

푸이는 할 말이 있어 어렵게 이곳을 찾아왔을 것이다.

그러나 나는 결코 그가 말을 꺼낼 기회를 주지 않을 생각이다. 그는 영악하다. 내가 국무부의 관리들이나 전임 사령관들과 달리 자신에게 호의적이란 걸 이자는 잘 알고 있다. 하지만 너는 틀렸다. 나는 호의적인 게 아니라 다만 전쟁 따위에 관심이 없을 뿐이다. 만주인들을 동정하지도 그렇다고 싫어하지도 않는다. 우리는 다만 책상을 마주보고 앉아 담소를 나누며 서로의 의중을 읽어내야 하는 가깝고도 먼 관계일 뿐이다. 푸이, 그러니 당신은 부디 말을 참아야 할 필요가 있다.

"무슨 죽을 드십니까?"

푸이가 요리에 관심을 보인다. 이런 대화라면 환영이다.

"문어와 연근으로 끓인 죽입니다. 이번에 광둥에서 온 요리사 하나를 장교식당에 눌러앉혔지요. 솜씨 하나는 그럭저럭 쓸 만합니다."

"문어죽이라…… 언젠가 비슷한 것을 먹어본 적이 있지요."

"그냥 문어가 아니라 기름에 볶은 문어입니다."

"느끼할 텐데요?"

"느끼하지만 혀에 씹히는 질감이 아주 부드럽고 좋습니다."

나는 마지막 남은 쌀알까지 죽을 깨끗이 비운다.

"그런데 만한취엔시를 준비하라 하셨다고요?"

"만한취엔시…… 그게 뭐 잘못되기라도 했습니까? 행사 날, 사령부에서 수고한 야전 장교들과 우리 제국의 편이 된 3국의 군사 고문들을 대접하기 위해 준비 중인 특별 요립니다. 황제께서 굳이 신경 쓰실 일은 아니지요."

"재료가 박해서 준비가 쉽지는 않을 겁니다. 굳이 하나를 추천하라고 한다면 루진(鹿筋) 요리만큼은 빼놓지 말아야 합니다. 야생사슴을 도축하는 곳들이 더러 있으니 미리 준비만 한다면 그럭저럭 생색은 낼 수 있을 겁니다."

겨우 추천해낸 것이 사슴 힘줄 요리인가? 더구나 그럭저럭 생색을 낸다고 생각하다니. 황제가 자신의 권위를 이런 식으로 세우려한 적은 처음이 아니다.

"어째서 그렇습니까?"

시게오가 들어와 홍차를 내려놓고 죽 그릇을 챙긴다.

"좀 먹을 줄 안다는 부자들은 연한 힘줄을 찾지만 그들은 제대로 즐길 줄 모르는 자들입니다. 사슴 힘줄을 다룰 줄 아는 요리사들은 반드시 뒷다리 중에서도 발꿈치 힘줄만을 고집하지요. 단지 그 부위가 가장 질기기 때문에 그런 것만은 아닙니다. 사슴은 평생 두려움 속에서 살아야 하는 동물입니다. 늘 자신을 노리는 적들에 둘러싸여 있지요. 어떤 순간에도 자신의 몸을 숨길 수 있도록 먹이를 채는 순간에도 뒷다리 근육만큼은 팽팽히 긴장을 유지합니다. 사슴의 생명이 그 작은 힘줄에 달려 있는 셈이지요."

"그래서, 그 맛이 어떻습니까?"

"딱 한 번 그걸 먹어본 적이 있습니다. 우리 만주에선 그걸 쑹런사오루진(松仁燒鹿筋)이라고 부르지요. 지금은 제대로 하는 식당이 사라졌습니다. 원래는 잣과 볶아 먹어야 하는데 재료가 없어서 죽순과 볶은 요리를 먹었지요. 뭐랄까, 비유가 적절할지 모르겠지만 강한 힘을 먹는 느낌이었습니다. 빠르게 달리는 강한 근육의 힘 말입니다. 그것이 죽순과 섞여 묘한 풍취를 느끼게 해주었지요. 씹히는 맛과 이빨 사이로 힘줄이 잘게 썰릴 때 들리는 특유의 식감도 훌륭합니다. 흔히들 미식가들이 미각과 후각을 제일로 치는데 그건 편견이지요. 청각 역시 요리를 드는 과정에 있어 아주 중요한 질료라는 걸 저는 그때 깨달았습니다."

나는 과장된 동작으로 무릎을 친다.

"폐하의 말씀이 구구절절 옳습니다. 미식가입네 하는 멍청이들일수록 혀에 와 닿는 말초적인 감각에만 의지하여 아는 척들을 하지요. 식탁의 재질과 의자, 식탁에 놓은 장식과 그릇들, 그것을 품고 있는 공간, 같이 요리를 먹을 상대방의 면면과 그들의 인식 수준, 그날 나누는 대화의 질, 그리고 조금 먼 곳에서 들릴 듯 말 듯 샤쿠하치* 연주 소리가 스미면 완벽한 그림이 되겠지요. 그릇에 놓여 올라오는 요리는 그 모든 풍경에 정점을 찍을 수 있는 것이어야 합니다. 그 모든 풍경을 모두 잊게 만드는 맛, 방금까지 시답잖은 대화를 나누던 상대방의 면면과 그가 매우 중요한 듯 은밀하게 내뱉은 말을 채 기억할 수 없을 만큼 집중하게 만드는 향과 아름다움……."

나는 점점 기분이 좋아진다. 이 딱딱한 건물 안에서 얘기가 조금 통하는 인간을 만난 건가? 우리가 계급을 떼고 어느 식당에서 마주 앉았다면 한가롭게 음식에 대해 정담을 나누는 친구가 되었을 텐데 아섭다. 살육의 광풍이 잠잠해진 뒤 내가 살아남는다면 반드시 만주국에 들러 이 비쩍 마른 황제와 쑹런사오루진을 만들어 먹어야지. 그날까지 허허벌판에 세워진 이 괴뢰국이 유지되어준다면.

"옳으신 말씀입니다. 요리가 가진 최고의 기능은 침묵이죠. 인간들이 세 치 혀로 감히 만평할 수 없도록, 그들을 침묵 속에 빠뜨려야 합니다. 더불어 아는 척을 조금 더 하자면……."

"하자면?"

"음식을 먹는다는 건 인간이 취할 수 있는 궁극의 아름다움에 도달하는 행위이기도 합니다. 혀와 위가 우리의 뇌에 가져다주는 행

---

* 尺八, 대나무로 만든 관악기.

복, 단순하기까지 한 그것을 만끽하는 것은 신의 선물이기도 하지요."

"아름다움이라…… 아주 좋은 비유군요."

이 사내는 찾아온 목적을 말할 기회를 점점 잃어간다.

"만주 사람들은 유달리 기름을 좋아하더군요? 기름과 불, 그 두 가지만 있다면 자금성도 볶아낼 수 있으리라 짐작됩니다."

"중국요리가 대부분 그렇지만 특히 동북 쪽이 그런 편입니다. 내륙이다보니 음식을 오래 보관하는 일이 과제였을 겁니다. 특히 불을 잘 다룰수록 훌륭한 요리사 취급을 받습니다. 센 불에서 강하게 볶아내는 음식, 연하게 오래 익히는 음식, 센 불로 튀겨내기, 약한 불로 오래 삶기, 감칠나게 조리기, 식혔다가 다시 볶아내기 등 모든 게 불에 달렸지요. 불 속에 모든 맛의 근원들이 숨어 있는 것 같습니다."

"좋습니다. 만한취엔시는 무리라는 생각이 들어 안 그래도 보류 중이었습니다. 하지만 전통 방식으로 만든 쑹런사오루진은 기회가 되면 꼭 먹어보고 싶군요. 재료를 구하면 특별히 챙겨 보내드리겠습니다."

"기다려지는군요. 다만, 쑹런사오루진은 연회에 올릴 요리로는 부적절하고 반진제 기간에 꼭 한 가지 음식을 준비하고 싶으시다면 저는 포탸오창(佛跳墙)을 추천드리고 싶습니다. 제대로 만들어만 낸다면 만한취엔시를 한 그릇에 농축할 수 있지요."

나도 비슷한 생각을 하고 있었지만 짐짓 모른 체한다.

"포탸오창?"

역시 청나라 때 궁중에서 귀하게 먹었다는 포탸오창은 상어 지느러미를 기반으로 한 담백한 국물 요리다. 각종 새의 알, 죽순과 말린 해삼, 말린 전복, 말린 가리비, 상어 입술, 생선 껍질, 생선 부레, 반도에서 공수된 고려인삼 등 재료만도 서른 가지가 넘게 들어가는, 하나의 음식이되 또한 백 가지 음식 맛을 내는 요리로 알려져 있다. 중간 단계를 거치며 사용되는 조미료만도 10여 가지에 이른다고 하니 가히 만한취엔시를 한 그릇에 담아 내놓는다는 비유가 틀렸다고 볼 수는 없겠다.

"그렇습니다. 귀하기론 그만한 게 없으니 만한취엔시에 버금갈 정도로 내빈들의 관심을 받을 수 있을 것이고, 또 재료 구하기가 어렵기는 마찬가지나 한 가지 요리에 국한되니 애써 찾는다면 충분히 만들어낼 수 있을 겁니다. 맛 또한 일품이지요."

"좋습니다. 폐하의 조언을 적극 받아들이지요. 그런데 궁금한 게 있군요. 사슴에서 나온 피는 어떻게 요리해 먹습니까?"

나는 자리에서 시계를 보며 묻는다. 눈치 빠른 푸이가 얼른 알아채고 제 모자를 집어든다.

"피, 피 요리라고요?"

푸이가 긴장한 채 되묻는다.

"그렇소. 피, 뜨겁고 붉은 그 액체를 그냥 둔다는 건 예의가 아니지."

문을 열고 나가던 푸이가 천천히 돌아선다.

"사슴의 피는 생으로 먹습니다. 강장에 최고지요."

자동차가 팔리보 거리를 통과할 무렵 나는 모자를 눌러쓰고 옷을 갈아입는다. 운전대를 잡은 시게오는 모든 감각을 눈과 귀에 곤두세우고 있다. 여차하면 꺼내 쏘겠다는 듯 운전석 밑의 권총을 가끔 매만진다.

나는 시게오의 불안을 잠재워주기 위해 콧수염을 붙이고 모자를 눌러쓰는 것으로 변장을 마무리한다. 무장 군인도 대동하지 않은 채 낡은 95식 4륜 자동차 속에 관동군 사령관이 타고 있을 거라고 생각하는 사람은 없을 것이다. 마적들은 차량을 보면 민간인이 타고 있어도 총격을 가해온다. 하지만 지방에서나 가능하다. 대낮에 신경 한가운데서 그럴 만한 용기를 가진 적색분자는 없다. 기껏해야 불이 꺼지면 쥐새끼처럼 기어나와 헌병대 건물 담장에 발길질이나 해대고 도망가는 게 고작이다.

"시게오, 전쟁이 끝나면 자넨 무얼 할 텐가?"

긴장을 풀어주기 위해 질문을 던진다.

"글쎄요…… 전쟁이 끝나기는 할까요?"

시게오가 좌회전 신호를 넣으며 대답한다.

"영원한 것은 없다, 시게오. 일청전쟁 이후 우리 일본 제국은 너무 먼 곳까지 와버렸어. 그때로부터 어언 50년이 흘렀다. 이제 끝낼 때도 되었지."

"사령관님은 은퇴를 하시면……."

사적인 질문을 던질 때마다 시게오는 조심스럽다.

"글쎄, 운명이 허락해준다면 구마모토로 돌아가 작은 절을 세우고 싶다. 이미 이름까지 정해두었어. 은적사(隱笛寺)."

"좋은 이름이군요."

"그렇지. 대웅전에 앉힐 부처도 이미 구해놓았다네."

"부처를 구해놓아요? 봉안할 불상을 구했다는 의미인가요?"

시게오는 이미 짐작하고 있을 것이다. 내가 극락사 대웅전에 봉안된 부처를 오래전부터 눈독 들여왔음을.

"그런 셈이지. 내가 아는 한 세상에서 가장 완벽한 아름다움을 지닌 부처다. 세상을 구원한다거나, 중생의 아픔을 대신한다거나, 거창한 약속 따윈 결코 하지 않는. 존재 자체가 이미 부처다. 이곳으로 부임해오고 나서 보름쯤 지났을 때 처음 그 부처를 알현했다. 밤이 깊어 중들은 잠이 든 시간이었지. 대웅전에 앉아 취한 눈으로 부처를 보고 있는데 어디선가 피리 소리가 들려왔다. 환청이었겠지만, 나는 그것이 부처의 내부로부터 흘러나오는 소리란 걸 알았다. 천 년 이상의 세월을 건너온 만세토록 변함없을 소리였다. 부처는 스스로 고독하여 코로 바람 한 줌을 자연스럽게 들이삼켜 단전으로 내려보내며 제 내면을 울리고 있었던 것이다. 그 저녁, 나는 고개를 꺾을 수밖에 없었다. 나는 생각에 잠긴 그 부처를 깨워 한

상 잘 차려 공양을 드리고 싶다."

"사령관님의 뜻이 그러하시다면……."

녀석은 이제 확실히 감을 잡은 모양이다.

"그런데 좀 적적하지 않을까요?"

"그럴 리가 있나, 절을 세우고 중을 두었다면 당연히 뭔가를 만들어내야겠지. 은적사를 기반으로 내 고향 구마모토의 음식을 홍보하는 전통 요리점을 낼 생각이야. 정갈한 사찰 음식과 담백한 구마모토 어머니들의 손맛이 조화를 이루어 동방, 아니 나아가 세계의 다른 음식들과 겨루어보고 싶다. 총칼로 전쟁을 하는 것만이 대결의 전부는 아니지. 좀 우습게 들리겠지만 전문 요리 잡지나 신문을 만들 계획도 갖고 있어."

"나쁘지 않군요."

녀석은 좋은 계획입니다, 라고 말하지 않는다. 속으로는 마음껏 나를 비웃어주고 있겠지. 전쟁이 코앞인데 요리전문점이라니? 하지만 녀석은 모르는 것이 있다. 전쟁이나 요리전문점이나 결국 조물주가 제멋대로 설계한 세상에서 고달픈 삶을 연장해가기 위한 인간들의 자기변명에 지나지 않는다는 것을.

"얼마나 기다려야 할까요?"

자동차가 극락사 주차장에 도착한다.

"30분이면 돼."

시내와 떨어진 탓에 경내는 한산하다. 오가는 중들도 없다. 하긴 방안에 틀어박혀 참선이나 할 줄 아는 돌중들이 이 시간에 마당을 돌아다니는 건 드문 일이겠다. 오후 5시다. 정확히 30분 뒤 자동차에 올라 사령부로 돌아가야 한다. 그래야 7시에 열리는 저녁 오찬에 참석할 수 있다. 독일과 오스트리아에서 사절단이 와 있다. 그들은 남방 전선에서 일본이 더욱 영향력을 확대해주길 고대하고 있다. 더 많은 수의 관동군이 정의의 깃발을 날리며 적들을 일거에 패잔시켜주기를 바라고 있다.

조선식 사찰인 극락사는 새 절임에도 낡고 비루한 냄새를 풍긴다. 관리를 하지 않아서인지 기와 모서리엔 와송들이 제멋대로 자랐고, 7층 석탑에도 돌이끼가 검게 제 영역을 넓혀나가고 있다. 마당엔 가을 단풍이 그대로 쌓여 있다. 행자승까지 포함하면 대략 열 명쯤 되는 중들이 절간을 지키고 있다. 공양간의 노파와 허드렛일을 하는 중늙은이들까지 포함하면 좋이 열대여섯 명은 절에 발을 담그고 있는데 여러모로 관리가 부실하다는 생각을 지울 수 없다. 그럼에도 국무부에선 매년 2천 원을 관리 비용으로 하사하니 전쟁통에도 중들의 호사는 끝이 없다.

주지 덕천은 비쩍 마른 몸에 5백 년쯤 면벽을 하다 나온 듯한 얼굴로 방문자를 맞곤 한다. 덕천은 최근 도박에 미쳐 있다. 그는 주말마다 평범한 민간인 복장으로 외출을 해서 한족 밀집지역의 비밀 도박판을 찾는다. 돈을 얼마나 따고 잃는지는 알 수 없지만, 분명한 건 그가 매 주말마다 아편 냄새를 맡으며 건달패들과 뒤섞인다는 점이다. 나는 헌병대로부터 올라온 덕천에 관한 보고를 두 번이나 모른 척했다. 무언가에 미쳐 있는 인간들일수록 그만큼 쓸모가 있는 법이니까.

상념에 잠겼던 나는 흠칫 놀라 눈을 뜬다.

붉은 치파오 차림의 한 여자, 잘못 본 것인가? 부처를 향해 똑바로 선 앳된 여인이 두 손 가득 희고 노란 차꽃을 받쳐 든 채 본존불로 다가가고 있다. 희미하게 스며든 햇빛이 여인을 비단처럼 감싸며 신비로운 분위기를 만들어낸다. 다리가 가늘고 뒷목이 희고 붉다. 머리카락 몇 가닥이 여인의 목덜미에 물에 젖은 것처럼 붙어 있다. 심장이 두근거린다. 낯이 익다. 분명 뇌수 어느 곳에 저장돼 있는 장면이다. 그런데 나는 언제 저 여인을, 아니 희디흰 차꽃을 또 보았던가?

"추운 날씨에 흰 꽃이라니, 대단하다!"

나는 혼잣말로 감탄사를 뱉는다.

차나무는 가지마다 다섯 장의 꽃잎을 밀어올린다. 겨울 이미지랑 가장 잘 어울리는 꽃, 꽃과 열매가 마주보고 있어 실화상봉수로 불리는 유일무이한 식물, 금년에 핀 꽃과 작년에 맺은 열매가 한 나무에서 만나는 기이한 인연의 꽃나무다. 나의 외할머니는 쓰고 달고 시고 짜고 떫은 다섯 가지 인생의 맛이 차에 담겨 있다고 말하곤 했다. 어머니도, 외할머니도 저 소담스러운 차꽃을 유난히 아꼈다.

상기 저 여인이 두 손에 받들고 선 차꽃은 그러므로 내 기억 속 과거의 여인과 현재 사이에 동시에 존재한다. 그렇다면 지금 나는 이 순간을 무어라 불러야 할까. 부처를 앞에 두고 느끼는 이 알 수 없는 감정의 공허를 무어라 불러야 할까.

자세를 고쳐 앉으며 마음을 가라앉힌다. 여인은 신비한 빛처럼 법당 마루를 사뿐히 오가고 있다. 차나무가 초겨울에 꽃을 피운다는 사실을 잊었군, 저 여인은 아마도 신앙심이 돈독한 여인이겠지. 아름답다. 꽃이 사라지는 계절에 꽃을 찾아 올리는 저 여인은 아름답다. 늘 같은 자세로 깊은 생각에 잠겨 있는 미륵보살반가사유상, 나는 지금껏 단 한 번도 그것을 넘어서는 아름다움을 의심해본 적이 없었어. 그러나 상기 저 여인의, 아니 그 앞에 놓인 차꽃 두 송이의 눈부심을 보라. 한 처녀의 아름다움이 보는 이의 눈을 가리고, 부처의 아우라마저 흐려놓고 있다.

나는 권총을 꺼내 쏘고 싶은 충동을 억누른다. 그러나 잘못 본 것인가? 여인의 환영이 순식간에 사라지고 법당은 정적 속에서 홀로 고요할 뿐이다. 법당의 무거운 침묵이 공중으로 걷혀 올라가고, 부처를 둘러쌌던 공간을 흰 꽃잎들이 가득 메운다. 정확히 일곱 살의 봄, 내 어머니와의 마지막 기억이 단절되기 직전의 공간이다. 화려하지 않은 회색 연 무늬 기모노 차림의 그녀는 마당 가득한 닭들에게 먹이를 주고 있다. 구아 구아 구아, 그녀의 입에서 간헐적으로 닭을 부르는 소리가 흘러나온다. 지난겨울 생일날 선물 받은 신식 양복을 입고 의자에 앉은 나는 찰랑거리는 햇살이 약간 뜨겁다고 느끼며 영원할 것 같은 한 여인의 자태를 눈에 담고 있다. 여자는 임신 중이었지만 특별히 배가 불러 보이지는 않았다.

어머니는 일주일 뒤 동생을 낳다가 죽었다. 사산이었다. 이후 나는 할머니 손에 맡겨졌는데 지금도 이해가 가지 않는 건 그 많은 풍경들이 기억 속에 생생히 남아 있음에도 불구하고 지금껏 어머니 얼굴이 기억나지 않는다는 점이다. 아홉 살 땐가 집에 불이 나 사진첩이 타버리면서 그녀의 얼굴은 영영 잊혀졌다. 어머니가 그리워질 때마다 나는 무릎을 베고 누워 먹었던 요리의 맛들을 떠올렸고 그날 닭에게 먹이를 주던 그녀의 마지막 손끝을 기억해내기 위해 애썼다. 그녀는 꿈속에서조차 얼굴을 보여주지 않았다. 언제나 뒷모습, 혹은 옆모습만 남긴 채 기억 속으로 자꾸만 숨어버리는 것이다.

극락사 부처를 알현하기 전까지 나는 그녀의 얼굴을 떠올리는 일은 포기하며 살아왔다. 그러다가 극락사 부처를 알현하는 순간 익숙한 기시감에 휩싸였다. 저 물상(物像) 앞의 내가 처음이 아니라는 생각, 툭툭 끊어지는 기억의 안쪽에서 미각과 손끝에 남아 돌아나는 어떤 감각, 햇살을 머리로 받아내던 어느 날 구아 구아 구아 목소리를 통해 깊은 곳 어딘가에 박제되었던 입술의 정적. 나는 극락사 부처를 통해 잊고 있던 온기와 웃음을, 한 여인의 목소리를, 내 혀에 음식을 얹어주던 그녀의 얼굴을, 물에 젖은 것 같은 그 머리카락을 어렴풋이 기억해냈던 것이다.

"가실 시간이⋯⋯."

시게오가 나를 생각의 나락에서 끌어올린다.

"한 치의 오차도 없군!"

만다라 밑에 앉은 나는 매번 그랬듯 안도한다.

반가사유상은 오늘도 고개를 숙인 채 홀로 궁극 속에 앉아 미소만 짓고 있다. 누군가 부처를 옮겼다면, 혹은 다른 것으로 바꾸었다면 측면의 저 미소를 완벽히 재현해내지 못했을 것이다. 그런데 저 부처는 어찌하여 이토록 어슷한 각도에서만 웃는 걸까. 왜 법당의 중들조차 모르는 그 사실을 내게 깨닫도록 한 걸까. 저 부처를, 도무지 깨어날 생각이 없는 저 부처의 눈을 뜨게 하고 싶다. 그리하여 잃어버린 내 기억 속 한 여인의 고운 얼굴을 완전하고도 똑바로 바라볼 수 있다면.

나는 세 번 절하고 물러난다.

9

  사람들은 언제 죽음을 생각할까.

  지금까지 나는 내 죽음을 생각해본 적이 없어. 내 주변 사람들은 하나같이 죽음을 밀어냈거든. 석이를 채취하러 50척 벼랑을 기어 올랐던 아버지가 추락했을 때 모두들 그가 죽었다고 생각했어. 그러나 아버지는 허리를 조금 삐었을 뿐 멀쩡하게 살았어. 아홉 살 때 쑥을 캐러 나갔다가 살모사 머리를 밟아 독이 온몸에 퍼졌을 때도 나는 죽음 같은 건 생각해보지 않았어. 홍구에서 열린 경축행사* 당일 폭탄을 두 개나 몸에 숨기고 기차역으로 나갔던 오빠가 머뭇거리다가 기회를 놓치고 돌아온 것만큼이나 죽음은 예외적인 일이야.

---

* 1932년 4월 29일, 상하이 홍구공원에서 열린 일본군의 상하이 점령 전승경축식.

제 스스로 숨통을 끊을 줄 아는, 숙영이처럼 세상을 비웃고 떠날 줄 아는 일부 모진 인간들을 제외하고는.

나라는 몸은 무엇이며 나라고 믿는 이 생각은 무엇이며 내가 겪었다고 믿는 과거는 무엇이며 나는 어느 인과를 통해 낯선 신경 한 귀퉁이에 버려져 있는 걸까. 내 오빠는 무엇을 위해 싸우는 걸까. 차나무에 앉아 아침 이슬을 매달고 지리하게 먹이를 기다리는 염낭거미의 반에 반만큼이나 삶은 의미가 있을까? 온종일 먹이를 기다리는 시간만큼이나 우리의 삶은 간절할까. 오빠처럼 거창한 명분은 결코 생각해본 적이 없어. 거창한 명분을 가진 자들일수록 모양과 크기에 집착하는 법이잖아. 종종 삶의 가장 진실한 알갱이를 잃어버리기도 해.

숙영이는 철도에 몸을 던졌어. '던졌다'는 표현이 적당한 건지는 모르겠어. 기관사에 따르면 숙영인 조용히 선로 속으로 걸어서 들어갔으니까. 몽유병에 걸린 사람 같았다지. 숙영인 꿈에 취해 있었어. 현란한 말솜씨를 지닌 내 오빠라는 꿈. 혀 속에 자신을 감춘 오빠를 통해 숙영인 오빠와 같은 꿈을 꾸었어. 꿈은 곧 실현될 것처럼 보였어. 세상은 부조리했고 오빠가 읽어주던 몇 권의 책들은 세상을 구원할 것처럼 빛을 뿜어냈으니. 일본어로 쓰인 『독일 이데올로기』『권력에의 의지』 같은 책들을 오빠는 밤마다 몰래 한글로 번역했어. 사이사이,『파리의 우울』이나『디바가시옹』 같은 어려운 내용의 서양 시집들을 읽어주곤 했는데 숙영이는 오빠의 입을 떠난 그

우울한 언어들을 빼곡히 노트에 옮겨 적었어. 그게 내 친구 숙영이가 오빠를 통해 바라본 조선 밖 세상의 모습이야.

"앨버트로스라는 새가 있어. 바다를 건너다보면 뱃사람들이 만나게 되는 날개 길이가 어른 키의 두 배쯤 되는 아주 큰 새지. 뱃사람들은 종종 장난삼아 거대한 앨버트로스를 붙잡곤 했대. 갑판에 부려진 이 새는 긴 날개를 노처럼 질질 끌면서 가련한 몸짓으로 뱃사람들을 쳐다보곤 했다지."

오빠가 외국 책을 통해 들려주는 이런 신비로운 이야기들을 숙영과 나는 함께 공유했던 것 같아. 하지만 오빠가 없을 때 누구도 앨버트로스 같은 걸 입에 올리진 않았어. 세상의 풍경들은 종종 극적인 모서리끼리 맞물리기도 하나봐. 오빠가 만주로 떠날 결심을 막 굳혔을 때 숙영이가 임신 사실을 알게 됐다고 쓴다면 연극의 한 장면만큼이나 신파가 될까? 어쩌면 사실이 아닌지도 몰라. 자기의 주장 외엔 아무도 숙영이의 몸속 변화를 확인한 적이 없으니까. 오빠도 그 말을 믿지 않았어. 설령 숙영이가 어찌되어도 오빠는 제 갈 길을 돌리지 않았을 거야.

실제로 그날 숙영이가 만주로 가는 기차를 죽음으로 막아섰을 때에도 오빠는 별다른 미동 없이 기차에 앉아 있었어. 기차를 막아선 낯선 불청객 따위엔 관심이 없다는 듯이 차갑게. 오빠에겐 애국이라는 더 큰 대의가 있었으니까. 곧 죽어갈 아비를 버려두고 나를 만주로 불러들일 만큼 그 대의는 넓고 깊어서 죽음조차 가볍게 녹일 수 있는 다디단 유혹이 되었지. 오빠가 대의를 위해 대양을 건너는 사이, 가련한 앨버트로스 한 마리는 길고 검은 날개를 노처럼 질질 끌면서 동행자인 듯 기차를 따라갔던 거야. 제 생명을 던져 가냘픈 손으로 기차를 밀고 당기며.

지금 내 걸음은 남호에 닿아 있어. 20만 평이나 되는 호수는 바람이 조금만 불어도 가장자리마다 파도처럼 철썩철썩 소리를 내곤해. 호수를 끼고 도시를 만든 건 좋은 선택이었어. 일본인 기술자들은 호수의 물결이 초원의 모래바람을 잠재워줄 거라 기대했는지도몰라. 기차마다 빼곡히 실려 대륙으로 들어선 낯선 신병들은 호수곁을 지날 때마다 대륙이 살 만한 곳이라고 여기게 되겠지. 내지로 깊숙이 들어가 적의 총탄 세례를 받고 아침녘까지 같이 장난을 치던 동료가 피를 뿜으며 쓰러져가는 걸 목격하기 전까지는 말이야. 그러면서 사내들은 단련이 되는 것 같아. 몸속의 피가 밖으로 빠져나와 그들에게 죽음을 가르치는 그때에.

오빠는 백양목 줄기 뒤에 몸을 숨긴 채 고양이처럼 주변을 살피고 있어. 오빠의 마른 몸뚱어리와 달빛을 받은 흰 백양목 줄기가 슬프도록 잘 어울린다는 생각이 들어. 달빛조차 차갑게 식은 겨울밤 뜨겁게 부푼 제 성기를 꺼내어 내 쪽으로 흔들던 오빠, 부엌에서 목욕하는 나를 몰래 훔쳐보던 오빠를 목격했을 때의 당혹감, 그런 종류의 슬픔이 여전히 나를 떠나지 않고 있다는 걸 오빠는 알까. 허리에 권총을 숨기고 혁명을 이야기한다 해도 나는 오빠를, 아니 사내들을 믿지 않아. 열여섯 제 동생의 몸을 훔쳐보는 사내와 혁명을 이야기하는 사내의 심장이 같을 순 없으니까. 그 사내가 제 심장을 터뜨려 피를 뜨겁게 흘리기 전까지는.

"다음부턴 늦지 마라."

오빠가 초조하게 중얼거리지만 나는 애써 못 들은 척해.

"누군 빠져나오기가 쉬운 줄 알아?"

나올 때 작은 다툼이 있었어. 평소 같으면 죽은 듯 침상에 누워 있을 베베가 잠을 뒤척이며 깨어나는가 싶더니 기어이 한마디 던지는 거야.

"서방이 죽었는지 살았는지도 모르는데 밤에 어딜 그리 다니냐?"

나는 그 말이 품은 의미를 알아. 내가 독을 구하러 다니고 있다는 걸 알면서도 일견 마음이 놓이지 않았던 거지. 얼굴에 분이라도 바르고 외출하는 날엔 2층 창문에 기대서서 내 그림자가 사라질 때까지 뒷모습을 좇곤 했어. 하지만 베베를 이해하려고 노력 중이야. 세상의 여자들은 미우나 고우나 자식 편이란 걸, 제 아비를 향해 달려드는 오빠를 몸으로 막아서던 내 엄마를 통해서도 자주 보아왔으니까.

"차라리 그 자식 집을 떠나 거처를 옮기는 게 어떻겠니?"

오빠는 내가 여전히 못마땅한가봐.

"방은 누가 얻어주는데? 몸이라도 팔까?"

나는 그럴 마음이 조금도 없어. 어찌됐든 첸은 생명의 은인이잖
아. 더구나 거동이 불편한 노파를 두고 떠나고 싶지는 않아. 아무리
대의를 위해서라고 해도.

"갈수록 입이 거칠어진다?"

오빠의 얼굴이 밤의 물빛만큼이나 어둡게 변해가.

"내가 왜 이렇게 됐는데?"

"입을 다물지!"

오빠가 손으로 나를 내려치고 싶어 한다는 걸 알고 있어.

"그래, 여자들이 무슨 죄가 있겠니……."

오빠는 등을 보이고 돌아서서 조심스럽게 궐련을 꺼냈어. 오빠
는 무슨 생각을 하고 있을까. 나를 더러운 여자라고 생각하겠지. 남
쪽의 식당에서 3년을 체류했다는 내 말을 오빠가 곧이곧대로 믿을
거라고 보지는 않아. 남쪽이 품고 있는 의미를 똑똑한 공산주의자
가 모를 리 없잖아? 그게 자기 때문이란 걸 문득문득 자학하고 있
겠지. 그러면서도 자신의 더 큰 욕망 속에 제 잘못을 가두고 자기합
리화를 하겠지. 볼셰비키 때도 5·4 운동 때도 항상 저들의 구호는
똑같았어. 오직 대의를 위해!

"아마 몸수색을 당할 거야. 이걸 자궁 속에 품고 가."

오빠는, 거기라면 아무래도 괜찮지 않겠니? 라고 말하고 싶은 건
가봐. 차라리 폭탄을 삼키라고 할 일이지. 태어나 가장 예쁜 옷을
입고 봄꽃처럼 곱게 화장을 하고 뱃속에 시한폭탄을 숨긴 채 사령

부로 잠입하는 조선의 굳센 여인을 오빠는 원하는 것 같아. 가장 높은 자의 노리개가 되어 이불 위에서 두 다리를 꽃순처럼 벌리고 저들을 유혹해야 하겠지. 결코 알아챌 수 없는 그 황홀한 순간에, 제 죽음조차 눈치채지 못하도록 두 남녀를 보내버리는 가장 확실한 방법. 제일 예쁜 순간 죽을 수 있다는 걸 위안 삼으면서 논개가 된 그 여자는 과연 행복할까?

"독을 구한 거야?"

나는 종이에 싸인 그 작은 물건을 뜯어볼 생각도 않고 물었어. 누런 종이에 둘둘 말린 그것은 꼭 탯줄인 것만 같아. 언젠가 어머니가 광 속에서 꺼내 부엌 아궁이에 넣어 태웠던 그 탯줄처럼 말라비틀어진 살덩이 하나가 들어 있을까?

"삿갓풀에서 채취한 독초야. 너도 알지? 아버지가 얘기한 적이 있어."

아버지는 그걸 그냥 독풀이라고 불렀어. 독풀을 가공하면 냄새와 색이 없는 독초액이 돼. 삿갓풀의 뿌리를 삶아 물이 진득하게 끓으면 불을 줄이고 그대로 하루 정도 놓아두어서 만들지. 그다음 흙이나 이물질이 섞이지 않은 맨 윗부분의 달인 물만을 떠서 사용해. 민간에선 주로 쥐나 꿩을 잡을 때 사용했는데 꿩이 좋아하는 콩이나 쥐가 좋아하는 곡물을 삿갓풀 달인 물에 넣어 독을 묻혔어.

"이걸 몸에 숨기고 있다가 비상시에 입에 물어라. 가급적 가장 지위가 높은 자에게 접근해. 넌 예쁘니까 누구든 탐낼 거야. 사내란 그런 존재들이지. 제대로 하나 걸리거든 썻을 시간을 달라고 한 뒤 이걸 입에 물어라. 그리고 입을 맞추는 척하면서 너의 침을 놈의 목구멍 속으로 흘려넣어. 독이 든 침을. 약효가 즉시 나타나진 않으니까 잘만 하면 의심을 사지 않을 수도 있어. 운이 좋다면 복상사나, 과로사로 처리되겠지. 열 번쯤 사용할 수 있는 양이다."

궁리 끝에 생각해낸 것이 겨우 이런 비열한 방법이라니, 과연 오빠답다고 생각해. 아버지가 캐내 읍내에 내다 파는 약초들 중엔 독초도 섞여 있었어. 어느 가을엔가, 집안에 쥐가 들끓자 아버지가 삿갓풀을 끓여 쥐들을 여러 마리 죽인 일이 있었는데, 오빠는 그걸 기억하고 있었던 것 같아. 제18대 관동군 사령관 야마다 오토조. 그는 전임자들과 달리 대중 앞에 모습을 드러내지 않았다고 알려져 있어. 사내들이 기관총으로 무장한 채 사령부 담을 넘어가거나 공원에서 폭탄을 터뜨릴 기회는 영영 오지 않을 수도 있지. 대의의 인간들에게 독은 마지막 수단인 셈이야.

"독을 필요로 하는 것은 내가 아니라 첸이야."

"누가 모르니? 말하자면 이중의 장치를 하자는 거다. 첸이 실패했을 경우를 대비하여. 너는 단지 기회만 엿보면 돼. 놈들에게 가까이 다가갈 수 있는 기회."

"첸의 독은 많은 사람을 죽일 수 있지만 나는 하나야."

"확실하게 한 놈이라도 부수어버려."

"내가 죽을 수도 있어."

"삼키지 말고 뱉어."

오빠는 어느 틈엔가 냉철한 투사가 돼 있어.

"봉투는 두 개야. 큰 것은 첸을 주고 작은 것은 네가 가져. 수단과 방법을 가리지 말고 사령부로 들어갈 방법을 찾아. 경계가 느슨해지는 반진제 기간이 좋을 거야. 어서, 노린내 나는 중국 놈의 품을 벗어나 사령부로 들어가."

"첸은 살아 올 수 있을까?"

"네 걱정이나 하시지."

오빠는 제 할 말이 끝났다는 듯 휘적휘적 등을 보이고 있어. 내 질문에 대답 따위는 할 필요가 없다는 듯이. 오빠는 이미 짐작하고 있을지도 몰라. 내가 자신의 명령을 거역하지 못하리란 것을. 그게 오빠고 그게 나니까. 결국 그렇게 돼버린 거야. 오빠가 내 몸을 훔쳐본 그날 이후 나는 여전히 오빠의 시선 속에서 빠져나오지 못하고 있어. 물풀에 발이 묶인 소금쟁이 한 마리처럼 이러지도 저러지도 못한 채, 이 자그마한 연못이 무너져 내리지 않을까 혼자 걱정하면서.

"만주, 만주로 가겠다고요?"

이시하라를 처단한 첸이 만주행을 언급했을 때 나는 당황해하며 재차 물었어. 자그마치 3년이라는 시간을 돌고 돌아 다시 오빠 곁으로 돌아가게 되었다는 사실이 나를 슬프게 했나봐. 일본인들에게 납치되어 짐짝처럼 고깃배 하역 칸에 부려지지 않았다면 오빠를 제대로 마주볼 수 있었을까? 남쪽의 신발 공장에 가서 몇 년만 일을 하면 집으로 돌아가게 해주겠다는 뻔한 거짓말을 물론 믿었던 것은 아니야. 그 순간, 나는 아주 복잡한 감정이었던 것 같아. 청진을 떠나 다른 세계로 나아간다는 기쁨과 나를 기다리는 사람이 열아홉의 풋내기 오빠라는 사실 사이에서. 그때만 해도 오빠와 나의 시간은 오빠가 나를 훔쳐보던 열여섯의 시간 속에 멈춰 있었으니까. 그래서 강제로 납치가 되었을 때, 막연하게나마 그 상황을 희망적으로 받아들였던 것 같아. 몸속의 또 다른 나는 늘 오빠가 없는 곳으로 멀리 달아나고 싶어 했으니까.

만주에 온 뒤에도 나는 몸을 움츠렸어. 이곳 어딘가에 오빠라는 사람이 함께 숨을 쉬고 있다는 사실은 두려움과 안도가 묘하게 교차하는 감정으로 매번 나를 갈등하게 했어. 그날 그 장면을 보지 않았다면, 말라깽이 오빠가 있는 힘을 다해 돌진하는 그 장면을 보지 않았다면, 나는 영영 오빠를 잊고 살아갈 계획이었지. 어디서 무얼 하든 오빠는 오빠의 방식으로, 나는 나의 방식으로 남은 삶을 살아내면 되었으니까. 그것이 대의를 위한 활동이든, 자신을 구해준 요리사를 위해 밀가루 반죽을 하고 닭뼈를 솥에 넣어 고아내는 평범한 일상이든 말이야.

저녁 8시쯤, 베베와 함께 시장에 나갔다가 일방적으로 두들겨 맞는 조선인 인력거꾼을 본 적이 있어. 상투를 잘랐지만 벗겨진 채 옷통에 걸려 있던 흰 적삼은 그가 조선인이라는 것을 대번에 짐작할 수 있게 해주었지. 무슨 일인지 모르지만, 그는 손님으로 짐작되는 뚱뚱한 중국인 남자에게 멱살이 잡힌 채 질질 끌려다니고 있었어. 살려달라고 애처롭게 빌어보았지만 중국인은 인력거꾼을 벽으로 사정없이 밀치고 흔들고 뺨을 때렸지. 구경꾼들이 한가득이었지만 모두들 재미있다는 듯 웃고만 있었고. 아마도 그 인력거꾼은 제 시간에 차를 대지 못했거나 돌부리에 걸려 넘어져 손님을 놀라게 했던 모양이야. 그런 일은 이 골목에서 흔한 일 중의 하나였으니까.

"팅즈바(멈춰)!"

그 순간, 우렁찬 목소리 하나가 구경꾼 사이를 갈랐어. 동시에 검은 양복에 챙이 둥근 모자를 깊숙이 눌러쓴 날렵하게 생긴 사내 하나가 몽둥이를 든 채 뛰쳐나와 뚱뚱한 중국인을 두들겨 패기 시작한 거야. 모자로 얼굴을 가렸지만 나는 사내의 뒷모습이 눈에 익다고 생각했지. 다리가 부러졌는지 중국인이 비명을 지르며 나뒹구는 사이, 그 낯선 양복쟁이 사내는 인력거꾼에게 다가가 진정을 시킨 뒤 옷을 입히고 턱으로 인력거를 가리켰어. 상황을 알아챈 인력거꾼이 잽싸게 운전대를 잡자 사내는 태연하게 좌석으로 뛰어올라와 목적지를 외쳤어! 장춘로 28번지!

장춘로 28번지가 관동군 사령부가 적을 둔 곳이라는 걸 그 순간 알아챈 사람이 몇이나 될까? 사람들이 미처 붙잡을 사이도 없이 인력거는 손님을 태우고 그 자리를 떠났어. 호각을 불며 헌병들이 떠들썩하게 도착한 것은 그로부터 10분쯤 더 지난 뒤였고. 다리가 부러진 중국인이 혼자 애처롭게 울부짖고 있었지만 그를 도와주는 사람은 없었지. 그게 또 다른 내 오빠의 모습이었어. 내가 알지 못했던 오빠의 모습, 오빠가 추구하던 대의의 진짜 모습, 자신의 안위를 생각하기 전에 불속으로 뛰어들던 오빠의 그 모습이 내 마음을 다시금 오빠에게 향하게 했다면 변명이 될까. 증오와 연민 사이에서 오빠는 그렇게 3년의 세월을 건너뛰며 내게 다가왔어.

도시 가운데 우뚝 솟은 사령부 건물은 거대한 성 같아.

넓고 평평한 만주에 어울리지 않는 건물이야. 사령부가 저만치 보이는 일인 양품점 앞에 서자마자 나는 도망쳐야 한다고 생각했거든. 신경 사람이면 누구나 아는 황제의 집무실이나 국무부 건물을 지날 때와는 전혀 다른 위압감이 느껴졌어. 저 굳센 회벽 너머에 결코 벗어날 수 없는 사각의 감옥이 펼쳐져 있을 것만 같은 예감이 들었거든. 쇠를 먹어치우는 상상 속의 불가사리처럼 저 거대한 괴물은 인간의 가장 강인한 부분을 부러뜨리기 위해 버티고 서 있는 것 같아. 그 힘으로 만주라는 허약한 몸체에 가장 크고 강력한 쇠기둥을 세우려 하고 있어.

유리창에 비친 내 모습에 잠시 흠칫하고 물러나. 음부 속에 제 몸을 모두 태워버리고도 남을 분량의 맹독을 숨기고 있는 저 여자의 표정은 너무 평온해서 이질적이야. 평온하지 못할 이유가 없겠지. 하루에도 수십 명의 사내들이 배 위로 올라와 허리띠를 풀었다 조일 때에도 내 표정에는 그다지 변화가 없었어. 나는 포기가 빠른 편이야. 지금 이 순간에도 오빠가 어느 모퉁이에서 쥐처럼 몸을 숨긴 채 내 모습을 엿보고 있을지도 모르거든. 나는 보여주어야 해. 착검한 일병들을 향해 당당히 걸어가는 나를, 굳센 조선의 여인을. 저들도 내 몸 위에 올라와 제 성기를 흔들어대던 그 무수한 병사들 중의 하나일 뿐이라고. 두려워할 이유가 없는 거지.

옷매무시를 바로잡은 뒤 정문의 일병들을 향해 걸어가. 정문을 지키는 일병은 모두 두 명이야. 두 명 모두 누런 군복에 갇혀 피곤한 모습으로 나를 쳐다보고 있어. 정문 안쪽 초소에서 사관으로 보이는 나이 든 사내 하나가 병사들에게 손짓을 하는 게 보여. 아마도 나를 제지하라는 뜻이겠지. 얼마 전 술에 취한 만주인 하나가 병을 들고 정문으로 돌진하다 대검에 찔려 중상을 입은 사건이 있었어. 사내는 파괴분자가 아니었지만 파괴 혐의가 씌워졌고. 화염병을 들고 사령부를 공격하려 했다는 내용이었는데 사내가 들고 있던 것은 아쉽게도 술병이었어.

"정지하라! 무슨 일인가?"

키가 큰 병사가 눈을 매섭게 뜨며 물어와.

"면회를 왔습니다. 남편이 이곳에서 일을 해요."

나는 침착하게 대답해.

"면회라니? 사전에 그런 연락을 받은 일 없다."

"중국인이고 첸입니다. 식당에서 일을 한다고 들었어요."

병사들이 비웃는 눈빛을 주고받았어.

"몇 살이냐?"

나는 더듬더듬 부정확한 일본어로 대답해.

"남편 나이는 서른다섯입니다."

"너, 너한테 묻잖아?"

병사의 목소리가 차갑게 가슴을 찌르고 들어왔어.

"스물…… 셋."

나는 고개를 숙이며 눈을 감았어. 질문의 의미를 알고 있으니까.

"신분증 줘봐."

병사는 신분증을 받아들고 위병소 건물 안으로 사라졌어. 그사이, 나는 건물 구조를 눈에 담아나갔어. 밖에서 보았을 때보다 더욱 위압감을 주는 콘크리트 건물이야. 저 안 어딘가에서 첸이 도마를 두드리고 있는 모습이 상상돼. 독이 없다면 첸의 요리는 무용지물이 되겠지. 단지 맛있는 음식 따위로는 단 한 명의 장교도 쓰러뜨리지 못해. 저들은 첸이 목숨을 걸고 내놓을 요리에 대가를 치러야해. 그것이 첸의 생각일 테지. 아니 오빠 같은, 영웅심으로 똘똘 뭉친 사내들의 생각일 거야.

잠시 후 사내가 종이를 들고 다시 나타났어.

"누굴 만나고 싶다고? 여기 적어봐."

나는 병사가 시키는 대로 첸의 인적사항을 적었어.

"기다려봐."

사내가 다시 안으로 사라졌다가 나왔어.

"식당에 전달해놓았다. 연락이 갈 때까지 기다려."

병사는 안 된다는 말을 어렵게 설명했어.

"그런데 남편이 이곳에 갇혀 있기라도 한 거냐?"

돌아서려는데 병사가 다리에 시선을 박으며 물었어.

"식당에서 일을 하는데 통 집엘 오지 않아요."

"음, 지금은 그런 때다. 행사가 코앞이니 어쩔 수 없지."

병사가 한탄하듯이 내뱉었어.

"후후, 그럴 때지?"

다른 병사가 모래만큼이나 꺼끌꺼끌하게 웃었어.

나는 고개를 숙여 보이고 큰 보폭으로 정문을 벗어났어.

IO

반진제 첫날 아침, 대동광장에서 황제의 연설이 있었다.

푸이는 일본국 육군 군복을 모방하여 만든 감색 정복 차림으로
연단에 올랐다. 양쪽 어깨의 견장은 황금색으로 노랗게 장식돼 있
었고 가슴엔 오족 연합을 상징하는 다섯 개의 문장이 매달려 있었
다. 네 개의 굵은 황금색 실선이 수놓인 허리띠는 곧 스러질 듯한
이 야윈 황제를 단단히 지탱하고 있었는데, 바람이 불 때마다 모자
중앙에 매달린 깃털들이 황제를 쓰러뜨리기 위해 홀로 기를 썼다.
황제는 좌중을 천천히 둘러본 뒤 모자를 벗어 연단에 내려놓고 왼
쪽 허리에 찬 의전용 칼의 손잡이를 가볍게 만졌다. 그러곤 준비한
서류를 읽어 내려갔다.

"반진제는 만주족 전통 축제로서 예부터 신성시 되어왔습니다.

우리나라가 오족 연합체를 구성하게 되면서 이번에 본토 황제의 은혜를 입어 다섯 개의 민족이 각각의 전통과 문화를 중시할 수 있게 된 것은 매우 값진 일이라고 생각합니다. 지금 우리는 매우 긴박한 상황에 놓여 있지요. 서방의 힘 있는 나라들이 동방을 제멋대로 유린하고, 군함을 보내 곳곳에 식민지를 건설하고 아편을 팔아왔습니다. 우리 젊은이들이 지금도 이름 모를 전방에서 그들과 싸우며 피 흘려 죽어가고 있습니다. 이번 축제를 통해 우리는 지금 우리가 선 이 자리에서 우리가 무엇을 해야 할지 고민해야 하는 동시에, 반진제를 계기로 오족이 굳건히 단결하여 반적들을 물아내고 이 땅에 진정한……."

지루하기 짝이 없는 그 연설은 라디오를 통해 주방에도 흘러나왔다. 만주국 황제는 허울뿐인 황제의 역할과 제 민족의 정체성 사이에서 아슬아슬하게 줄타기를 하고 있다. 황제의 진짜 적은 누구일까. 누가 이 땅을 위협하는가? 응기 선생이라면 아마도 이렇게 말하지 않았을까. 가난한 민족을 짓밟은 타락한 자본주의자들이야말로 전 인민의 적이라고. 나는 역겨운 제국주의자들과 타락한 자본주의자들을 하나하나 쓰러뜨릴 것이다. 내 손에 쥔 잘 벼린 칼들과 나의 도마가 그렇게 할 것이다.

오토조 사령관이 반진제를 허락한 것은 의외의 일이다. 총동원 시기에 이런 행사는 적지 않은 부담이었을 텐데. 만에 하나 사고라도 터지면 전적으로 그가 책임을 지게 될 것이다. 지난봄 석전제(釋

奠祭)* 기간에도 행사장에서 연설을 하던 국무대신 하나가 총격을 받아 죽는 일이 있었다. 만주국에선 공자의 제사 이외에 관우의 제사를 비정기적으로 거행하기도 한다. 행사 때마다 어김없이 애국심을 부추기는 강연회가 열리고, 국민들을 선동하는 연극이나 쇼가 무대에 올려진다. 세금으로 거두어들인 곡식 일부를 가난한 이들에게 인심 쓰듯 나눠주는 것도 이 기간이다. 만국을 향한 일본의 간섭에 대한 거부감을 해소시키면서 국가의 구심점을 만들려는 계산된 전략이었다.

허수아비 황제는 연설을 끝낸 뒤 연회가 베풀어지는 궁성으로 이동했다. 아침 일찍 거길 갔다온 군조 조장에 따르면 좁아터진 궁성 안마당과 궁성 밖 임시 천막에 각지에서 초청된 노인 수백여 명이 빼곡히 앉아 음식을 기다리고 있었다고 한다. 외빈과 지방에서 올라온 촌의 대표들, 일본인들이 대부분을 차지하는 국무부의 문무백관, 관동군 주요 지휘관과 경찰청, 법무부 인사들이 모두 참석하는 축하 연회가 이틀간 계획돼 있었다. 말이 오족 연합이지 이번 행사의 주인인 만주족은 철저히 소외된 것 같았다. 모든 행사가 정부 주도로 이루어졌고 철저하게 통제되었다. 청나라 번성기에는 말타기와 활쏘기, 씨름 등 각종 민속 행사가 펼쳐졌다고 하나 금일의 반진제에 그런 행사가 계획되어 있다는 말은 듣지 못했다. 행사

* 만주국에서 1년에 두 번, 봄가을에 치렀던 공자를 기리던 제사.

는 사령관의 의중대로 각국 사절과 내지 장교들을 유화하는 수단으로 전락했고, 그것을 증명이라도 하듯 전에 보지 못했던 온갖 요리들만이 며칠 전부터 준비되어 식탁으로 날라질 순간만 기다렸다. 주요리는 포탸오창이다.

11시가 되자 갑자기 주방이 바빠진다. 새벽부터 구수한 냄새를 풍겨온 포탸오창이 비로소 기다리는 혀들을 찾아 출입문을 빠져나갈 기회를 얻게 된 것이다. 오늘따라 콧수염에 유난히 공을 들인 난조 조장이 군복을 정성껏 다려 입고 나타나 요시이 등 뒤에 걸린 커다란 웍 하나를 수저로 탕탕 두드려대는 것으로 연회의 시작을 알렸다. 그는 이번 기회에 장교식당 책임자로서 자신의 능력을 보여주고 싶어 한다. 11시부터 슬슬 관내 장교들이 모습을 드러내고 있었는데 30분 뒤면 야전의 주요 지휘관들이 대부분 모여 연회를 겸한 점심을 들도록 돼 있었다.

"자, 땅콩을 얼른 꺼내주세요. 식사를 하기 전엔 땅콩만 한 음식이 없지요. 위장을 슬슬 달래준 후에 돼지 창자보다 기름이 더 많이 낀 나라님들 뱃속에 금가루를 가득 채운 북경오리를 통째로 집어넣는다면 딱이겠죠. 아 한데 어쩌나, 아섭게도 우리 사령관 각하께선 역겨운 만주 놈들 요리를 더 좋아하시니."

아침 일찍 주방에 나온 요시이 하사관은 군수품 공장의 부속처럼 온몸을 움직이며 기계적으로 요리들을 만들어내고 있다. 거의 열 개 가까운 화덕을 부리고 있었는데, 사병식당에서 차출된 다섯 명도 넘는 요리병들이 요시이를 거들며 바삐 움직였다. 그들은 155 밀리 포를 방렬하는 포병들처럼 잘 훈련돼 있었다.

"자, 우리도 시작합니다."

요시이의 지휘에 맞춰 호 아줌마와 나는 네 개의 화덕을 부리며 어젯밤 만들어놓은 음식을 데우고 간이 적당히 스민 채소류와 푹 익힌 육류와 매운 육수, 젓갈 등으로 맛을 낸 탕과 중간중간 가볍게 먹을 수 있는 전병과 각종 양념들을 챙긴다. 이 모든 동작은 별다른 의심을 받지 않고 진행된다. 누가 봐도 장교식당 주방에 완벽하게 적응한 충성스러운 요리사의 모습이다. 나는 기죽지 않는다. 화덕 앞에 나의 도마가 굳건히 버티고 있기 때문이다. 저들은 알까? 어제저녁, 나는 내 목숨을 걸고 요리했다. 무대에 막이 오르면 나의 요리들은 거침없이 진격할 것이다. 더는 저들의 창검 따위에 눈을 아래로 떨구는 겁쟁이가 아닌 것이다.

장교식당은 주방에서 2백 보가량 떨어진 곳에 있다. 제법 긴 거리여서 수레에 요리를 담아 조심스럽게 밀고 가야 하는데, 그사이 음식이 식지 않도록 신경을 써야 한다. 사병들 식당과 달리 장교식당엔 에도시대의 무인들을 형상화한 그림도 몇 점 걸려 있고 앞쪽에는 공연을 위한 작은 무대도 마련돼 있으며 분라쿠(文樂) 인형 같은 것들이 장식품으로 놓여 있기도 하다. 일본 장교들은 떠들썩하니 음식을 먹는 편이 아니어서 식사 시간이 빠르고 특유의 침묵이 고이기 일쑤인 공간이다. 서열에 따라 앉는 자리도 다 달라서 이제

막 별 하나에 줄무늬 네 개를 획득한 소좌 따위는 땀을 뻘뻘 흘리며 눈치를 봐야 한다.

오토조 사령관이 앉게 될 제일 상석 식탁은 아직 비어 있다. 스물네 개의 의자를 갖춘 최고급 석조 식탁엔 기둥마다 화려한 금박들을 입혔다. 상관들이란 먼저 와서 기다리는 법이 절대로 없다. 앞쪽의 무대를 중심으로 관동군 사령부의 최고 수뇌부와 귀빈들이 앉게 될 일등 상석과 그 뒤쪽에 귀빈석 식탁 두 줄, 그 뒤로 50여 개의 탁자들이 손님을 기다린다. 군데군데 초도 밝혀놓았다. 무대에서 만주족 전통 춤을 선보이기 위해 대기 중인 공연단도 일찌감치 커튼 뒤에 숨어 이쪽의 눈치만 살피는 중이다. 입술에 바른 붉은 화장이 그들이 입은 붉은 치파오와 선명하게 어우러진다. 3백여 명이 들어서면 꽉 차는 공간이다. 자리는 반쯤 찼고 장교들의 눈이 이따금 내 행동을 좇기도 하지만 개의치 않는다.

귀빈석 근처에 수레를 멈추고 사병들이 배열해놓은 식기류와 수저, 젓가락들을 꼼꼼히 살핀다. 모든 게 만족스럽다. 준비는 완벽하다. 황금색 보자기를 펼쳐놓은 저 식탁 위에서 일단의 영관급 장교들이 뇨타이모리*를 즐기다가 본국의 경고를 받았다는 소문을 들은 적이 있다. 현 오토조 사령관 때 그런 일이 있었는지, 전임자들 가운데 하나였는지는 알 수 없다. 그 얘기를 들려주던 요시이는 자신

* 女體盛り. 여성의 알몸 위에 생선회나 초밥 등을 올려놓고 먹는 일.

도 전임자로부터 들은 것에 불과하다고 선을 그었다. 자신은 구역
질이 나서 그런 음식 따위는 먹지 않겠다고 했던가. 조장의 말이 더
걸작이었다. 정신 차려, 요시이. 온종일 화덕이나 관리하는 너 따위
에게 여자의 알몸을 감상하며 스시를 먹는 순간 따윈 결코 주어지
지 않아.

군복을 말끔하게 다려 입은 사병들이 운반용 수레에서 찻잔을
꺼내 배열을 돕는다. 아직 고급 장교들이 착석 전이어서 식거나 퍼
지는 음식이 아닌, 살구씨나 호두, 말린 감 같은 딱딱한 견과류 위
주로 식탁을 차린다. 포탸오창은 그럭저럭 청조식으로 구색을 갖췄
다. 일본인 상회에서 상어 지느러미를 얼마간 공급받을 수 있었던
것은 큰 행운이었다. 장교들은 자리에 앉자마자 견과류를 먹고 차
를 마시며 위를 자극하게 될 것이다. 그다음 각종 겅탕(羹汤, 중국 수
프의 일종)이 대령되고, 접시가 하나씩 비워지면 볶은 은행을 비롯
하여 말린 여지, 연꽃 씨앗 따위가 식탁에 오르게 된다. 안주로 먹
을 가벼운 요리들과 더불어 소흥주, 화조 등의 술을 들이도록 돼 있
다. 공연이 펼쳐지는 가운데 거나하게 취한 수뇌부 장교들은 마침
내 주요리인 포탸오창을 받게 될 것이다. 그곳에 내 비장의 무기가
숨어 있다. 의자는 모두 스물네 개. 만석이 된다면 오늘 스물네 개
의 기름기 가득한 위장이 제거된다.

"뭐 도와줄 일은 없나?"

어깨를 건드리는 손길에 긴장이 더욱 팽팽해진다.

"네, 다 좋습니다."

기계적으로 대답하며 뒤를 돌아본다. 시게오다. 그는 자신도 빠질 수 없다는 듯 운명의 시간에 동참한다. 녀석의 등장은 곧 오토조 사령관의 출현이 임박했음을 의미한다. 사실 쉬운 결정은 아니었다. 며칠 전부터, 재료를 다듬는 틈틈이 갈등했다. 멍청한 염소 한 마리를 죽여 새로운 호랑이를 불러들인다면? 나는 가상의 동료들과 토론했다. 내가 내린 결론은 그래도 죽여야 한다는 것이다. 멍청하든 똑똑하든 기회가 왔을 때 죽일 수 있을 만큼 죽여야 한다. 적은 죽여도 그만큼 나타나게 돼 있다. 그 과정 속에서 적들은 중요한 진리를 얻게 될 것이다. 점령지의 백성들을 진심으로 두려워해야 한다는 것, 그 두려움이 언젠가는 그들을 파멸의 시간 속으로 몰아넣으리란 것을, 그리고 그 시간이 임박했다는 것도!

"다음 요리는 뭐지?"

"다음이라뇨, 아직 시작도 안 했는뎁쇼."

시게오가 제 머리를 바보처럼 툭 친다.

"아, 내 정신 좀 봐. 암튼 중국요리는 복잡하다니까."

"중국이 아니라 만주족 요립니다."

나는 긴장을 풀기 위해 가급적 말을 많이 늘어놓는다.

"만주족이면 어떻고 조선족이면 어떠냐. 결국은 열등한 민족의 열등한 요리일 뿐. 기름에 볶고 지지고 튀기는 것이 요리의 전부인 줄 아는 자들. 고기 본래의 맛을 모두 잃고 진한 양념 속에 고기를 묶어두려고만 하지. 그게 중국요리다. 천하의 맹호 요리라도 너희 기름통에 빠지고 나면 그냥 고기 요리일 뿐이야."

"세상 요리가 다 그렇지 않습니까?"

"아니, 내 고향 북해의 요리는 너희 요리들처럼 복잡하지 않고 담백하다. 요리 문화만큼은 너희에게 뒤지지만 맛은 훨씬 간결하다."

시게오의 반격은 예상 못 한 것이다. 아무리 입맛이 바뀌어도 제 고향 요리를 잊어버리는 사내들은 없다는 이족 속담 그대로다. 이족 요리를 할 때마다 아버지가 들려주던 잔소리였다. 이 녀석은 겉으로 중국요리를 흠모하는 듯한 태도를 취해왔지만, 마음속엔 여전히 제 고향 북해요리를 생각하고 있었던 것이다. 아무튼 나는 이 녀석이 마음에 든다. 점령지의 백성들을 얕잡아보는 특유의 태도는 다른 제국군인들과 비슷하지만 순수한 면이 남아 있다. 시게오, 부탁한다. 부디 먹다 남은 음식이라도 상 위에 올랐던 음식엔 절대로 입을 대지 마라. 네가 피를 토하고 죽는다면 나는 오늘 식탁 위에서 펼쳐진 이 승리를 진정 축복하지 못할 것이다.

"시게오 하사관님!"

빈 수레를 주방으로 돌리며 묻는다.

"뭐야, 그 진지한 태도는?"

"사령관님은 언제쯤 나타나십니까?"

이미 예정된 시간이 지나가고 있다.

"그건 왜? 소매 속에 권총이라도 숨겼나?"

시게오가 눈치 빠르게 묻는다.

"별말씀을, 국을 데워야 할지 결정하려고 그럽니다."

"네 말이 맞군. 오늘 그 진귀한 상어지느러미 요리를 구경하는 날이니까. 곧 오실 거야. 본국으로부터 급한 연락을 받아서 잠시 지체되고 있어."

녀석은 시계를 확인하며 멍청하게 서 있다. 무대 뒤쪽 대기실에서 유달리 붉은 입술을 한 앳된 여자 하나가 시게오와 나를 물끄러미 쳐다보고 있다. 아니, 그녀는 시게오의 옆모습을 홀린 듯 훔쳐보고 있는 게 분명하다.

"그렇군요. 혹시 점심은 든든하게 드셨습니까?"

"나? 물론이지. 하지만 네가 만든 진귀한 요리를 마다할 생각은 없다. 내게까지 차례가 돌아올지는 모르지만."

나는 씩 웃으며 수레를 잡은 손에 힘을 준다.

"제가 특별히 챙겨드리겠습니다만 상에 오른 음식은 가급적 드시지 마십시오. 제가 새 요리를 따로 준비해놓을 테니까요."

"그간 쌓인 우정 때문인가? 눈물 나겠군. 하지만 첸!"

그가 문밖까지 따라 나온다.

"불필요한 수고는 할 필요 없다. 아무렴 내 창자 하나 내가 못 간수하겠나? 언제 떨어질지 모르는 네놈 목숨 걱정이나 해."

그래, 잊고 있었다. 내가 시한부 화덕을 부여 받았다는 걸.

"제가 정성껏 만든 요리가 제국의 높은 분들을 만족시킨다면 곧 죽어도 여한은 없을 듯합니다. 최선을 다했으니까요."

"최선을 다했다? 아주 좋아. 내가 그렇게 전해드리지."

나는 더 돌아보지 않고 그대로 연회장을 벗어난다.

복도가 끝나는 곳에서 수레를 멈춘다. 사병들이 수레를 밀며 복도를 오간다. 창문을 넘어온 창백한 햇살 한 줄기가 집요하게 여백 끝에 매달려 있다. 마치 음식을 더 달라고 떼를 쓰는 어린아이 같다. 나는 마른 철쭉이 줄지어 심긴 마당을 내려다보며 잠시 호흡을 고른다. 길순은 실패했다. 아니, 그녀가 임무를 완수하지 못한 것은 확실하다. 설령 독을 구했다고 해도 내게 전하는 일이 쉽지 않았을 테지. 불쌍한 여자다. 내 계획이 성공하는 순간 침상의 노모와 길순은 죽게 될 테니.

거리는 축제 기간임에도 한산하다. 갑자기 쌀쌀해진 날씨 때문이겠지. 시장으로 나갈 수 있는 기회가 올 줄 알았다면 편지에 독 따위를 구해달라고 쓰지 않았을 텐데. 나의 실수를 인정한다. 길순에게 독을 요구할 게 아니라 멀리 도망가도록 했어야 한다. 이름 모를 검은 새 몇 마리가 사령부 남쪽 모서리 끼고 날아간다. 검은 날개가 마치 죽음의 사신 같다. 날씨가 오늘처럼 맑았던 적은 흔치 않다. 맑은 날 죽을 수 있다는 게 그마나 복된 일이니 저 햇볕에 위안을 삼자.

"독을 숨겨라!"

광둥식 복어 요리를 가르쳐주던 날 아버지가 말했다. 독은 제거하는 게 아니라 숨기는 거라고. 당시만 해도 그 말의 의미를 이해하지 못했다. 독을 제거하지 않으면 먹는 자들을 위험에 빠뜨린다. 그런데도 아버지는 독을 숨길 것을 명령했다. 독을 전부 제거하면 복어의 고유한 맛 또한 사라진다. 어떻게 해야 할까? 약간의 독을 남기되 혀가 알아채지 못하도록 해야 한다. 혀뿐 아니라 소화기관까지 완벽하게 속여야 한다. 그 방법이 무엇이지? 바로 중화(中和)다.

복과 가장 잘 어울리는 약재가 노근(蘆根)이다. 노근은 갈대의 뿌리로 차고 달달하여 폐를 식히고 위를 돕는다. 진흙에 뿌리박은 특유의 생명력이 독을 중화시키며 복 특유의 맛도 잡아둔다. 독을 잃은 복어 요리는 진정한 복어가 아니지. 중화를 통해 사라지는 게 아니라 다른 물질 속에 자신을 숨기는 것이라고. 아버지 말대로 어차피 모든 요리에는 단맛이 빠질 수 없다. 설탕을 애써 쓰지 않아도 되니 일석이조다.

"독을 숨기려다가 단맛을 강요하게 되면요?"

어린 내가 그렇게 물었던가. 아버지는 말했다.

"좋은 질문이다. 넌 확실히 요리사의 운명을 타고났어. 나처럼 도마 하나를 챙겨 태어나진 못했지만 넌 늘 내게서, 아니 나의 요리로부터 도망치려고 하지. 그 점이 오히려 나를 자극해. 도망치려 하면서도 넌 요리 따위를 하찮게 보고 있어. 심지어는 내가 이룬 경력까지도 우습게 보고 있지. 언젠가 나를 넘어설 거야. 사내란 그래야 해. 최고로 맛있는 요리를 해내는 사람이 진짜 요리사는 아니지. 요리로 세상에 당당히 자신의 존재를 세우는 요리사야말로 최고라 할 수 있어."

하여튼 말 하나는 그럴듯하게 하는 광둥 요리사였다.

독을 숨겨라! 나는 아버지의 말대로 하지 않았다.

독을 숨길 이유가 없었기 때문이다. 노근을 써 단맛을 내지도 않았다. 나는 포탸오창에 얹는 대추를 살폈다. 주사기를 써 대추 속에 소량의 독을 주입했다. 음식 고유의 맛을 건드리지 않으면서도 목적을 달성할 수 있는 방법, 대추 속에 웅크린 유도화의 독은 음식과는 개별체로 작동할 것이다. 포탸오창은 마지막 요리다. 더운 요리와 찬요리가 번갈아가며 위장을 타고 내려가는 동안, 음식에 욕심을 부린 자들은 그 욕심으로 패망할 것이다. 스물네 개의 의자들이 부디 모두 제 주인을 잃기를 바란다. 그들이 돌아가야 할 자리는 바다 너머이기에 그렇다.

진실일까? 나는 대추 속에 독을 숨기지 않았다. 그것은 스스로 내 음식을 모독하는 행위이기 때문이다. 장교식당 안에는 아직 나를 감시하는 보이지 않는 눈길들이 존재한다. 시계오처럼 대놓고 참견을 하는 자들도 있다. 어제저녁 누군가 부엌을 샅샅이 뒤져 독의 흔적을 찾아냈을 수도 있다. 조리병 가운데 누군가 음식에 욕심을 내 그중 육수가 진하게 스민 대추 하나를 미리 먹어보았다면? 요리사들은 몸의 작은 변화에도 민감하다. 나의 어설픈 작전은 이미 들켰을 수도 있다.

그렇다! 나는 부요리인 피 속에 독을 숨겼다.

피 요리를 담당한 사람은 호 아줌마다. 원래는 내가 그것을 맡기로 돼 있었는데, 나는 두 번이나 피를 묵으로 굳히는 데 실패했다. 호 아줌마는 그 일을 단숨에 해치웠다. 간수의 양과 숙성 시간의 차이였다. 쉐창은 두 가지 용도로 사용된다. 간장이나 소금에 찍어 먹거나 전골 속에 넣어 끓여 먹는 방식이 그것이다. 어떤 상태로 먹든 독을 섭취한다는 측면에서 달라질 것은 없다. 나는 호 아줌마가 요리를 하기 전 사슴 피 속에 다량의 독을 섞었다. 아직 누구도 선뜻 그 역겨운 음식을 맛본 자는 없다. 뜨겁게 끓는 사슴 피 속에서 유도화의 독은 어떻게 제 고유의 성질을 보존하는 것일까?

과연 그럴까? 이 또한 진실은 아닐 것이다. 내 한목숨을 살리고자 죄 없는 타인을 죽음의 구렁텅이로 빠뜨렸을까? 더구나 귀머거리 호 아줌마와 나는 아무런 원한 관계도 없지 않은가. 사실 나는 서너 병의 소홍주 속에 독을 감추었다. 사내들이란 음식은 먹지 않아도 술을 참아내지는 못하는 족속이니까. 맛을 가진 사물은 냄새를 풍긴다. 오로지 하나, 독이 예외다. 그것은 냄새를 숨김으로써 사물의 생명을 파괴할 수 있다. 나는 조금 더 확실하게 그것을 숨길 필요가 있다.

세상에 영원한 것은 없다. 기세등등하던 관동군이 소비에트 동지들 앞에서 벌벌 떠는 꼴을 보라. 만주라는 괴뢰 국가도, 중국도,

조선도 언젠가는 사라져갈 것이다. 아우성치던 사람들의 한숨과 발짝 소리들, 그 모든 게 역사에 한 줄 기록만 남긴 채, 혹은 기록조차 없이 사라져갈 것이다. 하지만 변하지 않는 게 있다. 내가 옳다고 믿는 하나의 굳건한 신념이 그것이다. 최선을 다한 요리사를 배반하지 않는 한 접시의 요리를 위해 나는 오늘도 웍에 기름을 두르고 재료를 손질한다. 한입의 요리가 혀에 전해주는 진솔한 맛, 그 진실함을 위해 나는 계속해서 도마를 지배할 것이다.

운명의 시간이 왔다. 수레 가득 음식이 채워지고 그것을 밀고 전진하는 나의 발걸음은 가볍다. 유도화에서 추출한 독은 청산가리의 수십 배 위력을 지니고 있다. 그것은 무색무취하여 스스로 빛나지 않는다. 시장에 갔을 때 방제용으로 쓰이는 유도화 가루를 구할 수 있었던 것은 행운이다. 봄이 되면 잦은 봄바람에 고개를 숙일지언정, 유도화는 뿌리로 한 나라를 무너뜨릴 힘을 지녔다. 길순이 예정대로 독을 구해왔다면 무엇을 선택했을까? 그 가련한 여자의 발짝 소리가, 뒤꿈치를 든 채 2층을 오가는 가엾은 뒷모습이 복도 끝에 어른거린다. 날개를 펴지 못한 나비처럼, 그녀는 안간힘을 쓰며 창문을 향해 날아오르고 있다. 펼치지 못한 흰 날개가 눈부시다.

나는 공연이 한창인 연회장 문을 활짝 열어젖힌다. 3백여 개의 의자가 대부분 채워져 있다. 스물네 개의 메인 식탁도 마찬가지다. 내가 들어서자 수레의 음식을 바라보는, 기대에 찬 제복들의 눈빛이 읽힌다. 드디어 모든 게 끝났구나. 다리의 힘이 풀려서 나는 가까스로 몸을 지탱한다. 나는 이제 아무래도 좋다. 나의 내면을 빛나게 해준 나의 도마가 나 대신 더욱 빛나길 바란다. 모든 것의 시작은 작은 도마였으니까. 삶 아니면 죽음, 인생은 그 어떤 요리보다 담백하다.

나는 조심스럽게 수레를 밀며 나아간다.

빛들이 나의 걸작을 비춘다.

II

나는 야마다 오토조다. 정식 직함은 관동군 사령관.

나는 지금 꿈을 꾸고 있다. 아니, 꿈을 꾸는 건지 아닌지 헷갈린다. 꿈이라고 하기엔 너무 생생하다. 마차, 그것은 바퀴가 아홉 개나 달린 마차다. 관사 문밖에 마차가 서 있다. 마부석에 한 사내가 앉아 나를 기다린다. 서양식 맥고모자 같은 것을 깊이 눌러쓰고 있어 얼굴은 확인할 수 없다. 광대들이 쓰는 모자 같기도 하다. 마차는 검은색으로 장식돼 있다. 두 마리의 말이 직감으로 어렴풋이 느껴지지만 보이지는 않는다. 마부석 뒤로는 검은 천막이 쳐 있고 천막엔 창이 뚫려 있다.

그런데 하필 바퀴가 아홉 개라니? 나는 아홉(きゅう, 큐)이라는 숫자를 병적으로 싫어한다. 대개의 일본인들처럼 그것이 고생(くろう,

쿠로)이나 똥(くそ, 쿠소) 같은, 부정적인 단어를 연상시켜서 그런 게 아니다. 어릴 때 목격한 아홉 마리 구렁이 때문이다. 국민학교에 입학하기 한 해 전 일이다. 그해 신식 화장실을 파느라 인부들을 집안에 불러들인 적이 있다. 작업 도중 인부들이 구렁이 굴을 건드렸는지 아홉 마리나 되는 구렁이들이 마당으로 쏟아져 나왔다. 구렁이들은 그 징글맞은 몸통을 꿈틀거리며 마당을 기어 다녔다. 햇볕아래 기어 다니는 검고 긴 그것들을 본다는 것은 결코 유쾌한 일이 아니었다. 인부들은 아무렇지도 않게 구렁이를 삽날로 잘라 죽였는데, 저녁에 그 이야기를 전해들은 아버지는 소리를 지르며 인부들을 욕했다. 구렁이는 집안을 지키는 조상신인데 함부로 죽여 화를 불러들였다는 얘기였다.

평소 뱀이라면 극도의 살의를 표하곤 하던 아버지가 집안의 구렁이에게 유독 다른 잣대를 들이댄 것은 이해할 수 없는 일이다. 어쨌거나 몇 개월 뒤 어머니가 난산으로 죽은 건 이 구렁이들과 관련이 있을 것이다. 구렁이들은 그날 죽은 게 아니었다. 인부의 삽날에 검은 피를 흘리며 죽어가던 그것들은 집안을 떠나지 않고 내 꿈속으로 건너와 나를 괴롭혔다. 침대를 따라 기어오르기도 하고 천장들보를 타고 경쟁하듯 내려오기도 했다. 심지어는 콧속으로 기어들어와 뇌를 갉아먹었다. 이후 숫자 아홉은 내 인생을 따라다니며 불길한 징조의 상징이 되었다. 나는 9번지에 자리한 식당엔 절대로 가지 않는다. 9가 들어간 사단으로의 배속은 무조건 피했고 심지어 집무실에 걸린 시계에서조차 9를 제거했을 정도다.

괘종시계가 아홉 번 고막을 울린다. 시간과 공간이 뒤틀린다. 나는 어느새 마차에 올라 있다. 사내가 채찍으로 말의 볼기를 후려친다. 말은 강을 건너고 흙집들이 늘어선 거리를 지나 끝없이 달린다. 혹여 이 길이 저승으로 가는 방향인가? 영원처럼 느껴졌으나 잠깐 동안의 시간이다. 마차가 멈춘 곳은 호숫가로 짐작되는 어느 기슭이다. 달이 떠 있다. 달빛이 수면을 비추자 물에 잠긴 건물 기둥들이 출렁이는 물결에 휩쓸려 나온다. 서른여섯 흰 석조 계단, 달빛이 물결 속으로 파고 들어가 용궁 속에 들어앉는다. 거무튀튀한 대웅전 누루가 보인다. 나는 비로소 알 것 같다.

"여긴 극락사로 가는 길이 분명하다. 무엇이 이곳으로 나를 이끌었을까? 어쩌면 나의 관념인지도 모르지. 내가 아홉 마리 구렁이와 마차를 만들어, 스스로 그 위에 올랐던 건 아닐까. 물속의 저 세상은 어쩌면 실재하는 풍경이 아닐지도 몰라."

나는 기도인지 중얼거림인지 모를 자기공명 속에서 한 걸음씩 내딛는다. 조선인 석공이 제 손목과 바꾸었다는 이 계단은 확실히 기이한 데가 있다. 중력을 무시하고 사람을 느슨하게 잡아 내리는 힘이 느껴진다. 조약돌이 물속으로 가라앉듯 나는 비틀거린다. 여러 번 이곳에 왔지만 계단은 처음이다. 주차장으로 곧장 오는 게 편하기도 했지만 석공의 잘린 손목 따위를 생각하고 싶지 않아서였다. 누가 내게 이런 풍경들을 강요하는가? 물속의 저 부처일까? 아니면 나 자신인가. 미륵불이란 이름에 걸맞지 않게 물속에 웅크리고 앉아 피비린내 풍기는 세상을 외면하는 저 부처가, 오늘은 작정하고 내게 할 말이라도 있다는 건가.

발이 극락사 마당에 닿는다. 모란 향내를 맡으며 대웅전 창살문을 열고 들어간다. 천장의 만다라 그림 아래 머리를 들이자 불안하던 마음이 안정된다. 참았던 숨을 토하며 바닥에 주저앉는다. 미륵의 집요한 시선이 내 눈동자로 파고든다. 미륵의 눈은 명상 속에 감겨 있지만 나는 그렇게 느낀다. 처음 이곳에 와 미륵을 접견한 이후 나는 줄곧 누군가 미륵을 반출하지 않을까 마음을 졸여왔다. 주지를 구워삶아 미륵을 감시하게 한 것도 그 때문이다. 다행히도 이 도시엔 미륵의 진가를 알아보는 자가 없어서 온전히 내가 그 가치를 독점해왔다. 세상에 존재하는 단 하나의 보물을 독점한다는 고통 속에서 나는 자주 외로움을 느꼈다.

보탁에 앉아 생각에 잠긴 미륵불은 전형적인 조선의 삼국시대 반가사유상의 모습을 하고 있다. 경성에 가면 이와 비슷한 금동미륵상이 한 점 더 있다는 얘기를 들은 적이 있다. 일본에도 백제, 혹은 신라의 장인이 만든 것으로 보이는 미륵반가사유상이 교토 고류사에 모셔져 있기도 하다. 청년장교 시절 우연히 고류사에 들렀다가 그 부처를 알현한 적이 있다. 조선의 반가사유상이 청동인 것에 비하여 고류사의 미륵불은 목조로 제작되었다. 반면 만주의 불상은 석조불이다. 조선에서 제작된 불상이 후대에 만주로 옮겨져온 것인지, 아니면 여진족들에 의해 약탈된 것인지, 석조불이 하필 이곳에 놓여 있는 이유를 모르겠다. 세 나라의 불상이 각기 다른 재질로, 그러나 하나의 통일된 형식으로 제작된 것은 매우 놀라운 일이다. 부처 홀로 물속에 앉아 진정한 대동아공영을 이룬 셈인가?

미륵은 세상의 모든 미가 압착된 모습으로 움직임 없이 앉아 있다. 무무명 속에 홀로 고착된 눈동자는 세상의 근심을 초월해 있다. 가장 깊은 구렁이에 떨어져 돈오(頓悟)를 초월해버린 우라본(盂蘭盆, 영혼)의 모습이다. 비로소 자신의 본질을 알아버린 산 자의 표정이기도 하다. 유황이 끓고 뱀들이 우글거리는 화탕지옥 한가운데에서도 흔들림 없이 부처는 침묵을 지키고 있다. 평생 찾아 헤매던 최고의 요리를 맛본 미식가처럼 창백한 고요가 서려 있다. 고통 속에서도 침묵할 줄 아는 얼굴, 고통을 즐길 줄 아는 고통의 얼굴, 저 부처의 복장 속엔 아직 꺼내놓지 않은 말들이 가득 숨겨져 있겠구나. 저 부처는 존재만으로도 이미 충만하다.

"완벽하다. 완벽해."

그렇다. 나는 침묵 속에서 부처를 보았어야 한다.

그러나 나는 절제하지 못하고 매번 값싼 형용사를 법당에 꺼내놓았다. 공짜 음식 몇 점에 값싼 혀를 동원하여 미사여구를 끊임없이 늘어놓는 엉터리 미식가들처럼, 나의 입은 절제된 침묵 앞에서 번번이 패배한다. 나는 혀를 감췄어야 한다. 나의 입술은 내 눈에 담긴 물상의 신비를 이겨내고 감각을 감추었어야 한다. 나는 복장 속에 숨겨진 말들을 상상하지 말았어야 한다. 나의 목구멍은 꾸역 꾸역 올라오는 싸구려 말들을 욱여넣었어야 한다. 나의 후각은 천년 이상의 세월을 건너온 석불의 냄새를 외면했어야 한다. 아니, 나는 이곳에 오지 말았어야 한다.

"어린 모리를 품어주던 그녀의 향기야."

나는 코를 킁킁거리며 후각에 집중한다. 순간 불상의 입꼬리가 일그러진다. 죽어가는 새의 날갯짓처럼 눈꺼풀이 푸르르 떨리더니 검은 동공 속으로 유리처럼 깊은 절망이 눈을 뜬다. 나는 기대한다. 긴 침묵 속에서 세상을 굽어보려는가. 마침내 떨쳐 일어난 부처는 얼마나 광휘로울 것인가. 그 미소는 세상에 존재하지 않는 가장 완벽한 궁극의 모습이 아닐까. 그래, 나는 부처가 줄곧 눈을 뜨길 고대해왔다. 그가 약속한 미래의 구원 같은 것은 관심 밖이었다. 나는 다만 보고 싶었을 뿐이다. 더는 고뇌하지 않는 얼굴을, 잠에서 깬 신이 아닌 인간의 얼굴을, 돌 속에 갇혀 불멸하는 것이 아니라 살과 피를 가진 기억 속 한 여인의 얼굴을.

돌의 파편들이 법당 바닥으로 떨어진다. 돌이 부스러진 자리마다 한 여인의 섬세한 얼굴이 조금씩 또렷해진다. 예감이 맞았구나. 부처가 돌가루 속에 고운 여인의 얼굴을 감추고 있었구나. 그러나 여인은 아름답지 않다. 그녀의 입술은 기괴하게 일그러졌고 눈에서는 피눈물이 흐른다. 머리카락이 흐트러지며 법당 안을 음산하게 만든다. 저 여인은 누군가. 여전히 낯이 익다. 코끝으로 스미는 차꽃 향기의 낯섦과 익숙함. 내가 잃어버린 단 하나의 얼굴, 평생을 기억 속에서 그리워하던 얼굴이 지금 여기에 있다. 나는 절망한다. 기괴하다. 울고 있다. 귀기 흐르는 물상이여, 다시 돌 속으로 숨어다오. 세속의 여인이 아니라 침묵하는 부처를 느끼고 싶다. 자리를 차고 일어난다.

"어머니, 어머니!"

일곱 살의 내가 급히 신발에 발을 꿰고 법당을 나선다. 사천왕이 금방이라도 내 목덜미를 낚아챌 것 같은 공포 속에서, 나는 넘어지고 엎어지며 법당 마당을 벗어난다. 산문을 타고 넘어온 한 줄기 소나기가 채찍처럼 어깨를 후려친다. 번개가 번쩍인다. 나는 몇 걸음 못 가서 잡초 무성한 도랑 근처에 주저앉는다. 음산한 먹구름이 법당 지붕에 틀어앉아 비웃듯이 나를 내려다보고 있다. 자세히 보니 그것들은 아홉 마리 구렁이다. 지붕 기와를 뚫고 들어간 구렁이들이 부처의 머리통을 갉아먹는 소리가 들린다. 나는 귀를 틀어막은 채 벌벌 떨며 달리기 시작한다.

"모리, 이곳으로 어서!"

법당 뒤켠 공양간이다. 목덜미가 흰 한 여인이 고개를 빼꼼 내밀어 나를 부르고 있다. 그녀의 가느다란 손목과 팔을 감싼 알룩달룩한 기모노 자락이 낯익다.

"어머니!"

나는 여인의 품에 안긴 채 울음을 터뜨린다.

부엌문을 걸어 잠근 여인이 머리를 조용조용히 쓰다듬는다.

"괜찮아. 여기라면 괜찮아. 그러니 어서 울음을 그치거라!"

여인이 손에 들고 있던 것을 내 입안으로 집어넣는다. 꿈에도 그리던 분고규의 달콤한 육즙이 목구멍으로 흘러 들어온다. 나는 그것을 꼭꼭 씹어 먹는다.

"사령관님, 좀 정신이 드십니까?"

입을 우물거리는데 눈앞으로 시게오의 잔영이 비친다.

"여기가 어디지?"

방금 전까지 나를 어르던 여인의 체취가 아직 가시지 않았다. 그런데 왜 하필 극락사 부엌이었지? 그녀는 왜 하필 그곳에서 나를 기다렸을까?

"관내 병원입니다."

"내가 왜 여기 있지?"

"소량의 독을 섭취하셨습니다."

"독이라고? 누가 독을 탔지?"

정신이 조금씩 돌아온다. 소홍주를 다섯 잔까지 마신 게 기억난다. 늦게 나타나 연거푸 술을 털어 넘기던 도시오 중장이 느닷없이 소리를 질렀던가.

"억, 술맛이 이상해. 모두 멈추시오."

먹은 것을 게우고 온 그가 일행들을 급하게 제지했다. 하지만 아무도 그의 경고를 듣지 않았다. 동료 장군들은 오히려 도시오를 비웃으며 자기 앞의 잔을 비워냈다. 분위기가 그랬다. 사령부 한복판에서 누가 감히 음식에 독 따위를 섞었겠는가. 평소의 두려움이 가져온 감정일 뿐이라고 치부했다. 위장을 부여잡고 도시오가 쓰러진 뒤에도 전날 먹은 술 때문이라고 그를 비난했었지. 기억은 거기까지다.

"첸입니다. 아침에 헌병대에서 자백을 받아냈습니다."

시게오의 목소리는 들뜨지 않고 건조하다.

"사망자는?"

"없습니다. 녀석은 유도화의 독을 썼다고 주장하는데 독을 찾아내진 못했습니다."

"스스로 주장을 한다? 근데 왜 아무도 안 죽었지?"

"포탸오창과 어울린 여러 음식들이 해독 작용을 한 것 같습니다."

"멍청한 놈, 제 요리를 제 손으로 더럽히다니."

그 말이 사실이든 아니든 놈을 용서할 순 없다.

"어떻게 할까요?"

"내가 직접 놈을 취조하겠다."

"그렇게 전하겠습니다."

"감히 나를 희롱해? 놈의 가족들을 잡아들이고, 식당의 조리병들과 외부 인력들까지 전부 수사하라고 전해라. 주방의 중국인들도 모두 잡아들여라!"

시게오가 부동자세를 취하고 밖으로 나간다.

잠에서 깼지만 어느 곳이 꿈속인지 아직 모르겠다.

꽁꽁 묶인 광둥인이 취조실로 들어온다. 고문으로 얼굴이 알아볼 수 없게 뭉개져 있다. 뭉쳐놓은 감자떡 같다. 눈이 쐐기에 쏘인 것처럼 부었는데 눈동자는 갑각류의 그것처럼 툭 튀어나와 있다. 나는 녀석의 손을 내려다본다. 요리를 위해 희생해온 손으로 부정을 저질렀으니 너는 죽어 마땅하다. 녀석은 아무 대꾸도 하지 않는다. 담배를 꺼내 불을 붙인다. 비웃음이 목구멍까지 올라온다. 독이라니? 너무 상투적이지 않은가. 그런 방법으로 관동군 주요 인사들을 일시에 제거할 수 있다고 녀석은 꿈을 꾸었던가? 측은하여 동정심이 일 정도다.

"놈의 가족들은?"

첸의 취조를 맡은 헌병대 중좌가 대답한다.

"일찌감치 잡아다가 족치긴 했는데……."

중좌의 얼굴이 창백해진다.

"마누라와 노모가 있다고 했지? 순순히 자백을 하던가?"

"저 그게, 늙은이는 죽어버렸습니다. 조서를 꾸미는 도중에 벽으로 돌진해서 제 머리를 박아버렸습니다. 순식간에 일어난 일이라 손을 쓸 틈이……."

중좌는 식은땀을 흘린다. 언어가 다르다는 게 저 땅딸보 광둥인에겐 이 순간 얼마나 큰 축복인가. 미련한 인간, 결국 제 부모를 잡아먹은 꼴이 됐군.

"여자는? 저놈의 마누라에게선 무얼 알아냈지?"

"조선 여자인데 아무것도 모르는 것 같았습니다."

"모른다?"

알아낸 게 없다는 건 취조에 실패했다는 뜻이기도 하다.

"적색분자의 아내가 조선인이다. 우연처럼 보이는가?"

"핫, 다시 조사하겠습니다."

중좌가 부동자세를 취한다.

나는 군복 주머니를 뒤져 말린 곶감 몇 조각을 꺼낸다. 호 아줌마가 자기 집에서 직접 만들었다며 시게오를 통해 가져온 곶감이다. 추운 지방의 감이라 그런지 구마모토의 감보다 단맛이 더하다. 살인자와 대화를 한다는 것은 따분한 일이지만, 제 어머니를 살해한 패륜범의 지리멸렬한 무용담을 철저히 짓밟아주기 위해서는 이만한 간식이 없을 것이다. 지난번의 요리 경연에선 확실히 내기에 졌음을 시인한다. 하지만 이제 공식적으로 녀석을 죽일 수 있는 명분이 생겼다.

"풀어줘라."

시게오가 놀란 얼굴로 나를 쳐다본다.

"괜찮아. 이 대극장 안에서 놈이 숨을 곳은 없어."

밖에 섰던 헌병들이 들어와 놈의 오라를 푼다.

"정체가 뭐지? 요리사냐, 아니면 얼치기 적색분자냐?"

녀석은 대답하지 않는다. 녀석을 천천히 뜯어본다. 굳게 다문 입술 사이로 숨길 수 없는 비웃음이 비어져 나온다. 녀석은 지금 나를 비웃고 있다.

"너는 감히 음식을 모독했다. 식탁을 모독한 놈을 살려둔다는 건 너희 중국인들에게도 체면이 아니지. 더구나 포탸오창이 차려진 곳에서. 그 요리가 만주족의 자랑이란 걸 정말 몰랐더냐?"

녀석은 침묵으로 일관한다.

"그 울퉁불퉁하고 똥보다 못한 머릿속에서 생각해낸 것이 겨우 독인가. 멍청한 놈, 그것이 한 사람을 죽일 수 있을진 몰라도 식탁 전부를 점령할 순 없다. 결과적으로 한 사람이 죽었으니 너의 용기는 가상하게 되었다."

놈은 아직 제 노모의 죽음을 모르고 있을 것이다.

"차, 차라리 저를 죽여주십시오."

놈이 퉁퉁 부은 입술을 달싹거린다. 영웅이 되고 싶은 건가. 나라가 어수선할수록 그런 자들이 거리를 휘젓기 마련이다. 그들은 주장한다. 부패한 관리들을 몰아내고 정의로운 나라를 건설하자! 그렇게 권력을 잡은 뒤 똑같이 백성들을 탄압한다. 저 미개한 자들은 그런 단순한 논리를 모르고 있다. 진짜 평화란 존재하지 않는다. 차라리 부처가 되는 게 낫겠지. 한자리에 앉아 몇 천 년 세월을 견뎌온 미륵처럼, 바뀌지 않고 영원할 수 있다면 이 땅에 슬픔 따위도 없을 것이다. 제 독으로 제 부모의 생목숨을 빼앗는 멍청이들도 생겨나지 않겠지.

"누굴 위해 너를 죽여야 하지?"

번역을 해도 좋다는 의미로 시게오에게 고개를 끄덕인다.

"고통을 끝내고 싶습니다."

"너를 위해 죽여달란 소리구나. 벽에 머리를 부딪쳐 죽을 용기도 없는 놈. 네 목숨을 편안히 앗아가 먼 훗날 우리가 물러가기라도 할라치면 이 땅에 너의 동상이 세워지고 너의 뼈다귀가 대접받는 꼴을 내가 보란 말이냐?"

"죄의 대가를 치르고 싶습니다."

"무슨 죄?"

"상 위의 음식을 더럽힌 죄."

그래? 녀석의 대답이 내 흥미를 끈다. 아직 살려둘 가치가 있다.

"……네 뜻이 그렇다면 충분히 대가를 치르게 해주지."

나는 위엄을 보이기 위해 목소리를 가다듬는다.

"자정이 되면 놈의 혀를 잘라라. 자르되 정확히 3분의 2 토막을 남겨라. 말을 빼앗되 전부를 빼앗진 마라. 너의 장애가 너의 요리를 돋보이게 할 것이다."

광둥인의 표정이 지옥의 아귀처럼 복잡하게 뒤틀린다. 생과 사 사이에 낀 안도와 절망이 녀석을 간신히 버티게 하고 있다. 제 노모의 죽음을 알게 되면 녀석은 스스로 내동댕이쳐지겠지. 그러곤 복수하듯 솥에 기름을 두르고 요리에 매달릴 것이다. 복수를 위해. 애써 독을 쓰지 않아도 되는, 누구도 만들 수 없는 가장 완벽한 맛, 그것이 녀석의 복수가 되어야 한다. 내가 녀석의 요리에 취하여 접시 아래 무릎을 꿇을 정도가 되어야 한다. 혀를 전부 빼앗지 않은 건 그런 이유 때문이다. 완전히 맛보지 않아도 맛을 가늠할 수 있는 능력, 녀석의 혀는 새롭게 진화할 것이다. 맹인이 점자로 보이지 않는 공간을 가늠하듯, 나는 너의 혀가 그래 주길 바란다.

"혀를 자른 뒤 놈을 어찌할까요?"

대좌의 목에 땀이 번들거린다. 납득할 수 없다는 듯 딱딱하게 굳어 있다. 고문을 충분히 가한 뒤 녀석을 사법기관에 넘겨 재판을 받게 해야 한다. 그러나 전시인 지금, 광둥인에게 그따위 온정을 베풀 이유가 없다. 녀석은 현장에서 잡힌 현행범이다. 정보가 샜다면 기자들이 몰려올지 모른다. 본토에 소문이 나면 더 골치가 아파지겠지. 만주인들은 동요할 것이다. 비밀은 밀봉될 때 그 가치를 지닌다. 도시오 중장은 다만 음식을 잘못 먹어 배탈이 났을 뿐이다. 내 의중을 대좌와 시게오가 넉넉히 이해했기를 바란다. 그들은 너무 제국의 관습에만 길들여져 있다.

"녀석의 발목에 튼튼한 쇠줄을 묶어 장교식당 주방에 묶어둬라. 어떠한 경우에도 쇠사슬을 풀어주지 말되 화덕 하나를 온전히 녀석에게 주어야 한다. 녀석이 원하는 재료가 있다면 남호의 밑바닥까지 뒤져서 가져다줘."

번역이 귀에 닿을 때마다 녀석의 표정이 떨떨해진다.

"하루 두 번, 식당에서 요리하고 남은 음식은 무엇이든 먹을 수 있다. 단, 두 손을 사용하지 않고 개처럼 먹어야 한다. 목숨을 살려주는 대가로 하루에 한 가지, 매일 다른 요리를 해서 바쳐야 한다. 하루 두 끼의 잔반은 책임이 완수될 때 주어진다. 잘 들어라. 이곳엔 지금 너의 노모와 아내가 붙잡혀 와 있다. 네 요리가 성의 없거나 맛이 없으면 언제든 그들을 죽일 것이다. 네 요리가 어차피 죽을 자들의 생명을 연장하는 것이지. 매번 화덕 앞에서 너는 목숨을 걸어야 해. 알겠어?"

시게오가 난감해하며 끼어든다.

"사령관님. 이자는 독을 써서 사령관님을 암살하려던 잡니다. 그런 자에게 어찌 다시 화덕을 맡기려 하십니까?"

"바로 그 점이다. 시게오!"

시게오가 딱딱하게 굳는다.

"나는 저자의 요리를 매일 기꺼이 먹어줄 것이다. 어떤 자식도 제 부모의 목숨을 가지고 도박을 하지는 않을 테니까."

"네?"

"어때 시게오? 목숨을 건 저자의 요리가 궁금하지 않나?"

시게오는 부동자세만 취할 뿐 아무런 대답도 하지 않는다.

2부

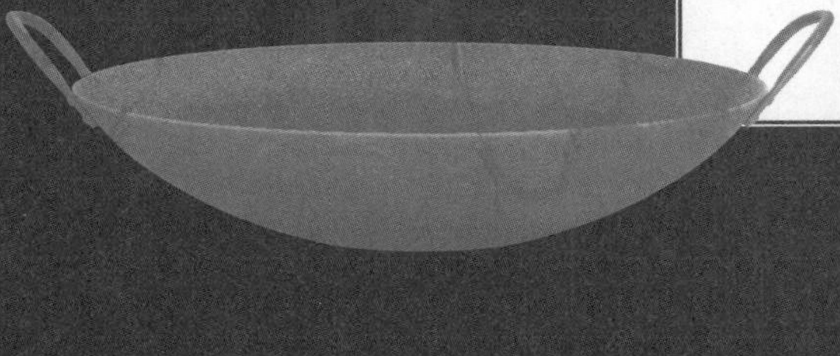

12

먼 곳에서 우우, 짐승들 우는 소리가 들려.

잠드는 걸 잊어버린 짐승들 울음소리가…… 왜 짐승들은 새카만 어둠 속에서만 존재를 알릴까. 키가 작은 벚나무 몇 그루와 소나무로 그럭저럭 조경을 한 관사 주변에는 밤마다 쥐와 족제비들이 돌아다니고 이름 모를 새들이 나뭇가지에 숨어 혀로 발음할 수 없는 소리들을 내는데, 아무도 그 소리들에는 신경을 쓰지 않는 것 같아. 혹시 배가 고파서 저러는 게 아닐까. 짝을 잃은 것은 아닌가. 누가 저들의 보금자리를 해코지하고 있는 건 아닐까. 나는 미세한 소리에도 뒤척이며 걱정을 하곤 해.

나는 또다시 짐승의 방에 감금되었어. 언젠가 본 적이 있는 사내의 집이야. 관성자나 팔리보 네거리 어디쯤에서 그를 보았던 것 같

아. 어쩌면 요리점이 몰려 있는 골목이었는지도 몰라. 스쳐가는 마차 바퀴에 내 옷이 걸려 진흙을 묻힌 일이 있었는지도 모르지. 축제 기간에 옆에 서서 같이 인형극을 보았을 수도 있어. 낯설지가 않아. 바지 지퍼를 내리고 내 야윈 허벅지를 향해 스러지던 그 많은 제국 군인의 그림자인지도 모르겠어. 그들은 각기 다른 얼굴, 다른 콧수염, 다른 몸 냄새를 갖고 있지만 언제나 같은 얼굴이었어. 저녁마다 찾아오는 그 사내는 수많은 그들 가운데 하나일 수도 있고 언젠가 스친 적이 있는 단 한 명의 그일 수도 있어.

한 달 하고 조금 더 시간이 흐른 것 같아. 헌병들이 닥쳤을 때 나는 베베와 식사 중이었어. 그들이 오기 전 베베는 집안에 있던 가장 좋은 재료들을 전부 꺼내서 요리를 하기 시작했어. 마치 다시는 음식을 먹을 일이 없는 사람처럼 최후의 만찬을 마음껏 즐겼지. 아껴두었던 말린 호박과 땅에 묻어둔 연근, 말린 조기 한 토막, 뽀얀 쌀밥이 전날 저녁과 아침 식탁에 올라왔어. 흰 쌀밥을 배가 부르도록 먹은 것 같아. 전시라 그동안 식량을 아껴왔는데 베베는 마치 내일이 없는 사람 같았어. 다락에 모셔두었던 찻잎도 꺼내 넉넉히 차를 우렸어. 그녀는 멀리 길을 떠나려는 사람 같았고 늙은이의 예언은 그대로 들어맞았어.

헌병들이 오전 11시에 이리 떼처럼 몰려왔거든.

"독을 찾아라!"

놈들이 집안 곳곳을 뒤지며 독을 찾았어.

아마도 단서를 찾아내어 나와 베베를 함께 엮으려는 것이었겠지. 독 같은 게 나올 리 없잖아? 역설적이게도 그들의 행동은 첸이 마침내 목표에 도달했다는 걸 의미하기도 했어. 첸은 정말로 성공했을까? 내 오빠가 듣는다면 매우 기뻐할 소식이겠지만 결코 그런 것 같지는 않았어. 집안을 뒤지던 사병들 누구도 슬픈 얼굴 따위는 하고 있지 않았으니까. 따분하고 권태로워 보였어. 명령이 아니라면 당장에라도 바닥에 누워 잠을 청할 것 같은, 그런 피곤한 얼굴들을 하고 있었거든. 마루 밑 빈틈까지 샅샅이 뒤진 뒤 그들은 베베와 나의 몸을 묶고 차에 태웠어.

베베와 격리된 채 나는 한 달 가까이 고문을 받았어. 사실 한 달이라는 기간이 정확한 건 아니야. 뱀이 나올 것처럼 차가운 지하감옥은 밤과 낮, 시간의 흐름을 일절 가늠할 수 없는 곳이었으니. 전등 아래 드러난 사내들의 피곤한 얼굴과 긴장한 근육, 그들의 손에 들린 각종 고문 도구와 거친 욕설이 이명처럼 종일 귓가를 떠나지 않는 곳이었지. 그들은 내게서 무언가 대단한 것을 알아내려는 사람들처럼 보이지 않았어. 다만 기계처럼 명령을 내리고 나는 따를 뿐이었어. 나 역시 규칙에 적응하는 기계가 되어야 했고.

나는 그들의 지시에 따라 기거나 돌아눕거나 앉거나 반쯤 앉거나 입을 벌리거나 손발을 올리거나 내렸어. 때론 줄에 묶여 거꾸로 매달리기도 했어. 내 의지대로 되지 않을 때 그들은 친절하게도 내 몸을 자신들의 의지대로 움직여주었어. 끔찍한 고통이 따를 때도 있었고, 침이 흘러내릴 정도로 수치스러울 때도 있었으며, 목구멍으로 흘러드는 한 모금의 물에 집착하던 순간도 있었지. 고통스러운 신음을 꾹꾹 목구멍으로 넘기며, 목이 쉬어 소리가 나오지 않으면 손톱으로 바닥을 긁어가면서, 그 차갑고 외로운 어둠 속에서 가장 힘들었던 건 눈물을 감추는 일이야.

"너는 불순분자의 동거녀다."

그들은 같은 얘기를 끝도 없이 반복했던 것 같아.

"남편의 동료들이 어디에 쥐새끼처럼 웅크렸는지 말만 해주면 풀어주겠다. 약한 몸으로 고문을 견디는 건 무리일 테니, 어서 말을 해."

그들은 또 말했어.

"중국인을 만나기 전까지 어디서 무얼 했지? 고향은 어디며 부모님은 무얼 하지? 조선에서 만주로 건너온 구체적인 이유가 뭐냐?"

엄격한 척 묻다가도 자기들끼리 수군거리고는 했어.

"이봐, 히야시, 얼굴엔 가급적 상처를 내지 말라구. 나오키 대장님이 몇 번이나 주의를 주었는데 벌써 잊은 거야?"

"얼굴은 그대로 둬라, 음부도 다치지 말게 해라, 채찍은 쓰지 마라, 도대체 무슨 방법으로 자백을 받아내라는 거야?"

"어쨌든 그냥 죽이긴 아까운 얼굴이야. 대장님도 생각이 있으신 거겠지. 전에도 종종 반반한 계집들은 살려서 올려 보내곤 했잖아."

그들은 내가 자기들 말을 전혀 듣지 못하는 줄 알았나봐. 몸을 움직이지 못하도록 직사각형 상자에 담기거나, 거꾸로 매달려 버티거나, 무릎에 무거운 쇠가 올려진 채 다리가 으스러지는 고통을 견뎌내면서도 남쪽에서의 수치스러운 경험을 끝까지 숨긴 건 첸의 과거가 드러나는 게 두려워서가 아니었어. 애국심 때문에 그랬던 것도 결코 아니야. 내가 그 사실을 말한다고 해도 내게 가해지는 고통이 달라지지 않으리란 걸 알았기 때문이야. 그들도 나도 모두 지리멸렬한 시간과 싸우고 있었으니까. 시간은 최후까지 버티는 자들의 손을 들어주잖아.

나는 하루 두 번 주어지는 식사를 남김없이 먹어치웠어. 기운을 내야 해, 나를 가두고 있는 저 사내들의 울타리, 저길 넘어가는 건 결국 내 의지여야 하니까. 스스로에게 최면을 걸었지. 남쪽에서 머물던 시절, 이런 식의 고문을 자주 경험했기 때문인지도 몰라. 그들은 내가 사내들을 거부할 때마다 좁은 방에 가두어놓고 몸을 매달거나 압박하며 복종을 강요했어. 가끔 등에 채찍을 가할 때도 있었는데, 달군 인두로 지지는 듯한 통증이 등에 닿을 때마다 나는 정신을 잃었다가 깨어나곤 했어. 그러곤 속으로 중얼거렸어. 이건 사실이 아니야. 지금 꿈을 꾸고 있는 거야. 꿈에서 깨어나면 나는 다시 저 햇살 속으로 고무신을 신고 나설 수 있어. 아주 소박하게, 봄에 도취해, 그냥 저 봄 속으로 봄의 이름이 되어 걸어보는 거야.

마침내 악몽이 머리맡을 떠나는 순간이 왔어. 흰 쌀죽을 먹고 난 어느 아침부터 나는 주인을 기다리는 짐짝처럼 방치되었어. 대략 열흘쯤, 하루 세끼 좋은 반찬에 식사가 제공되고 몸을 씻을 수 있게 도 되었어. 나는 그런 변화가 무얼 의미하는지 알 것도 같았어. 꿈 이 아닌 현실에서 일상이 되어버린 풍경이었으니까. 그건 좋다고도 나쁘다고도 할 수 없는 상황이었어. 다만 내게 선택권이 없었을 뿐 이야. 지옥으로 되돌아갈 방법이 아주 없었던 건 아니지만, 그때마 다 나는 오빠의 말에 망령처럼 기대야 했어. 내가 원치 않은 지극히 현실적인 그 순간들이 오빠에겐 오래도록 기다려온 기회의 순간이 었으니까. 어쩌면 잘된 일이지, 그 냉정한 사내에게는.

그로부터 며칠 뒤 나는 바로 이곳, 저들이 관사라고 부르는 집으 로 옮겨졌어. 더는 모멸감을 주는 언행도 신체적 고문도 없는 곳이 야. 대소변을 흘리느라 수치심을 느끼지 않아도 돼. 오히려 극진한 대접을 받고 있어. 키가 크고 머리통이 긴 저 사내는 매일 자정 술 냄새를 풍기며 들어와 내 가슴에 얼굴을 파묻곤 해. 첫날, 그는 나 를 욕조 바닥에 눕히고 비누로 온몸을 깨끗이 닦아주었어. 사내의 손은 희고 가늘었는데, 그 손이 상처에 와 닿을 때마다 나는 짐승처 럼 비명을 흘려야 했어. 상처를 소독하고 약을 발라주는 사내의 얼 굴에는 어떤 감정도 드러나 있지 않았어.

나는 거울을 볼 때마다 질문을 던지곤 해. 타인에게 기억되는 내 얼굴은 모두 몇 개일까? 그들에게 비친 내 얼굴은 어떤 것일까. 희 로애락이 스쳐가는 순간순간의 내 표정 말이야. 어떤 일에 대하여

달관하거나 체념한 사람들은 다른 일에 집착하게 되잖아. 늘 침상에 누워 잠을 청하는 게 일이었던 베베의 표정이나, 내 몸에 집착하는 사내의 표정이나 비슷한 데가 있는 것 같아서 하는 얘기야. 언제나 한 가지 표정만 고수하는 극락사의 죽은 부처처럼, 군복 입은 사내들이란 한 가지 표정 이외엔 다른 표정을 잊은 사람들 같았지. 그런 그가 오늘은 말을 하려나봐.

"누가 아름다운 여인을 이리 훼손했더냐."

사내의 손이 등줄기를 타고 올라오며 상처를 하나하나 어루만지기 시작했어. 마치 사랑하는 여인의 몸을 만지듯 섬세한 손길, 채찍에 맞아 터지고 찢어진 흉터를 부드럽게 문지르며 그는 장인이 옹기를 만들듯이 내 몸을 빚어 올렸지.

"먹어라!"

죽 쟁반을 손수 챙겨 방으로 들어온 그가 구마모토 사투리가 진하게 묻어나는 억양으로 명령해. 전엔 집안일을 돌보는 일본인 아줌마나 당번병이 음식을 가져오곤 했는데, 오늘은 나를 직접 먹이기로 작정을 했나봐. 정훈대를 이끌던 이시하라의 고향도 구마모토였지. 결국 벗어난다고 발버둥을 쳐도 인간의 운명은 늘 같은 궤도 안에서 혼신의 힘을 다해 달리는 인력거꾼과 다를 바 없다는 걸, 이 사내가 내 몸에 손을 대던 날 나는 알아버렸어. 저항 같은 건 무의미했지.

"장교식당 주방에 문어죽 하나만큼은 기막히게 끓이는 요리사가 하나 있지. 네가 그자의 요리를 맛볼 수 있게 된 건 행운이다."

허리에 찬 권총을 풀며 사내가 중얼거려.

사내는 내 앞에 무릎을 꿇고 앉아 죽 그릇을 잡아당겼어. 그러곤 수저를 들어 내 입에 죽을 떠 넣어주기 시작해. 그릇 속에는 인간의 상처를 푹 고아낸 듯한 쌀죽이 들어 있어. 밥알 사이로 드문드문 붉은빛이 도는 문어 조각들과 부추로 보이는 야채, 당근 조각 등이 뒤섞여 있었어. 물과 재료들이 적당히 혼합된 가운데 그릇 중앙에 살짝 뿌려놓은 김 가루까지, 시각적으로는 완벽한 문어죽이었어. 고소한 냄새가 코끝을 파고들면서 시장기를 재촉하기 시작해. 난 기쁜 마음으로 음식을 받아들였어.

혀에 와 닿는 첫맛은 약간 썼어. 하지만 곧이어 입안에서 씹히는 문어 맛은 정말 대단했어. 아삭함과 쫄깃함, 그리고 입안으로 넘어간 뒤에 목구멍에 남아 있는 마치 그래야만 할 것 같은 침묵, 지금 이 순간 어떤 것이 이 죽의 맛을 대신할 수 있을까? 변명 같지만 저 사내에게 약간이라도 연민이 생긴다면 순전히 문어죽 때문일 거야. 먹으면서 나는, 아니 내 창자는 계속 생각해. 두 개의 표정을 숨기고 살아가는 사내들처럼 포악함과 다정함을 동시에 지닌, 지금 내 앞에 놓인 문어죽은 바로 그런 맛이라고. 부드러움과 딱딱함, 고소함과 죽 특유의 밥 냄새, 약한 것과 강한 것의 조화, 여인의 품에 안긴 거친 사내들처럼 풀이 죽은 살기와 고요를 동시에 지닌.

"어떤 맛이지?"

나는 대답 없이 빤히 사내를 쳐다보았어.

"맛을 평가해봐. 짧을수록 좋다."

진심을 들키지 않되 기쁨을 줄 수 있는 단어는 무엇이 있을까?

"또 먹고 싶어요……."

"그건 장담할 수 없군. 그자는 요리에 책임을 질 줄 몰라."

마지막 남은 밥알까지 그릇을 닥닥 긁어 내 입에 넣어주었어. 물병을 가져와 컵에 따라주고 심지어는 손수건으로 내 입술을 닦아주기까지 해.

그릇이 깨끗이 비워지자 사내가 내게 명령해.

"가까이 와. 끝까지 핥아먹는 게 죽을 먹는 예도야."

나는 사내의 의도를 알아챘어. 잠깐 망설이는 동안, 어디선가 오빠의 호통 소리가 들려왔어. 무얼 머뭇거리지! 나는 무릎으로 기는 시늉을 하며 사내의 허리띠를 풀고 성기를 꺼내 입안 가득 삼켰어. 사내의 손길이 내 상처를 어루만졌던 기억을 더듬으며, 방금 전 고소했던 죽 맛을 떠올리며, 눈을 감고 그의 요구를 들어주었어. 죽을 먹을 때의 달콤한 표정과 죽을 먹기 직전의 그 고통스러운 얼굴 가운데서 나는 어떤 것도 택하지 못했던 것 같아. 사내가 사정하려고 거칠게 몸을 움직일 때에야 비로소 나는 오래 감추어두었던 하나의 표정을 끌어올렸을 뿐이야.

잔뜩 찌푸린, 일부러 하지 않아도 되는 본능의 얼굴을.

"방금 그 표정이라면 너를 사랑할 수도 있을 것 같군. 꾸미지 않은, 네 마음이 울퉁불퉁 새겨진 진짜 얼굴, 내가 네게서 원하는 건 바로 그런 순간이다."

사내는 염불을 외는 중처럼 계속해서 중얼거렸어.

"조선 여자라고 했던가? 뜨거운 혀를 가진 여자일수록 사내의 사랑을 더 받는 법이다. 언젠가 이곳을 나가게 되거든 너는 필시 그 혀를 감추어라. 그렇지 않으면 그 혀가 너를 죽이고 또한 너를 살리게 될 것이다⋯⋯."

저 입을 틀어막고 싶다.

벌어진 아가리 속으로 내가 가진 이빨들을 모두 박아넣을 수 있다면, 그 이빨들은 눈에 보이지가 않아서 내가 살아온 모든 순간의 질투와 인내, 악몽 속에서 내뱉었던 짧은 울음, 시멘트 바닥에 등을 대고 누워 천장을 올려다볼 때의 텅 빈 고통, 겨울밤 냄새나는 변소에 앉아 울던 기억, 가죽 채찍에 벌어진 상처, 그 상처를 맛있게 핥아대던 이미 죽어버린 사내들의 기이하게 웃는 얼굴, 그 모든 장면이 뾰족하게 날을 세우고, 그렇게 세운 날로 제 몸의 세포들을 죄 벌리고 들어앉아 기억의 외부를 향해 밀어올리는 그 눈부신 날카로움들, 그 강하게 단련된 상처와 그 상처가 만들어낸 이빨들이 저 사내의 목덜미에 가닿을 수 있다면, 결코 쓰러지지 않는 강인한 척추 하나를 허공에 세워놓고 상대의 목덜미로 내 몸을 부수어 죽어갈 수 있다면.

"너의 혀를 느껴봐, 뇌가 아니라 스스로 혀가 되어 다가오는 감각을 느껴봐. 혀는 신이 만든 모든 기관 중에서 가장 완벽하다. 또한 아름답다. 너는 그 이유를 아니?"

사내는 규칙적인 움직임 속으로 찾아드는 중이야.

"스스로 맛을 느낄 수 있기 때문이야. 그걸 가능하게 하는 게 바로 피다. 혀가 붉은 건 세포 속에 피를 한가득 머금고 있기 때문이야. 맛을 갈구하는 것은 혀가 아닌 피다. 인간들이 끝없이 입속으로 음식을 집어넣는 이유를 이제 알겠니? 전부 다 먹어버리겠어. 너의 머릿결, 너의 웃음, 너의 슬픔까지. 죽어가면서도 나를 비웃을 너를, 너의 눈동자, 너의 입꼬리, 너의 혀와 그 속에 웅크린 뜨거운 피 한 방울까지. 모조리 나의 것으로 만들겠어. 그래서 너의 영혼까지도 굴복시키겠어."

사내는 지금 내 옆에 잠들어 있고 나는 사내를 분석하지 않을 생각이야. 관사에서 잡일을 하는 일본인 여자가 마른기침을 하며 복도를 오가는 기척이 느껴져. 그리고 나를 쏘아보는 눈빛 하나……나는 저 복도 마루 밑에 오빠라는 이름의 또 다른 사내가 망령이 되어 웅크리고 있다는 걸 알고 있어. 사내는 문이 열리거나 바람 소리가 들릴 때마다 자연의 소리를 가장하여 내게 속삭이곤 해. 다시없는 좋은 기회야. 어서 놈을 죽여. 총집에서 권총을 빼낸 뒤 방아쇠를 당겨. 반드시 놈의 심장을 조준해. 너는 할 수 있을 거야. 조선의 계집들은 늘 강인하게 버텨왔으니까. 기차로 뛰어드는 건 바보들이나 하는 짓이지. 눈을 똑바로 뜨고 실체를 봐. 놈을 죽여. 총 같은 건 결코 쏘아본 적이 없다고 대답하지만 오빠는 인상을 쓰며 욕을 해 댈 뿐이야.

사내의 가슴에 얼굴을 대고 숨을 골랐어.

이 속에 피를 내뿜는 붉은 심장이 있어 더운밥을 먹고 사랑을 속삭이고 사람에게 총을 겨눌까? 나는 그 모든 의혹들을 연민해보는 중이야. 사내의 거친 숨소리 속에서 나는 그가 지나쳐온 산맥을 발견하려고 애쓰고 있어. 그가 대륙의 진흙탕 위에 남겨놓았을 오래된 발자국을 상상해. 이 소년에게도 어린 시절이 있었을까. 제 어미의 젖을 파고들던 유년의 기억이 남아 있을까. 어미와 함께 식탁에 앉아 제 어미가 떠 넣어주는 음식을 볼을 우물거리며 씹었을까. 마당에 앉아 머리를 빗던 날, 그날의 찰랑한 햇살을 기억하고 있을까. 내가 잊어버린 그런 과거를 갖고 있을까.

사내가 입술을 움찔거리며 잠꼬대를 해.

"카아상, 카아상⋯⋯."

나는 그의 어머니는 아니지만 이불을 끌어당겨 사내의 몸을 덮어주었어. 사내를 쏠 기회는 오늘이 아니어도 찾아올 테니까.

I3

　오늘도 요시이는 딱하다는 듯 나를 놀려댄다.

　"이봐 첸, 자넬 보니 고향집에 두고 온 똥개가 생각나는군. 소라(そら, 하늘)라는 고상한 이름에 걸맞지 않게 노상 똥을 입에 물고 사는 더러운 녀석이야."

　쇠사슬에 묶인 나를 안타깝게 생각한 요시이는 조장이 보지 않을 때면 몰래 음식을 챙겨 입에 넣어주거나 말을 건다. 그가 사용하는 단어를 전부 알아들을 수는 없지만, 나는 그가 내게 보여주는 우정이 순수하다고 믿는다. 국적과 언어, 외모만 다를 뿐 이 주방에서 내가 그들과 같은 종류의 사람이란 걸 상기시키는 유일한 존재다.

　그는 내가 사슬에 묶여 바닥에 처박힌 날 은밀히 속삭였다.

　"멍청아, 독을 타려거든 나랑 상의를 했어야지. 독이라면 우리 나가노(長野) 사람들만큼 해박한 천재들이 없거든. 넌 잘 모르겠지만 아즈치모모야마 시대(安土桃山時代)*에 백성들을 유난히 괴롭히던 성주의 둘째아들 사나다 노부시게를 은밀하게 죽여 관짝에 눕게 만든 것도 바로 성주의 부엌에서 일하던 조상들이 은밀히 쓴 독이었어. 알겠어, 응? 다음에 기회가 주어진다면 함께 손발을 맞춰보자구. 그전까지 끽소리 말고 순한 똥개 노릇을 계속해야 해. 절대로 짖거나 주인을 물지 말라고."

요시이 말대로 지난 몇 달간 나는 한 마리 개가 되었다.

나는 장교식당 주방을 밤낮으로 지키는 개다. 개를 개답게 만드는 건 단단한 이빨과 후각이다. 이빨은 자신을 보호하는 가장 최초의 방어 수단이다. 나는 아홉 살 무렵, 이웃집 개에 물려 죽은 청년의 이야기를 알고 있다. 3년밖에 안 된 보통 크기의 잡종 암캐였다. 이웃집 청년은 잠시 장난기가 발동했을 뿐이다. 임신한 잡종 암캐가 밥을 먹고 있을 때 청년은 밥그릇을 치웠다가 다시 돌려주는 장난을 반복했다. 그 찰나의 어느 순간, 개가 이빨을 청년의 귀 밑에 박아넣었다. 청년의 비명을 듣고 사람들이 달려 나왔지만 개는 이빨을 빼지 않았다. 청년의 눈동자가 하얗게 뒤집히자 보다 못한 어른들이 몽둥이로 개를 내리쳤다. 개 역시 눈을 까뒤집으며 죽어갔지만 끝내 무는 것을 포기하지 않았다.

* 일본의 전국시대 말기.

개가 허공을 보고 짖을 때 노인네들은 귀신을 보고 짖는 거라고 말하기도 한다. 하지만 나는 개가 허공에 떠다니는 냄새를 맡는 거라고 생각한다. 그것은 죽은 자의 냄새일 수도 있고 사물의 단순한 냄새일 수도 있다. 냄새가 흩어지지 않고 떠다닌다는 건 그만큼 그 맛들이 단단한 힘으로 뭉쳐 있다는 뜻이기도 하다. 요리를 먹기 위해 식당으로 들어설 때 손님들은 먼저 코를 통해 그것을 찾는다. 그다음 눈이 그것의 모양과 색을 구분하고 마침내 혀로 평가를 내리는 단계로 나아간다. 그런 측면에서 보자면 개처럼 사슬에 묶여 있는 나는 지금 인간보다 확실히 개에 가깝다.

나는 잃어버린 미각의 일부를 찾기 위해 많은 시간 코에 의존한다. 내 후각은 감지할 수 없는 미각을 보충하기 위해 매일 세포를 늘려간다. 이제는 냄새만으로 단맛과 신맛, 짠맛, 매운맛 모두를 구분할 수 있다. 손이 재료를 다듬고 요리하지만, 그것을 느끼는 것은 나의 코다. 코와 혀는 상호작용하며 주인의 명령을 수행한다. 그렇게 만들어진 나의 요리가 나의 새로운 이빨이다. 그것은 날카롭고 무디다. 나는 인정받아야 한다. 나는 사랑하는 도마 앞에 엎드려 나의 요리를 상상한다. 발목에 쇠사슬이 감겨 있지만 두 손과 혀, 후각과 시각은 자유롭다. 다섯 발짝 정도 떨어진 곳의 시게오는 본국에서 보내온 기타자와 라쿠텐*의 시사만화집을 읽고 있다. 책장을

* 1876~1955. 일본의 근대 만화가.

넘기며 이따금 낄낄거릴 뿐 시게오는 발이 묶인 나를 더 이상 감시하지 않는다. 시게오는 하루 한 번 나를 찾아와 제 주인에게 가져갈 음식을 주문한다. 점심이나 저녁식사 같은 정찬에 더해질 요리를 주문할 때도 있고, 때론 저녁 9시나 새벽 두어 시 같은 야심한 시각에 올릴 간식을 주문할 때도 있다. 주문을 사양하는 일 따위는 내 몫이 아니다. 나는 하루 전에 장교식당에 할당되는 재료들 중에서 미리 품목을 할당받은 뒤, 사령관에게 올릴 요리를 만들어내야 한다. 때로는 새우튀김 같은 간단한 요리에서부터 해삼탕 같은 전문 요리에 이르기까지, 매번 신경을 곤두세워야 하는 작업이다.

오토조 사령관은 왜 계속해서 나를 살려두고 있을까?

그와 나의 기이한 내기가 아직도 끝나지 않았기 때문일까? 나는 매일 진상하는 요리를 통해서 그 답을 찾고 그는 그릇을 비우는 걸로 질문의 답을 연장해간다. 세상은 나의 욕심이 혀의 일부를 앗아갔다고 비웃는다. 내가 독 따위로 저들을 살해하려 했다는 풍문도 떠돈다. 그건 사실일 수도 있고 아닐 수도 있다. 외출 중에 몰래 산 유도화 가루 따위로 애초에 저들을 살해할 계획을 세웠다는 건 지나가는 개도 웃을 일이다. 그건 엉터리 자백에 불과하다. 저들의 일부는 내 음식을 먹었고 그중 누군가는 탈이 났다. 그건 부인할 수 없는 사실이며 그것을 만든 요리사가 전적으로 책임을 져야 한다. 그럼에도 나는 목숨을 연장받았다. 이것은 어려운 숙제다.

오늘의 요리는 홍샤오러우(紅燒肉)다. 시게오에 따르면 사령관은

30분 뒤, 법무부 책임자를 만나 술잔을 기울일 예정이다. 두툼하게 썬 돼지 삼겹살 요리 홍샤오러우는 술안주로 제격이다. 나는 정오에 난조 조장으로부터 받아놓은 돼지 삼겹살을 마작 패 크기로 두툼하게 썰어낸다. 나의 도마는 여전히 건재하다. 나의 모반을 적발하고도 오토조 사령관이 도마를 치우지 않은 것은 기적이다. 그들은 모르고 있다. 도마가 건재한 이상 요리사는 절대로 굽히지 않는다는 것을. 아버지를 잃고 나는 요리사 되기를 포기한 적이 있다. 혁명 전선으로 달려가 전사가 되고 싶었다. 그런 나의 젊은 혈기를 차분히 눌러앉힌 것이 바로 도마다. 도마는 내게 피를 흘리지 않고도 싸우는 법을 알려주었다. 지금도 그런 순간 가운데 있다.

"잠깐, 돼지고기 크기가 너무 작은 것 아냐?"

만화책에 코를 박았던 시게오가 공연히 참견을 한다.

"사, 사령관 가, 각하의 배를 불릴 생각이 없습니다. 나, 나는 원합니다. 각하가 몇 번이고 자, 자주 내 접시를, 빛내주기를. 그래야 홍샤오러우의 진짜 맛을 알, 알……."

나는 짧아진 혀로 더듬더듬 대답한다.

"그까짓 돼지고기 장조림이 그렇게 특별한가?"

"홍샤오러우의 특별함은 간장과 불의 맛, 에 있다. 있습니다. 얼마나 적당히 조리냐에 따라 맛이 달기도 하고 쓰기도 하지요. 어, 어느 곳에서나 맛볼 수 있지만 어느 곳에서도 맛볼 수 없는 게 바로 홍샤, 오러우입니다."

시게오가 만화책에 다시 코를 박으며 비웃는다.

"너의 그 자신감은 어디서 나오지?"

나는 자네 사령관의 혀, 라고 말하려다가 그만둔다. 나의 목적은, 나의 유일한 기대는, 사령관이 나의 요리에 길들여지기를 바라는 것. 착각이 아니라면, 계획대로 나의 요리는 조금씩 사령관의 혀를 길들여가고 있다. 내가 이렇듯 목숨을 연장받고 있다는 게 그 증거다. 놈은 결코 나를 죽이지 못할 것이다. 놈은 제 혀가 기억하는 죽한 그릇의 고소함을 결코 쉽게 물리치지 못할 것이다.

혀가 잘린 뒤 나는 비로소 혀의 위대함을 재발견하고 있다. 세상 만물이 지닌 고유의 빛깔은 혀를 만날 때 비로소 제 존재를 찾는다. 혀는 자신의 손바닥에 와 닿는 사물을 그것이 무엇이든 장난꾸러기처럼 뒤집고 툭툭 치고 깊숙이 찔러보길 주저하지 않는다. 그러고는 충분히 평가가 내려지면 그제야 달콤하거나 쓰거나 매운 느낌들을 뇌로 전달한다. 물론 그 과정들은 인간이 느낄 수 없을 정도로 짧은 순간에 이루어진다. 혀가 맛을 느끼는 게 아니라 음식이 와서 마구 보채는 것이다. 혀는 그 자리에 소처럼 누워서 가만히 기다리기만 하면 된다. 특유의 탐욕을 낼름 숨긴 채.

"그, 그런데 다, 다들 너무 태평한 것, 아닙니까?"

내가 녀석의 처지를 비웃고 있음을 알아주었으면 좋겠다.

"뭐 말인가, 전쟁?"

"소비에트가 내려오고 있다고 들었다."

지난주부터 소비에트 동지들이 더 크게 움직이기 시작했다. 더불어 사령부의 동향도 바빠졌다. 창고에 쌓여 있던 보급품이 모두 마당으로 내어져 예하부대로 남김없이 분배되었다. 비상식량을 점검하여 보고하는 난조 조장의 목소리는 어느 때보다도 엄숙했다. 다들 올 것이 왔다고 생각해서인지 주방은 놀라울 정도로 차분하다. 일인들 특유의 질서와 침착함이 주방을 지탱하고 있지만 사실 그들은 두려워하고 있다.

"뭐, 아무럼 어때, 죽기밖에 더하겠어?"

시게오는 더 할 말이 없다는 태도로 만화에 열중한다.

"주, 죽음이 두렵지 않다?"

"죽음이 두렵지 않은 사람은 없다."

"그, 그럼?"

시게오가 수도승처럼 말을 받는다.

"나는 닥치지 않은 일을 미리 걱정하지 않는 타입이라서."

돼지고기를 토막 낸 뒤 간장과 고추기름을 넣고 끓이기 시작한다. 푹 삶은 뒤 약한 불에서 육질이 부드러워질 때까지 장시간 졸이며 끓여야 하지만 시간이 없다. 20분쯤 지나자 고기 색깔이 하얗게 변하며 육수가 부글부글 끓어오른다. 나는 익힌 돼지고기를 꺼내 사과식초에 담근 뒤 다시 꺼내 물로 씻고 육수에 넣어 끓인다. 이렇게 하면 시간을 줄일 수 있고 육질도 부드러워진다. 육수가 어느 정도 조려지면 설탕과 마늘 빻은 것을 넣어 돼지 누린내를 더 없앤 뒤 접시에 보기 좋게 얹고 파를 뿌려 모양을 낼 것이다. 다음번엔 썩어서 지독한 냄새를 풍기지만 맛은 죽여주는 취두부를 안주로 내놓아야겠다. 사령관의 미각이 부디 나의 후각에 농락당하지 않기를.

"전쟁, 전쟁이 끝나면 무얼, 무엇을?⋯⋯"

말을 할 때마다 쇠구슬이 내려와 목구멍을 막는 것처럼 답답함을 느낀다. 짧은 삽으로 우물을 파듯, 나는 막히는 발음을 답답하게 이어나간다.

"끝이라고? 첸, 전쟁은 끝나지 않아. 내가 살아 있는 한 전쟁 같은 건 절대로 끝나지 않아. 나는 그걸 잘 알고 있어. 나는 전쟁이 끝나든 끝나지 않든 기타자와의 만화를 읽고 너를 감시하고 사령관님의 명령을 수행할 거야."

녀석은 염세주의자의 말투를 흉내내고 있다.

"명, 명령을 수행한다고?"

나는 쌀쌀맞게 비웃어준다. 그런가, 시게오? 나 역시 내 도마가 있는 한 멈추지 않을 것이다.

나는 내 요리들이 한가득 피워 올리는 죽음의 냄새를 맡고 싶다. 그것이 만들어내는 생명의 울림을. 화덕 위에서 하나의 요리가 익어갈 때 엄청나게 많은 요리의 입자들이 식당을 메웠다가 천천히 창문으로 빠져나간다. 나는 그 냄새 맡는 것을 좋아한다. 내 요리의 입자들이 바람에 섞이지 않고 영원히 허공에 떠다니는 걸 상상한다. 요리는 소화되고 사라지지만 냄새는 영원할 거다. 나의 보잘것

없는 싸움이, 이 주방 안에서 계속되었음을 누군가 기억해주었으면
좋겠다.

14

"3일 전부터 전 전선에 걸쳐 적들이 일제히 전개하고 있습니다. 아직 국경을 넘지는 않았지만 이 상태로 간다면 침략 의도가 명백하다고밖에 볼 수 없습니다."

작전 책임자인 이토 소장의 목소리가 애써 쩌렁쩌렁하다. 그는 자신이 태연하다는 걸 증명하려고 부러 헛기침을 해댄다. 대회의실의 공기는 어느 때보다 무겁게 가라앉아 있다. 아침부터 불려나온 자들은 모두 서른아홉 명, 관동군을 이끄는 최고위 수뇌부는 한 명도 빠지지 않고 의자 하나씩을 차지하고 있다. 저들 중에는 전령의 전갈에 짜증을 내며 계집의 품에서 겨우 떨어져 나온 자들도 있겠지만, 당면한 공포의 그림자는 누구도 피해갈 수 없는 법, 차가운 침묵이 그 증거다.

이토의 목소리만이 홀로 장교들을 부추긴다.

"블라디보스토크의 제1극동군과 하바롭스크에 있던 제2극동군이 전개를 마쳤습니다. 그들의 목표는 여기, 우리 만주국 수도 신경입니다."

이토의 대나무 지휘봉이 블라디보스토크와 하바롭스크 사이에 한 지점을 가리킨다. 활처럼 기운 절묘한 곡선이다. 확실히 신경을 만주의 수도로 정한 것은 잘한 일이다. 사방 어디를 겨누어도 그 중심에 신경이 위치한다. 가늘고 긴 대나무 살에 잘 간 무쇠 촉을 끼워 북방으로 겨누는 상상을 해본다. 지도 밖, 보이지 않는 저 혹한의 대륙 어딘가에 곰처럼 굳센 사내들이 양을 키우고 썰매 개를 몰며 살고 있다고 했던가. 눈이 한번 내리기 시작하면 태양조차 눈 속에 처박혀버리고 지상과 하늘이 같은 색으로 묶여 새들은 땅으로 길을 내고 이따금 노인들이 굴뚝을 따라 하늘로 걸어가기도 하는 곳, 총을 한두 방 맞아서는 쉽게 죽지 않는 사내들과 보드카에 취해 돌격을 주저하지 않는 이상한 애국심, 유럽 전선에서 건너온 막강한 화력, 두드려도 열리지 않는 수백 대의 탱크들. 관동군은 과연 그들을 상대할 수 있을까.

"좌우에 각 8개 사단이 전개를 마친 상태고 북쪽 정중앙에서는 몽골과 연합한 트랜스바이칼군이 전차전을 준비하고 있습니다. 이들이 동시에 전선을 넘어온다면 우리 군은 대 힝간 산맥을 중심으로 방어진지를 남하시킬 필요가 있습니다. 하얼빈과 치치하얼이

뚫리면 전세가 급하게 기우는 만큼, 전 예하 사령부에 특별 경계령을 내려놓았습니다. 소비에트군의 총병력은 약 150만에 육박하며……."

나는 내가 끼어들어야 할 순간을 정확히 알고 있다.

"우리 관동군은 고작 백만도 안 되는 허약한 병사들만 남아 있소. 남방으로 정예 병력들이 이관되지만 않았어도 우리 충성스러운 관동군이 소비에트군 따윈 두려워하는 일이 없었을 텐데. 본토 입장에선 어쩔 수 없는 결정이었지만……."

이토가 잠시 내 말이 끝나기를 기다린다.

"우선 숫자가 맞아야 싸움이 되는 법, 7월 30일까지 제대병들을 전부 소집하여 각 전선에 배치하고, 만 17세부터 50세 이하의 남자들 중에서 총을 쏠 수 있는 자들을 선별하여 입대 조치를 하시오. 우리나라의 흥망이 이번 전쟁에 달려 있소. 나라가 있어야 그들도 있을 터이니, 속히 공문을 작성하여 내지로 내려보내시오."

"한 달 안에 준비하기엔 시간이 너무 짧습니다, 사령관."

할 일 없이 책상만 지키는 멍청이 정훈장교다.

"한 달 안에 우리가 깡그리 없어질 수도 있네. 최선을 다하게."

불리한 전투일 수도 있지만 그렇지 않을 수도 있다. 나는 내 자리에 앉아 내가 내릴 수 있는 명령을 내리면 그뿐이다. 결과는 신만이 아실 것. 5월 30일 대륙명 제1338호와 대륙명 제1393호를 통해 전시 상태를 선포해놓은 것은 매우 잘한 일이다. 전쟁이 끝나도 책상에 앉은 우중충한 법복을 입은 머저리들은 내가 최선을 다했음을 인정할 것이다. 조선에 전개 중인 제17방면군과 제58군, 사할린의 제5방면군을 관동군의 지휘권에 편입하여놓은 것도 선재적인 조치로 평가받을 것이다.

훗날 누구라도 좋으니 우리가 머저리들처럼 소비에트군을 두려워만 하고 있지 않았다는 것을 알아주었으면 좋겠다. 우리는 이미 6개월 전부터 철저히 방어 준비를 해왔다. 기본 방어 계획은—비록 대본영의 지시를 받긴 했지만—조선의 북부와 만주 동남부 산악 지대로 주력을 배치하고 만주의 광활한 벌판으로 적을 끌어들이는 전략이다. 국경의 요소요소마다 배치된 수비대가 시간을 지연하는 동안 주력부대가 유인작전을 펼쳐 적을 내부로 끌어들인 뒤 전 병사가 착검을 하고 일시에 돌격하여 적들을 찔러버릴 것이다. 종심을 방어하는 이런 전략은 육군성의 머리 좋은 참모들이 수십 일 동안 해골을 맞대고 짜낸 아이디어다.

"우리도 20개가 넘는 보병사단과 2개 전차여단을 가지고 있소. 항공대도 갖추어놓고 있어 날 수 있는 제로센이 2백 대나 되는 데다가 각종 대포도 1천 문이나 보유하고 있지. 실제 병력이 70만이라고 하나, 곧 신병들이 보충되면 백만의 위용을 갖추게 될 것이니 너무 두려워하지 말고 각 전선에서 최선을 다합시다. 한 가지 우려되는 것은 각 전선에서 탈영병이 속출한다는 점인데, 이들에게만큼은 자비를 베풀지 말고 현장에서 총살시켜 군기를 엄하게 세우시오."

말을 하는 동안 숨이 막힌다. 도대체 인간들은 왜 전쟁 따위에 미쳐 있는가. 내가 국민학교에 가서 처음 배운 것도 전쟁의 역사였다. 섬나라인 일본은 그 어느 민족보다도 내분이 잦았다. 태고부터 수백 개의 나라가 저마다 깃발을 휘날리며 야만인처럼 이웃한 마을들을 습격했다. 그런 혼란을 처음으로 통일한 것이 5세기 야마토 정권이라고 배웠다. 하지만 통일은 무의미했다. 사내들은 또다시 쪼개기와 합치기를 반복하며 피를 흘려왔을 뿐이다. 그런 전쟁의 흔적들은 고스란히 유물로 남아 영웅을 만들고, 관광객을 불러들인다. 오래지 않아 만주도 그렇게 될 것이다.

처음 군에 입대했을 때 내가 유일하게 흥미를 가졌던 건 제복이 주는 위엄이었다. 그것이 말단 이등병의 것이든 별이 세 개나 달린 대장의 것이든 제복은 힘을 지니고 있다. 나는 모자와 군화, 견장이 주는 그 특별함을 사랑했다. 그것은 해당 조직이 갖고 있는 특유의 문화와는 별개의, 유일하게 정붙일 수 있는 아름다운 격식미였다. 젊은 날 기병장교를 선택한 것도 말에 올라 제복을 입고 도로를 행진하는 기마병들의 위용에 반했기 때문이다. 딱딱함 일색인 계급 문화 속에서 각각의 제복이 주는 다양성과 통일미는 딱딱함을 넘어서는 무엇이 있다. 피가 난무하는 전장의 한 귀퉁이에도 꽃이 피듯이, 나는 그 딱딱함과 통일미 속에서 홀로 고독해왔다.

아버지와 나의 결정적인 차이가 여기에 있다. 아버지는 자신의 열정을 외부를 통해 획득하길 꿈꿨고 나는 조용히 달궈진 내부 속에서 사내들의 세계를 엿보길 즐겼다. 아버지는 사무라이의 후손임을 늘 자랑스러워해왔다. 세이난 전쟁 때 할아버지는 반란군 편에서서 싸웠다가 총을 다섯 방이나 맞고 죽었다. 아버지가 뱀의 대가리를 응징해가며 구마모토성을 뛰어오르는 것도 그런 자긍심의 반영일 것이었다. 하지만 그런 사내들이 전쟁의 마지막에 목도하게되는 것은 언제나 죽음뿐이다. 제복을 훌륭하게 갖춰 입고 어깨에 각종 견장을 단 서른아홉 명의 저 사내들에게 곧 닥치게 될 어떤 운명처럼 말이다.

죽음은 한 조직의 지휘자라고 해서 자유로울 수 없다. 죽음의 두려움과 공포. 나는 그런 수사들에 대하여 지금껏 별로 심각하게 생각해오지 않았다. 나는 불사신처럼 죽지 않을 테니까. 죽음에 대한 생각으로부터 자유로워지는 순간 두려움도 떠난다. 남방 전선으로 파견되었을 때 여단 전체가 와해된 적도 있지만 나는 목숨을 부지하였다. 다리에 가벼운 관통상까지 입고 제대 명령을 받았을 때 외할아버지는 총상 입은 내 다리를 손으로 주무르며 중얼거렸다. 총알이 심장을 비껴갔으니 이는 죽은 너의 부모 덕이다. 아침 일찍 신사에 나가 떡을 올리거라. 네가 차가운 전장에서 목숨을 잃는 일은 이제 일어나지 않을 테니 우선 감사를 드리고 보자꾸나.

적들은 한 달, 어쩌면 보름 안에 전 전선에서 불을 뿜을 것이다. 전쟁은 파괴인 동시에 또한 아름다움이다. 수고로움 속에 한 끼의 식탁이 차려지고 누군가는 허기 속에서 허겁지겁 배를 채우듯 전쟁도 그것이 흘려놓은 온갖 냄새들을 스스로 거두어갈 것이다. 나는 그 순간의 만찬을 피하지 않고 즐길 준비가 돼 있다.

바로 만주라는 붉은 땅 위에서.

오후 2시, 후쿠하라 요시야 중장의 방문을 받는다.

"그래서 구체적인 방어 계획이 뭡니까?"

이 사내는 이제 노골적으로 내게 도전하고 있다.

"자네의 직책은 무엇인가, 중장."

나는 그가 정보대 사령관임을 상기시킨다.

"지금은 직책이 문제가 되지 않습니다. 이대로 가면 만주국은 한 달 안에 형체 없이 이지러질 것입니다. 보다 구체적인 계획을 하달해주십시오."

이제 확실해졌다. 이자는 대본영의 지시를 받고 있는 게 분명하다. 어쩌면 내일 당장, 장문의 전보가 날아들어 요시야와 나의 자리를 바꾸어놓을 수도 있다.

"자네가 나라면 무엇을 할 수 있는가?"

나는 자리에 앉아 담배를 권한다. 그는 사양한다.

"먼저 종심 방어전략을 버리고 요충지 방어체제로 전환해야 합니다. 적들은 주요 통로를 따라 일시에 들이칠 것입니다. 우리 병사들은 전 전선에 걸쳐 원을 그리며 전개돼 있습니다. 1대 100의 싸움이 될 것입니다. 횡렬 방어를 포기하고 요충지별로 병사들을 선택, 집중시키라 명령하십시오."

"본토의 작전명령을 어기겠다는 건가?"

속내가 복잡해진다. 이자가 본토의 명령을 따르지 않고 있다면 순수한 군인정신의 발로인가? 아니면 패전 뒤 내게 책임을 떠넘기려는 수작인가.

"본토를 설득해주십시오. 현재의 배치로는 이길 수 없습니다."

"그럴듯한 의견이군."

"적의 전차를 파괴할 수 있는 야포들을 즉시 재배치해야 합니다. 적의 전차는 전진 속도가 빨라 하루에도 천 리를 돌파할 수 있습니다. 최전방에서 전차들을 파괴하지 못하면 일주일 안에 신경에 적의 전차 소리가 진동할 것입니다."

"자네의 말에도 일리가 있군. 또 말해보게."

요시야가 긴 한숨을 뱉는다.

"가정이지만 만일의 패배에 대비하여 대책을…… 수도를 통화나 조선의 평양으로 옮기고 황제를 비롯하여 국무부를 이관할 수 있는 담당부서를 발족시키고, 150만에 가까운 일본 민간인들의 탈출 계획도 짜야 합니다."

마침내 내가 반격할 차례다.

"그건 말도 안 되지. 미리 패배를 가정하여 계획을 짠다면 병사들이 먼저 동요할 것이다. 그 책임은 자네가 질 텐가?"

"그래도 계획을 세워놓는다면 위급 상황에서 더 많은 득을 볼 수 있지 않겠습니까?"

"생각해보겠네."

"한 가지 더. 지금 관동군은 통신 시설이 엉망입니다. 만약 적의 폭격을 받는다면 하루 안에 모든 부대의 통신이 두절되고 일전 예하부대들은 지휘관의 즉석 대응에 따라 사분오열될 것입니다. 이러한 사태에 대비하여 통일된 작전 계획을 준비해놓아야 합니다."

"그 말도 맞다. 통신대에 명령을 내려놓겠네."

대화가 끝나자 요시야가 정중하게 인사를 올린다.

"이보게, 요시야 중장."

나는 돌아선 그의 등판에 대고 진심으로 묻는다.

"정말로 우리가 패배할 것 같은가?"

그는 대답하지 않는다.

나는 피곤한 몸을 이끌고 관사로 돌아온다.

"곧 적이 밀려들 것이다. 너는 그 순간만을 기다리고 있겠지?"

조선인 여자는 대답 대신 내 품으로 파고든다.

"괜찮으니 솔직히 대답해봐."

길순. 함경도 청진 출생. 허리가 가늘고 입매가 위로 올라간 전형적인 조선의 미인이다. 눈이 크고 선한 데다가 웃는 모습이 잃어버린 내 어머니의 한 부분을 떠올리게 한다. 통통한 볼엔 늘 홍조가 깃들어 있다. 어미는 죽고 아비는 죽었는지 살았는지 모른다고 했던가. 그녀도 많은 조선 여자들처럼 남방으로 일하러 간다는 꾐에 빠져 전선으로 보내졌다. 그녀가 얼마나 많은 남자들을 상대했는지 나는 모른다. 그녀의 부대는 와해되었고 적의 포로가 되었다가 중국인 요리사를 만나 동거한 이력이 있다. 중국인의 혀를 자른 건 잘한 일이다. 음식을 더럽힌 동시에 녀석은 감히 내 여자의 몸까지 미리 더럽혔으니까.

조선 여자가 몸을 웅크린 채 배시시 나를 쳐다본다. 저 간단한 유혹의 동작 뒤에 무엇을 감추고 있는 것은 아닐까. 저 가녀린 손이 내 목숨을 겨냥할 수 있을까? 나는 고개를 젓는다. 누가 전쟁에 대하여 함부로 이야기하는가. 어쩌면 저 여자가 품은 저 습관화된 얼굴이 전쟁의 진짜 모습인지도 모른다. 언젠가 전방 시찰을 갔다가 총검에 찔려 내장을 쏟고 죽은 병사의 얼굴을 본 적이 있다. 탱크에 깔려 압착된 병사의 얼굴을 본 적도 있다. 그러나 내가 본 건 전쟁의 참모습이 아니라 인간이 만들어낸 광기였다. 전쟁과는 무관해 보이는 저 얼굴, 저 얼굴 속에서 나는 진짜 죽음을 본다. 공포를 느낀다. 여자의 얼굴은 진짜다. 공포는 거짓말을 하지 않을 테니.

"너의 천한 아름다움은 이제 어떻게 될까?"

20촉 전등 불빛이 그녀의 얼굴에 홍조를 더한다.

나는 가만히 여자의 얼굴을 쓰다듬는다. 턱 밑 둔덕을 두어 차례 문질러주자 그녀의 입에서 아, 하는 작은 신음이 새나온다. 저 신음은 길들여진 것일까. 아니면 곧 멸하게 될 제국에 던지는 비웃음인가. 질투가 난다. 처음부터 내가 소유할 수 없었다는 아쉬움, 마음에 드는 여자의 배 위에 엎어질 때마다 사내들은 늘 그래왔다. 천박한 여자의 배 위에 누워 있다는 괴로움, 결코 내 어머니를 발견할 수 없다는 고통, 그리하여 여자를 제멋대로 주무르고 하대하고 마침내는 영원히 소유할 수 없다는 생각으로 그녀들을 버린다. 그렇게 하지 않으면 사내들은 영원히 무엇도 가질 수 없다.

"잠이 쏟아져요."

여자가 조선말로 내뱉는다. 말의 의미를 묻기도 전에 여자가 팔을 벌려 나를 따뜻하게 안아준다. 이 순간, 나는 그녀가 나를 가련해하고 있음을 안다. 남자를 안는 순간 여자들은 어머니가 되어 매 순간 우리를 끌어안는지도 모른다. 총을 꺼내 쏘고 싶다. 저 교만한 얼굴을 부수고 싶다. 수천 번도 더 병사를 받아낸 천박한 몸뚱이가 감히 내 어머니를 대신하려 하다니. 내 어머니, 나를 위해 수탉의 눈을 뽑아버렸던 그 어머니의 강인함을. 이 여자를 똑같이 내면에 품을 수는 없다. 내게 웃음이 아니라 총을 겨눠야 한다. 그때 나는 조금이나마 너를 인정하게 될 것이다.

서너 살 무렵, 나는 마당의 수탉에게 해코지를 당한 일이 있다. 곶감을 말리던 어머니가 잠시 방심한 틈을 타 수탉이 내게 달려왔다. 다행히 부리가 비껴가 눈 밑 살점이 조금 떨어지는 데 그쳤지만 피가 철철 흘러 어머니를 놀라게 했다. 차분하게 상처를 지혈하고

실을 가져와 꿰맨 어머니는 감을 말리던 그 차분한 일상에서 조금도 벗어나지 않은 걸음걸이로 수탉을 향해 다가갔다. 다음 순간, 그녀는 닭의 모가지를 고운 손으로 꽉 잡고 차례로 두 눈알을 후벼 팠다. 기억 속 어머니는 그처럼 독함과 여림을 모두 지닌 여자였다. 그건 외할아버지로부터 물려받은 기질이었다.

"아름답다!"

닭의 눈알이 뽑히던 순간 나는 엉뚱하게도 그런 생각을 하고 있었다. 마당에 우뚝 선 어머니는 닭이 의미 없이 날개를 퍼덕이며 마당으로 기울어가는 풍경 속에서 조금의 흔들림도 없이 서 있었다. 닭이 부리로 땅을 파헤치며 비명을 질러댈 때에도 어머니는 빙긋 미소를 지으며 가마솥에 물을 붓고 장작에 불을 붙였다. 수증기가 뜨겁게 뚜껑을 밀어내자 어머니는 아직 살아 있는 닭을 집어넣었다가 꺼내 털을 모두 뽑아냈다. 수돗가에 앉아 닭의 내장을 죄다 긁어낸 뒤 몸통에 찹쌀을 채우고 백숙을 끓여 내 목구멍으로 국물을 흘려 넣어주기까지 걸린 시간은 채 한 시간도 되지 않았다. 그 모든 동작들은, 화단의 맨드라미 꽃밭을 가꿀 때처럼 적요로웠다.

내 눈을 탐했던 적(敵)을 증오의 대상이 아니라 혀에 와 닿는 맛으로 경험했던 그날, 나는 커서 결코 군인 따위는 되지 않겠다고 다짐했다. 적을 죽이다가 끝내는 자신마저 그 죽음 속으로 밀어넣어야 하는 미련함, 대상에 대한 자유로운 품평을 강제당한 채 통일된 동작으로 뜨겁게 고개를 숙여야 하는 획일화된 세계에 대하여 나는 어린 나이임에도 환멸을 느꼈던 것 같다. 그러니까 그날 내 혀에 와 닿던 백숙의 맛은, 간장의 달착지근함이 더해진 그 연한 고기의 맛은, 적을 향한 그 어떤 사나운 증오심조차 그 연한 속살 속으로 들어가면 자신의 외피를 둘러싼 단단한 껍질과는 상관없는 가장 순수하고 정제된 하나의 본질을 지니고 있음을 깨닫게 해주었다. 자애로움으로 가득했던 내 어머니의 외피 속에 숨겨진 고요하기 이를 데 없었던 그날의 의식처럼.

나는 여자의 옷을 벗기고 한 잎 한 잎 그녀가 펼쳐놓은 속살 속으로 전진해 들어간다. 나는 그것을 찾고 싶다. 그녀의 몸속으로 들어가 몸속에 숨은 고요를 뒤흔들고 싶다. 모든 걸 잊고 환희로 몸부림치고 싶다. 곰의 가죽으로 모자를 만들어 쓴다는 억센 북극의 병사들이 나를 쫓는다. 포성이 울리고 동공이 확장된다. 그럴수록 나는 여자의 몸 위에서 발악한다. 나는 발이 푹 파묻히도록 달리고 달린다. 살과 살이 닿는 곳마다 전쟁은 한 발짝 뒤로 물러난다. 여자의 신음이 환청들을 몰아낸다. 포위한 적들이 하나둘씩 쓰러진다. 나의 강한 육체는 여자의 얼굴을 정조준한다. 신음이 쏟아지는 저 여린 입을 틀어막고 싶다. 차라리 벙어리였으면, 전쟁이 끝나면 중국인 요리사의 혀를 뽑아 조선인 여자에게 보여주리라. 그것이 녀석의 정성에 대한 나의 답이다.

"관사는 답답하지? 모레쯤 나랑 밖으로 나가게 될 것이다."

여자의 배에 사정하고 나는 비밀을 발설한다.

"부대를 보러 가나요?"

여자가 감정 없이 묻는다.

"아니, 부대를 보러 가는데 계집을 동반할 수는 없지. 나는 전쟁을 모르는 얼굴을 보고 싶다. 이곳 신경에서 단 하나의 얼굴만이 무심히 전쟁 따위를 잊고 지내지."

"그는 살아 있나요? 앞을 잘 내다보나요?"

여자는 점이라도 보러 가는 줄 아는 모양이다.

"그분은 삶과 죽음을 초월해 있다."

"그런 존재가 있나요?"

아름답다. 웃는 여자들은 아름답다. 조선 여인들은 치열이 고르고 희다. 그들이 즐겨 입는 한복과도 잘 어울린다.

"너의 고향 얘기를 해봐."

여자의 입에서 바람 새는 소리가 난다.

"바람, 계곡, 짐승 소리, 바람, 기차, 친구, 우물……."

여자가 쉬운 일어들을 골라 대답한다.

"추운 곳이군. 오빠나 동생 같은 형제는 없었나?"

여자가 미동도 없이 중얼거린다. 혼자였어요.

전구 불빛 아래 여자의 그림자가 흔들린다. 극락사의 부처가 겹친다. 가부좌를 틀고 앉아 종일토록 생각에 잠긴 얼굴, 매번 웃고 있다고 생각하지만 실상은 눈을 거의 감은 채 무상 속에 잠겨 있는 얼굴, 나를 바라보되 외면하는 얼굴, 겨우 측면으로만 내어주는 미소. 나는 눈을 번쩍 떠 부처가 나를 바라봐주기를 고대하고 있는 건지도 모르겠다. 부드러운 손길로 다가와 나를 무릎에 눕히고 노래를 불러주었으면 좋겠다. 전쟁 따위가 끼어들 수 없는 존재하지 않는 시간 속에, 그렇게 한 여인이 잠들어 있다. 나는 그 여인의 진짜 얼굴이 보고 싶다. 한 사람을 사랑할 때, 한 사람을 위해 노래를 부를 때, 심장이 함께 움직여 만들어내는 그 낯빛을 보고 싶다.

"남편이 요리사였다던데 중국인은 어떻게 만났지?"

여자가 무심하게 대꾸한다.

"광둥에서, 옆집에 살았어요."

"놈이 사회주의자라는 걸 의심해보진 않았나?"

"아니, 착한 남자였어요."

"그랬겠지. 그러고 보니 너는 놈의 안위를 묻지 않는군."

여자는 대꾸하지 않는다. 나는 알고 있다. 이 여자는 조금도 저 중국인 사내를 사랑하지 않는다. 누구도 사랑하지 않았지만 누구나 사랑하는 여자다. 악마가 끼어든다. 여자를 시험하고 싶다. 놈을 발가벗겨 여자 앞에 세울 수 있다면, 요리사는 어떤 표정을 지을까? 나는 인간이 짓는 가장 진실한 표정을 보고 싶다. 살기 위해 내면을 감추지 않아도 되는, 불의 앞에서 원초적으로 분노하는 심장 자체를. 살기 위해 구차하게 요리 따위를 해 바치지 않아도 되는 그런 얼굴을 가질 수가 있다면, 천 년 이상 견뎌온 극락사 반가사유상과 비로소 나는 화해할 것이다. 화해한다는 것은 유일하다고 믿는 그 얼굴로부터 집착을 내려놓을 수 있다는 의미가 되겠다.

"누군가를 진실로 사랑해본 적이 있나?"

여자의 눈두덩 속눈썹들이 일제히 곤두선다.

"그래본 적은 없지만 그런 감정은 알고 있어요."

"아니, 넌 모르고 있다! 단 한 사람을 사랑한다는 것의 의미를 너는 모르고 있어. 원한다면 나는 그런 얼굴을 보여줄 수 있다. 질투하는 얼굴, 체념한 얼굴, 분노하는 얼굴, 달관한 척하는 얼굴, 세상에 존재하는 그 모든 얼굴을 모두 갖춘 유일무이한······."

여자의 속눈썹이 미세하게 떨린다.

"보고 싶지 않아요······."

"너는 두려워하고 있구나. 말해라. 무엇을 보았느냐. 무엇이 너를 두렵게 하지? 나에겐 잘 훈련된 병사들이 있다. 어떤 군대도 우릴 함부로 넘볼 수 없다."

나는 방금 뱉어낸 말들을 후회한다. 되돌릴 수 없는 말이다. 나도 모르게 두려움을 들키고 말았구나. 영리한 여자라면 충분히 눈치챘을 것이다. 그리고 마음껏 나를 조소하고 있겠지. 상대를 조소하는 자들의 얼굴에서 아름다움 따위는 읽어낼 수 없다. 비로소 조선 처녀의 얼굴이 제자리로 돌아오고 있구나. 너는 곧 보고 싶지 않아도 보게 될 것이다. 네 두려움의 실체를. 그것을 피할 수 있는 사람은 없다. 그것을 마주보았을 때 너의 두려움이 너를 파멸시킬 것이다. 영원히 내 것일 수 없는 것들은 그렇게 사라져야 한다. 나는 여자의 잠든 얼굴을 오래도록 내려다본다.

아침엔 아무것도 가미되지 않은 흰 쌀죽을 청해야겠다.

15

　일요일 아침, 나는 시게오를 따라 후문을 빠져나왔어. 나는 어디로 가느냐고 묻지 않았지. 사령관은 어제도, 그제도 한껏 예민해져 온갖 비밀스러운 이야기들을 밤마다 쏟아냈어. 나를 제 수족처럼 완전히 믿는 눈치였지.

　후문에도 지키는 병사가 있기는 마찬가지지만 경비가 센 편은 아니야. 방문지와 용무를 일일이 기록하는 정문과 달리 간단한 신분확인만으로 출입이 허가돼. 물론 영관급 이상 장교들에게만 해당되는 얘기야. 시게오처럼 얼굴을 익힌 부하사관을 통해서라면 언제든 통행이 가능해. 이따금씩 외부의 몸 파는 여자들이 은밀하게 관사로 찾아들 때 이용하기도 하고. 관사에 나 말고도 정체 모를 여인들이 드나드는 걸 자주 보면서 알게 된 사실이야.

시게오는 평범한 민간인 차림이야. 만족 청년인지 조선 청년인지 자세히 보지 않으면 구분이 쉽지 않아. 나는 만주족 여인들처럼 붉은 치파오를 입었고. 시게오는 내 얼굴에서 화장기를 지우고 곱게 빗은 머리카락을 흐트러뜨려 정갈함을 없앴어. 몸에 걸친 싸구려 장식물도 모두 떼라고 요구했어. 사람들에게는 외출 나온 평범한 부부로 보일 거야. 시게오는 사령부를 나서자마자 미행이 있는지 여러 차례 주변을 살핀 뒤, 인적이 뜸한 뒷골목에서 잠시 기다리다가 지나가는 인력거 한 대를 잡아 세웠어. 그 모든 행위는 미리 학습된 듯 자연스러웠어.

"우리 둘이 가나요?"

인력거에 오르기 전 작은 소리로 물었어.

"조용히 해."

시게오는 손으로 옆구리를 찔러.

인력거가 대로를 통과한 뒤 교외로 빠지기 시작해. 오랜만에 밖으로 나와서인지 답답함이 가시는 것 같아. 극락사 방향임을 나는 직감적으로 알고 있어.

길 양옆으로 갈리는 은행나무 가로수들이 마치 환영하는 인파들 같아. 전에는 저 가로수의 행렬이 사형장으로 향하는 수인들처럼 보인 적도 있었는데. 햇볕은 지나치게 따갑지도 그렇다고 무디지도 않게 알맞아. 수만 개의 문들이 계속해서 열리는 것 같아. 옆에 앉은 이 남자는 결혼을 했을까. 아니, 여자를 안아본 몸일까. 긴장이

풀리며 엉뚱한 상상을 하기도 해. 턱선이 예쁜 제국 남자야. 지금껏
보아온 수많은 일병들과는 어딘지 다른 냄새를 지닌 것 같은 청년.
저 사내의 눈매에 내 오빠가 자꾸 겹쳐져. 매번 심각한 눈으로 세상
을 구원할 것처럼 한숨을 내쉬곤 하는 그 사내가. 이 남자는 자신이
속한 세계와 전쟁에 대하여 얼마나 알고 있을까?

"전에 이곳엘 와본 적이 있나?"

남호 근처를 지나갈 때 시게오가 물어왔어.

"네, 두어 번……."

나는 사실대로 말했어. 어쩌면 우리는 전에 몇 번인가 이 거리를
스쳐간 적이 있을 거라고. 어쩌면 그게 인연이 돼 지금 이렇게 같은
길을 가고 있는 건 아닌지.

"조선의 사찰들은 모두 화려한가?"

나는 대답 대신 고개를 살짝 끄덕였을 뿐이야.

시게오는 남호 근처에서 인력거를 잠깐 세우게 했어. 아마도 제
주인과 시간을 맞추기 위해서인 것 같아. 낮의 남호는 또 다른 풍
경을 연출하고 있어. 남호 한켠에 이름을 알 수 없는 흰 새들이 수
백 마리나 내려앉아 먹이를 찾고 있는 게 보여. 새들은 무리를 지어
날아오르기도 하고, 때론 부리를 세우고 물속으로 곤두박질치기도
해. 화려하진 않지만 우린 인력거꾼이 담배 한 개비를 피울 시간만
큼 조용히 그걸 바라보고 있어. 마치 이루어지지 못할 타인의 꿈속
에 들어앉은 것처럼.

"저건 무슨 새지? 저런 새는 처음 보는데."

침묵이 싫었는지 시게오가 지나가듯 물어왔어.

"학 아닌가요?"

"아니야, 학이 저렇게 무리를 이루진 않지."

인력거꾼이 눈치를 살피며 담배를 비벼 끄는 게 보여.

"혀가 잘린 요리사 하나를 알고 있다."

시게오가 남의 얘기를 하듯 입을 열고 내 눈치를 살폈어. 나는 그가 어떤 말을 꺼내기 위해 고민하고 있다는 걸 직감적으로 알아챘어. 그는 갑자기 소년으로 돌아가고 싶어 하는 것 같았어. 숨기고 있는 비밀을 털어놓고 난 뒤 얼굴을 붉히는 사춘기 소년. 그는 고개를 푹 숙이고 침묵해. 자신만이 알고 있는 비밀을 털어놓아야 하나, 혹시나 그 비밀이 자신에게 해가 되어 돌아오지는 않을까 고민 중인 것처럼. 그게 아니라면 나를 마음껏 비웃어주고 싶은 건지도 모르지.

"그 사내는 거의 매일 자신이 사랑했던 여인을 위해 한 가지 요리를 만들어 올리지. 세상에서 가장 정성스럽게, 가장 맛있게, 자신의 존재를 요리하고 있어."

"여자는 그 사실을 알고 있나요?"

사내가 차갑고 냉정한 음성으로 대답해.

"아니, 모르지. 그녀는 몰라. 사랑 같은 건 그녀에게 불필요한 게 돼버렸으니까. 세상에는 별별 일들이 다 있잖아. 그 일도 그 별별

일 가운데 하나일 뿐이야. 어때? 흥미로운 이야기가 아닌가? 적을 앞에 두고 음식에 집착하는 사내와 한때 자신이 사랑했던 여인을 위해 요리를 해 올리는 남자, 그러나 아무것도 모르는 여인."

"그 남자는 여인을 사랑하지 않아요. 자신의 요리만을 사랑하죠."

"자신의 요리를 사랑한다고?"

새들이 우르르 날아올라 남호 상공에서 원을 그리기 시작했어. 어쩌면 저 새들은 학의 무리가 맞는지도 몰라. 저렇게 아름답고 흰 빛을 띤 새는 학 이외에는 본 적이 없거든. 흰 빛들이 허공으로 흩어지며 수백 개의 날개들이 힘차게 날아오르는 장면을 생각해봐. 날 수 있다는 건 정말 축복일 거야. 저 새들은 어디든 날아갈 수 있겠지. 저 새들은 단순히 새가 아니라 이 세상을 이루는 뭔가 특별한 다른 틀 속에서 움직이고 있다는 느낌이 들어. 인간들은 저 황홀한 군무를 은폐물 삼아서, 저마다 복잡한 어떤 것들을 떨쳐내기 위해 애를 써보는 거지. 인생의 내밀한 진실 같은 것들. 그렇게 믿어왔으나 돌이킬 수 없게 돼버린 것들에 대하여.

"요리사는 어쩌다가 혀의 일부를 잃게 되었나요?"

"제 보잘것없는 솜씨를 목숨과 맞바꾸려 한 대가지."

나는 더 이상 아무런 대답도 할 수 없었어.

인력거는 한 시간 뒤 극락사 주차장에 닿았어. 그 얘기 이후 시게오의 입은 굳게 닫혀 도통 열릴 생각을 하지 않아. 그는 나를 동정하고 있는 건지도 몰라. 그래서 제 목숨을 걸고 진실을 알려준 걸까? 내가 이곳에서 탈출해버린다면 그에게 책임이 돌아가겠지만 나는 그렇게 하지 않을 생각이야. 나는 기회를 노려야 해. 일본이 망하고 곧 양놈들의 세상이 된다는 소문이 파다하지만, 나는 지금 이 자리에서 내가 숨 쉬고 있는 이유를 증명해야 해. 세상의 소문과 무관하게, 내가 앉은 자리에서 내 방식으로 말이야. 오빠의 그림자가 두려워서 그러는 건 아니야. 오빠와는 무관하게, 내 손으로 나는 사내들의 세계를 부수고 싶어. 그 대상이 어떤 것이든.

나무 손잡이가 달린 또 다른 인력거 한 대가 보여. 시게오는 절에 세워진 석주처럼 마당에 앉아 생각에 잠겨 있어. 간헐적으로 내게로 눈길을 주기도 하지만 딱히 나를 감시하는 것 같지는 않아. 느티나무를 뚫고 내려온 햇살들이 눈을 따갑게 해. 나는 양산을 챙겨 나오지 않은 걸 후회하며 그늘로 옮겨가. 나뭇가지 하나를 들고 땅을 파헤치던 시게오가 손짓으로 나를 부른 건 30분쯤 흘렀을 때야. 배가 고픈지 공양간 쪽에서 거위들이 꽥꽥거리는 소리가 들려왔어. 이 절에 거위가 살고 있다는 걸 지금 처음 알았어. 그러고 보니 거위와 절은 어딘지 어울리지 않는 것 같아.

"거위에 대하여 좀 아니?"

나는 고개를 저었어.

"고향 마을엔 거위를 키우는 집들이 더러 있었어. 집을 지키는 데는 개보다 확실히 한 수 위인 짐승이지. 개는 물지만 거위가 할 수 있는 건 고작 부리로 사람을 찍는 일이어서 큰 불상사가 생기지

도 않았거든. 손님이 오면 시끄럽게 꽥꽥거릴 줄도 알고. 개처럼 목
줄을 하지 않아도 되니 거위를 구속할 필요도 없고."

"하지만 거위는 날지를 못해요. 날개를 갖고 있어도."

"날개가 있어도 날지 못하는 짐승은 많아."

"거위 고기를 먹기도 하나요?"

갑자기 그 사실이 궁금해졌어. 아침을 먹지 않고 나와서 사실 배
가 많이 고팠어. 입맛이 없기도 했지만 밖으로 나간다고 하니까 살
짝 들떠서 음식 따위를 신경 쓸 겨를이 없었던 것 같아.

"먹기도 하지. 자주는 아니지만 일본에선 밀가루를 입한 거위고
기와 표고버섯을 함께 삶아 국물을 낸 지부니(冶部煮)란 요리가 있
어. 일반인들이 쉽게 먹을 수 있는 요리는 아니고, 술집에서 돈깨나
쓴다는 자들이 먹는 음식이야."

"그건 어떤 맛일까요?"

"글쎄, 닭이나 오리 맛이 나겠지. 서로 사촌지간들이니."

시게오가 작대기로 의미 없이 땅을 두드리기 시작해.

"배가 고파요……."

"조금 기다리지. 별일 없다면 남호 주변에 새로 생긴 음식점 가
운데 가장 근사한 곳으로 가게 될 거야. 대장님은 거기서 저녁을 먹
고 들어가실 계획이고. 아니면 공양간에 가서 중들이 먹는 야채밥
이라도 얻어다줄까?"

시게오가 극락사 부엌을 힐끗 쳐다보며 몸을 일으켰어. 스님들

이 저녁을 짓는지 공양간 쪽에서 구수한 냄새가 흘러나오고 있어. 아마도 스님들이 즐겨 먹는 공심채(空心菜)를 기름에 볶는 거겠지. 부엌에 서서 가족들이 먹다 남긴 밥과 반찬을 냄비에 넣어 다시 끓이던 내 어머니처럼, 늙은 보살 하나가 숯불에 눈을 찡그려가며 웍에 기름을 두르고 있으려나. 가끔 인간의 삶과 죽음을 관통하는 문하나가 저 부엌 어딘가에 숨어 있을지도 모른다는 생각을 해. 어느 부엌이든 문을 열고 들어가면 주린 배를 채울 무언가가 숨어 있게 마련이지. 죽이고 죽는 전쟁쯤은 잠시 잊어도 좋은 그곳.

"괜찮아요, 참을 수 있어요."

잠시 침묵했던 시게오가 나뭇가지로 원 하나를 그렸어.

"재미있는 얘기 해줄까? 시사만화집에서 본 건데 거위는 매우 불행한 사랑을 하는 동물로 알려져 있어. 이 세상에서 가장 부부관계가 돈독한 짐승이 바로 거위라고 해. 거위는 일단 서로 사랑하게 되면 어떤 멋있는 상대가 나타나도 바람을 안 피우는 것으로 유명해. 한쪽이 사라져버릴 때까지 목숨처럼 사랑을 지키는 거야. 어느한쪽이 사람에게 잡아먹혀버리거나 병을 얻어 죽게 되면 남은 거위는 거의 미쳐버려서 정신이 반쯤 나간 채 몇 달을 헤맨다고 해. 그러다가 무리로부터도 미움을 받게 되고 혼자 외톨이가 되어 서서히 죽어가는 거야. 확실히 인간들보단 나아."

나는 이 사내가 모성결핍이 아닌가 의심해.

"당신은 사랑했던 사람으로부터 버려진 적이 있나요?"

시게오가 씩 웃었어.

"나는 아무도 사랑하지 않아. 남자든 여자든."

"그럼 무얼 사랑하나요?"

"난 그런 것에 대해 특별히 생각을 해본 적이 없어. 난 그저 이 비루한 전쟁이 속히 끝나기를 바랄 뿐이야. 고향으로 돌아가는 것, 그게 나의 목표야."

그는 마치 나는 평화를 사랑해, 하고 말하는 것 같아. 실은 그도 전쟁 따위가 영원히 끝나지 않는다는 걸 알고 있겠지.

동자승 하나가 계단을 내려와 주지가 찾고 있다고 전해주었어. 계단으로 올라가니 주지가 사령관 오토조와 이야기를 나누며 마당을 나서는 게 보여. 시게오와 나는 조금 떨어진 곳에서 그들을 쫓아가. 그들이 향하는 곳은 대웅전이야.

"시게오는 남고 너는 올라와."

오토조 사령관이 신발을 탁탁 털어 바로 놓으며 내게 손짓을 해. 기시감이 들었어. 어쩌면 몇 달 전 대웅전에서 만났던 사내가 그일지도 모른다는 생각이 들어. 그가 보여주고 싶어 하는 게 부처의 얼굴이라면 나는 이야기를 들을 용의가 있어. 지옥 속에 들어앉아 있는 저 부처를 사내가 무엇이라 말해줄지, 부처의 얼굴과 사내의 얼굴 사이에 놓인 틈에 대하여, 흩어지지 않는 시간에 대하여, 전쟁을 모르지만 전쟁을 안다고 생각하는 세상의 수많은 불행한 사내들에 대하여 나는 듣고 싶었어.

"보대로 올라가 앉아."

주지가 명령하듯 뱉었어. 나는 그 말의 의미를 얼른 알아듣지 못
했어. 보대란 미륵이 앉아 있는 자리야. 내가 올라설 곳이 못 되는.
오토조가 거들어.

"괜찮으니 올라가."

나는 불전함을 밟고 엉거주춤 대웅전 보대로 올라갔어. 사내들
은 늘 여자들에게 뭔가를 요구하지. 온갖 요구를 들어줘왔지만 이
런 일은 당최 의미를 가늠하기가 힘들어. 더구나 주지까지 가담한
터여서. 내가 보대에 앉자마자 오토조는 대웅전 천장 밑 중앙으로
가서 방석 하나를 펼치고 가만히 앉는 거야. 그는 수백 년을 견뎌온
수도승 같은 얼굴을 하고서 조용히 나와 부처를 번갈아 응시하고
있어.

"어떻습니까?"

5분쯤 지나 주지가 눈치를 보며 물었어.

"글쎄, 모르겠군요. 모르겠어."

도대체 이자들이 무얼 하고 있는 거지? 전쟁이 사내들을 죄다 미
치게 만든 걸까.

꿈꾸듯 중얼거리는 소리가 들려.

"처음 이곳에 와 미륵과 마주했을 때 부처의 저 오묘함에 단박
에 압도당했다. 수많은 표정을 하고 있지만 아무런 표정도 하고 있
지 않은 얼굴, 고독하지만 평화로운 얼굴, 두려움 속에 웅크리고 있

지만 그것을 벗어난 얼굴, 무표정으로 일관하지만 측은함을 품은 얼굴, 아이 같은 얼굴, 소녀 같은 얼굴, 아내 같은 얼굴, 어머니 같은 얼굴, 울고 있지만 웃는 얼굴, 눈을 뜬 듯 감은 듯, 생각에 잠긴 듯 잠을 자는 듯, 말을 하는 듯 침묵하는 듯, 인간의 얼굴이되 신의 얼굴인 저 물상을."

"관세음보살."

주지가 습관적으로 추임새를 넣었어.

"그리하여 나는 생각했다. 저 표정은 어떤 인간의 찰나에서 따왔을까. 그 모델은 석공의 어머니일까? 아니면 애인일까. 사랑하는 사람과 정을 나눈 뒤의 표정이 아닐까. 아니, 배설의 기쁨이 아닐까. 공양 후의 포만감을 표현한 게 아닐까. 도대체 저것을 대체할 얼굴이 있을까. 온갖 상상 속에서 나는 부처에게 질문을 던져왔다. 그러다가 어느 날 완벽하다고 생각했던 부처의 얼굴이 일그러지는 꿈을 꾸었다. 내가 상에 집착하는 사이 부처는 그것이 진실이 아님을 알려주었던 거지. 저 얼굴은 세상의 어느 얼굴도 아니지만 또한 세상의 어느 얼굴이다. 한 여인의 고운 얼굴일 수도 있고 고통에 찬 얼굴일 수도 있다. 내 얼굴일 수도 있고 네 얼굴일 수도 있다."

오토조가 손짓으로 그만 내려오라고 신호를 보내.

"너는 그걸 알아야 한다. 난 이 각도에서 부처를 쳐다보길 즐겼다. 누군가 부처를 교체하거나 옮겨놓았다면 금방 알 수 있도록, 그리하여 나만이 알고 있는, 세상에서 유일한 한 여인의 얼굴을 지키려고 조바심을 냈지.”

오토조가 그만 밖으로 나가 있으라는 신호를 보내. 나는 부처에게 세 번 절하고 뒷걸음으로 물러나왔어. 문턱에 걸터앉아 신발을 신는데 이런 소리가 들려.

“물건은 어찌 됐습니까?”

주지가 내 쪽을 힐끗 보며 조심스럽게 대답해.

“완벽하게 성공했습니다. 보십시오. 지금 대장께서 보고 계신 저 부처는 진짜가 아닙니다. 어젯밤에 이미 물건을 바꾸어놓았지요. 상자에 잘 넣어 지하 창고로 옮겨놓았습니다. 말씀만 하시면 언제든 움직이겠습니다. 신경 제일의 솜씨 좋은 장인을 시켜 똑같은 것을 만드느라 애를 꽤나 썼습지요. 어떤 중도 눈치채지 못하게.”

“진짜 그런가? 완벽하군. 금요일 오후에 가지러 오겠네.”

계단을 내려오자 시게오가 곁눈으로 나를 살피는 게 보여. 나는 화장실에 들른다는 손짓을 보내고 극락사 공양간으로 들어가. 시게오의 눈길이 나를 좇고 있지만 개의치 않아. 다섯 평쯤 되는 극락사 공양간, 그 어둠침침한 공간에서 일흔 살쯤 돼 보이는 보살 하나가 밀가루를 뭉치며 음식을 만들고 있어. 기름 솥은 찾아볼 수 없었지. 방금 전에 맡았던 공심채 냄새는 어디에서 흘러나온 것일까. 나는 두 손을 모아 예를 갖춘 뒤 향을 쌌던 종이 한 장을 얻었어. 아궁이에서 타다 만 숯 하나를 주워 해우소로 달려간 뒤 향지 뒤편에다가 급히 적었어. ‘18일 오후, 극락사 殺.’ 부디 멍청하지 않은 내 오빠가

234

향지에 쓰인 말의 의미를 이해하길 기도하면서.

인력거가 남호공원 서쪽 출입문 근처를 지나갈 때야.

"잠깐 세워줄래요? 오줌이 마려워요."

나는 어색한 가부키 배우가 되어 연기를 했어.

"무슨 일이야?"

시게오가 인력거를 세우자 나는 뒤도 돌아보지 않고 출입문으로 달려들어가. 급히 변소를 찾아 발을 동동이는 서너 살 아이처럼. 시게오가 당황해하며 뛰어내리는 게 보여. 그는 여전히 나를 믿고 있지 않아. 나는 출입문 근처, 흰 백양목 아래 거북 형상의 장식물 옆으로 달려가 치마를 걷어 올렸어. 시게오가 나를 발견하고는 고개를 돌리는 게 보여. 나는 아랫배에 힘을 주는 척하면서, 재빨리 종이를 거북 형상의 장식물 밑에 숨겼어. 오빠가 다녀간 흔적은 보이지 않았어. 운이 좋다면 오빠가 이 종이를 발견하게 되겠지. 그럼 오빠가 기대했던 나의 역할도 끝나게 돼.

16

식당에 새로운 요리병들이 세 명이나 들어왔다.

제대병이 생긴 뒤 보충된 병사들이다. 전쟁이 코앞인데 누군가는 전장을 떠나고 누군가는 발을 들이민다. 떠나는 자들은 자신의 운명이 죽음을 비껴갔다고 좋아한다. 신입 병사들은 지옥으로 들어선 자신을 느끼고 있을까. 물론 그렇겠지만 하루하루 화덕 앞에서 넌더리를 내다보면 그들도 차츰 요시이처럼 무뎌질 것이다. 그러곤 하나둘, 자신의 화덕을 늘려가는 것으로 이 주방 안에서 존재감을 얻게 되겠지.

"넌 고향이 어디야?"

요시이 하사관이 키 작은 신병을 세워놓고 장난을 친다.

"오키나와입니다."

"오키나와? 흠, 그렇군, 오키나와 사람들은 아직도 365일 맨발로 걸어 다닌다지? 너희 미개한 족속들이 황군에서 과연 무엇을 할 수 있겠어?"

키가 작은 신병은 겁먹은 표정으로 고개를 숙인다.

"하하하, 너무 긴장하지 않아도 돼. 여긴 전쟁터가 아니라 주방이거든. 기껏해야 칼로 생선이나 토막 내면서 장교들 입맛에 아부하는 일밖에 없다구. 단, 동작이 느려터지면 밥을 못 얻어먹으니 정신차려야 해. 기상과 동시에 주방으로 튀어와서 석탄을 가득 퍼온 뒤 화덕에 불을 지펴야 해. 전날 설거지가 안 된 그릇들이 있으면 눈에 띄는 대로 깨끗이 닦아놓아야 하고, 쉬는 날에도 기름칠을 해서 녹을 방지하는 것도 너희 신참들 일이야. 어때, 자신들 있나? 자신이 없으면 당장 이야기를 해. 언제든 총알이 빗발치는 전쟁터로 차출을 해줄 테니까."

세 신병이 일제히 부동자세를 취한다.

"좋아, 좋아, 너무 긴장할 필요는 없다고. 여기도 사람 사는 곳이니까, 운 좋으면 하루 두 끼는 걱정 없이 얻어먹을 수 있어. 더 운이 좋다면 일요일에 외박을 나가 싸구려 여자들을 올라타는 기쁨도 맛볼 수 있을 테고. 넌 이름이 뭐지?"

요시이가 중간에 선 신병의 가슴을 손으로 쿡 찌른다.

"시미즈 쇼타, 쿠 쿠소……."

요시이의 눈이 호두알 만해진다.

"뭐, 뭐라고? 쿠 쿠소? 귀를 의심할 수밖에 없군. 너의 부모는 미친 게 분명해. 어떻게 똥이라는 이름을 지어줄 수가 있지? 말해봐, 어떻게 된 일이야?"

신병이 안절부절못하며 대답한다.

"안 그러면 열 살이 되기 전에 심장병으로······."

"누가, 누가 그따위 소릴 지껄였지?"

"신사에 사는 노인이었습니다."

"미쳤군, 미쳤어. 노망난 늙은이 말을 듣고 아이를 평생 똥통 속에 빠뜨리다니."

적의 공세가 시작되었지만 요시이는 여전히 태평하다.

"너희들 말이야, 내가 왜 하필 요리병을 택했는지 알아? 그건 말이야, 우리 어머니 요리 솜씨가 끔찍하게 형편없었기 때문이야. 나가노 여자들은 대대로 요리를 못하지. 바다를 낀 다른 현들하고는 확실히 달라. 된장국에 소금에 전 생선 한 토막을 상에 올리는 것으로도 만족해하는 분들이야. 밥을 먹고 그릇을 씻는 법도 없이, 동생과 내 밥을 고봉으로 퍼주곤 했고. 단무지 하나로 밥을 먹는 날들이 태반이었어. 난 정말 잘 먹고 싶었다. 요리병을 뽑을 때 내가 선택된 건 거의 기적이나 마찬가지야."

신병 하나가 긴장을 풀고 킥킥 웃음을 터뜨린다. 요시이가 국자로 신병의 뺨을 후려친다. 그는 농담을 하면서도 진지하다.

"집중, 집중! 너희들이 무슨 생각으로 요리 병과로 지원을 했는지는 모르지만, 요리사는 요리사이기 이전에 가장 현란한 마술사가 되어야 해. 알겠어? 마술사와 요리사 모두 손을 사용한다는 점에서 공통점이 있지. 다만 마술사는 상대의 눈을 속이지만 요리사는 상대의 혀를 속여야 해. 맛이란 애초에 존재하지 않아. 모든 사물은 그대로 있을 뿐이지, 거기에 의미를 부여한 게 맛이야. 의미란 공통의 관습에 따라 좌우되기도 하고 개인적인 취향에 따라 의미를 부여받기도 하는 거고. 유능한 요리사는 그런 개인의 습성, 집단의 습성을 빠르게 간파하여 그들의 혀를 속일 수 있어야 해. 마술사들이 젊은 연인들을 앉혀놓고 모자 속에서 빨간 장미를 뽑아내듯이, 필요할 때 필요한 맛을 대령하는 거지. 곧 죽어갈 머저리들에게. 응, 알겠나?"

그는 지금껏 내가 들은 말 중에서 가장 멋진 말을 한바탕 신병들에게 늘어놓은 뒤 헛기침을 해댄다. 장교식당에서 3년이나 묵었다는 요시이는 자신의 존재를 마술사에 비유했는데 그건 확실히 그럴듯했다. 그의 손놀림은 마술사가 아니라 기계에 가까웠다. 그가 솥 안에서 재빨리 꺼내놓는 요리들은 언제나 예측 불가, 그 속도가 상상 이상이었다. 단 한 가지, 어떤 요리도 맛을 보장할 수 없다는 점이 유일한 단점이지만. 요시이가 간식이라도 만든다고 나서면 난조 조장은 혀부터 내둘렀다.

"아서라, 너는 그만 쉬는 게 낫겠다. 도대체 어떻게 하면 간식에서 썩은 배추벌레 맛이 날 수 있단 말이냐. 그것도 능력이라면 능력이겠지?"

다들 시시껄렁한 농담으로 버티고 있는 중이다. 장교식당의 말단 사병에서부터 사령관이 앉는 식탁을 할당받은 고위급 장교들에 이르기까지, 전쟁의 두려움은 누구도 피해가지 못한다. 사람의 표정은 때로 미래를 짐작케 한다. 그것은 한 집단의 미래도 마찬가지다. 사령부에서 마주치는 얼굴들은 자신만만하고 오만하던 몇 개월 전의 모습이 아니다. 그들은 소비에트라는 거대한 적을 그간 너무 만만하게 취급해왔다. 서부 전선에서 독일 연방군이 허무하게 패퇴하리란 걸 간과했다. 오토조 사령관은 스러져가는 관동군을 일으킬 자질이 못 되는 자다. 그런 자가 요리 타령이나 하며 사령부를 차지하고 있다는 것은 얼마나 큰 행운인가.

날씨가 점점 후텁지근해진다. 7월로 접어들면서 소비에트군의 공격 조짐이 곳곳에서 감지되고 있다. 굳이 누가 전황을 알려주지 않아도 장교들을 둘러싼 어두운 그림자가 그것을 말해준다. 그들은 공식 선전포고만 하지 않았을 뿐 소규모 예하부대에 이르기까지 은밀히 기동전을 펼치고 있다. 이미 내지 깊숙이 밀고 들어와 일본군과 소규모 전투를 벌이는 부대들도 있었다. 아침마다 연병장은 전선으로 차출되거나 보고를 위해 달려온 야전 장교들을 태운 트럭들의 엔진 소리로 부산하다. 본국에서 답지하는 보고서를 움켜쥔 채 복도를 달려가는 전령들의 모습도 심심찮게 만날 수 있다.

적들이 내게 화덕을 내어준 건 치명적인 실수다. 마지막 날, 나는 이 식당을 온전히 태울 것이다. 나의 화덕과 나의 도마와 함께, 이 식당은 병사들의 기억에서 사라져갈 것이다. 다시는 제 어머니의 요리 솜씨를 탓하며 전장으로 나온 병사가 생기지 않도록, 제가 모시는 지휘관을 위하여 밤잠을 설치며 죽을 가져다 바치는 부관이 나오지 않도록, 이 잘못된 성의 주방은 철저히 파괴되어야 한다. 주방이 활활 타오르고 성이 무너지는 상상을 해본다. 맛은 그 무엇도 지배할 수 없다. 자기 자신을 만족시킬 뿐이다. 내면의 두려움을 잊을 순 있지만 그것이 궁극적인 인생의 큰 흐름을 대신할 수는 없다. 그들은 먹고 즐기는 일에 만족했어야 한다. 다른 나라의 요리 따위는 신경 쓰지 말았어야 한다. 그들의 혀는 철저히 파괴될 것이다. 그날이 가깝다.

저녁 10시, 사령관을 위해 어쩌면 마지막이 될지도 모르는 야식을 준비한다. 오늘 밤, 오토조에게 올릴 음식은 새우딤섬 요리다. 이 순간을 대비하여 낮에 싱싱한 새우 일곱 마리를 챙겨놓았다. 요리가 마음에 들지 않으면 언제든 내 남은 혀를 뽑아버릴 기세였지만 다행히도 그는 매번 그릇을 깨끗이 비워왔다. 그가 내 요리에 맛을 들이고, 계속해서 요리를 먹어주는 것은 고마운 일이다. 기회가 된다면 나는 그 점에 대하여 진심으로 허리를 굽힐 용의가 있다. 누군가에게 인정받는다는 것, 그것이 설령 내가 죽여야 할 상대라 하더라도 기쁜 일이 아닐 수 없다.

시게오는 보통 때 그랬듯 10시가 되자 식당 문을 열어젖힌다. 주문을 넣은 뒤 바쁜 일이 있다며 곧 나가버린다. 나는 발목에 감긴 쇠사슬을 철렁이며 수도 근처로 다가간다. 냉동되었던 새우는 30분 전에 물에 담가놓았다. 새우를 꺼내 껍질을 벗기고 헝겊으로 물을 짜낸다. 너무 오래 담가놓으면 살이 물러진다. 대나무 바구니에 담아 화덕 근처로 옮겨둔다. 살이 꼬슬꼬슬해지길 기다리기 위해서다. 동시에 빠른 동작으로 밀가루를 꺼내 채로 친다. 미리 반죽을 해놓지 않고 그 자리에서 반죽을 하는 것도 딤섬의 식감에 영향을 끼친다. 나는 오늘도 내 요리의 주인이 내 음식을 맛있게 먹어주었으면 좋겠다. 죽음이 그의 혀를 앗아가는 그날까지.

나는 평소보다 조금 서두른다. 밀가루에 소금을 넣어 신속하게 반죽한 뒤 그것을 밀대로 가늘게 밀고 두부와 새우, 버섯을 함께 그릇에 넣어 적당히 으깬 뒤 다진 통마늘을 다시 섞는다. 마지막으로 얇은 만두피에 준비된 속을 넣고 만두피를 오므려 꽃 모양을 만든다. 얇은 미나리 하나를 펴서 오므려놓은 만두피 주변에 한 번 감은 뒤 찜통에 넣기를 반복한다. 크기가 작지만 열두 개의 앙증맞은 딤섬들이 찜통에 담긴다. 나는 지체하지 않고 그것을 화덕 위로 옮긴다. 딤섬이 알맞게 익을 때면 어김없이 시게오가 들어설 것이다.

"오늘은 딤섬이군, 특별히 이걸 택한 이유가 있나?"

시게오가 묻는다.

"재, 재료가 우연히, 좋았습니다."

시게오가 코를 킁킁거리며 반응한다.

"흠, 왜 대장께서 네 요리를 좋아하는지 알 것도 같아."

"다, 다음에 만들어보겠습니다."

"아냐, 네 솜씨는 한 사람을 위해 쓰이는 게 좋아."

녀석의 칭찬이 오늘따라 낯설다.

"넌 운이 좋다. 이 전쟁 통에 이렇게 죽지 않고 살아 있으니."

"……."

오늘따라 녀석은 말이 많다.

"혹시 알고 있는가?"

"네?"

그가 비밀을 발설하는 배우처럼 얘기한다.

"네 요리 말이다. 그걸 사령관께서 혼자 드신다고 생각하나?"

"……."

"요리의 주인은 따로 있다. 그러니 진정으로 마음을 담아도 좋아."

시게오는 거기까지 말해놓고 내 눈동자에 시선을 박는다. 나는 그가 흘린 말의 의미를 헤아리느라 움직일 수 없다. 내 요리의 주인이 오토조 사령관이 아니라고? 그렇다면 누구일까? 거의 매일 밤 내 요리에 혀를 얹고 그것을 소화시키고 만족감 속에서 이불 속으로 들어가 잠을 청하는 그이는. 나는 짐작할 수 없다. 입속으로 퍼지는 새우 속살 냄새를 맡으며 내 노동을 시험하는 그, 혹은 그녀를.

그 밤에 나는 꿈을 꾸었다. 시게오의 농간인지, 아니면 오토조 사령관의 잔인한 장난인지는 알 수 없다. 새벽 2시 혹은 3시쯤, 나는 주방 출입문이 조용히 열리는 소리를 듣는다. 달빛이 그 창백한 손을 뻗어 콘크리트 외벽을 더듬어 들어와 주방 한쪽을 슬그머니 들추고 있을 때였다. 멀리서 헌병들의 기침 소리가 들려오는 밤이었다. 저녁 내내 울던 매미들이 울음을 멈춘 대신 잔반을 처리하는 뒤뜰에서 고양이들이 앙칼지게 울어대는 소리가 들리기도 했던가. 조금은 어수선한 밤이었다.

한 여자의 체취가 다가왔다. 문 뒤에서 지켜보는 그림자가 하나 더 있었다. 나는 눈을 감고 자는 척했다. 왠지 그래야 할 것 같았다. 눈을 뜨면, 눈을 뜨고 상대의 정체를 보아버리면, 두 눈알을 즉석에서 뽑히고 말 것 같은 공포가 감지됐다. 이 좁은 주방 공간에 목숨을 걸었다고는 해도 지금 죽는다는 건 얼마나 두려운 일인가. 다만 나는 맡을 수 있었다. 어느 한때 익숙하게 내 베갯머리에 머물렀던 체취를. 다른 냄새들과 섞인다고 해도 뚜렷이 구분해낼 수 있는 조선 여인의 냄새, 내 코가 다른 때보다 서너 배쯤 민감해졌다는 걸 전에 얘기하지 않았던가.

여인은 내가 묶여 있는 발치에 조용히 앉아 있었다. 무얼 하는지 한참 동안 가느다란 숨소리만 들려왔다. 일어서기 전 그녀의 손이 내 이마에 와 닿았다. 그녀가 고개를 숙이는지 머리카락이 목덜미에 와 닿았다. 나는 끝까지 눈을 뜨지 않았다. 그녀를 보아버린다면, 그녀를 그대로 보낼 수 없을 것이었다. 꿈속이라면 나 또한 꿈속으로 달아나버릴 것이었다. 그녀는 짧은 찰나 고개를 숙였고, 내 입술을 벌려 엄지와 검지로 잘린 혀를 굴리듯 매만졌다. 그런 다음 자신의 입술을 내 입술에 포갰다. 아주 잠깐, 잠에서 깨자 홀연히 날아왔다가 사라져버린 나비 한 마리처럼, 그녀는 그렇게 체취만 남기고 사라졌다. 멀리서 고양이 울음소리가 이어졌다.

17

8월 6일 히로시마에 원자폭탄이 떨어졌다.

만주의 한 신문은 태양이 떨어진 것 같다고 묘사했다. 그것은 제국에 대한 비웃음일 것이다. 도시 하나가 숯처럼 변하고 수십만의 사람들이 사라졌다고 한다. 불벼락 한 방으로 제국은 갈팡질팡 와해의 조짐을 보이고 있다. 적들은 여차하면 다시 한 번, 똑같은 불벼락을 도쿄에 때릴 것이라고 협박 중이다. 아직 황제가 항복을 선언하지 않은 것은 매우 놀라운 일이다. 본국에서 타전되는 신호들은 외려 이쪽을 걱정하고 있다. 침착하라. 총군 대기하라. 만주를 사수하라. 누가 이따위 빈껍데기 명령을 내리는지 알 수 없지만 천수각은 아직 평온하다.

밤새 악몽에 뒤척인다. 본토를 급습했던 미군의 정찰기 소리가 만주 상공에 나타나는 환영을 본다. 그것은 이통하(伊通河)*를 줄지어 건너는 새 떼 같다. 남만 전선에 배치되었을 때 나는 연대 하나를 몽땅 잃어버린 적이 있다. 우리는 자신만만했다. 황제에 대한 충성심으로 똘똘 뭉친 3천의 사병들은 일제히 착검을 한 채 야음을 틈타 적의 진지로 몰려갔다. 새벽 3시, 장교들은 일제히 호루라기를 불었고, 사방에서 신호탄이 솟아올랐고, 기관총 소리가 해골을 뒤흔들었다. 정확히 우리를 표적으로 미친 듯 포탄이 떨어졌다. 두 번, 세 번, 우리는 물결처럼 공격을 계속해나갔다. 아침 6시, 2천 3백 명의 시체가 숲에 누워 있는 꼴을 목격한 뒤에야 나는 군사를 물렸다.

　누구를 탓할 수 없는 작전이었다. 군사 교본엔 전진 이외에 후퇴에 관한 항목은 기술돼 있지 않았다. 무자비한 돌격과 순간적인 제압은 중국 전선에서 특히 많은 효과를 발휘했다. 우리는 단 한 차례도 패배하지 않은 채 대륙의 큰 땅들을 하나하나 점령해나갔다. 대륙의 적들은 마치 허수아비처럼 돌격에 속수무책이었다. 용기만이 적을 이긴다. 장교들은 그렇게 교육했다. 그러나 태평양을 건너온 적들은 달랐다. 그들은 동요하지 않았고 기관총과 야포를 적절히 활용하여 끈질기게 우리를 제압했다. 그 일로 군사재판을 받고 신문 사설을 통해 여론의 조롱까지 받았다. 또한 그 일이 빌미가 되어 군복을 벗기는 했지만 작전은 정당한 것이었다.

* 현 장춘 외곽의 하천.

전쟁은 반복된다. 두려움은 간부나 사병이나 민간인이나 누구도 피해갈 수 없는 받기 싫은 선물처럼 진주해 있다. 그 속에서도 인간은 부지런히 먹고 마신다. 두려움 속에서도 매일 세끼의 식사를 할 수 있다는 건 얼마나 축복인가. 매일 아침저녁 장교식당을 찾는 머릿수는 여전히 줄어들지 않는다. 그들은 잘 먹어야 잘 싸울 수 있다고 자위한다. 사령부가 적들에 둘러싸일 때, 과연 저 머저리들 가운데 몇 명이나 착검을 하고 적을 향해 돌격할 수 있을까? 부하들에게 돌격 명령을 내려놓고 뒤에서 머뭇거릴 인간들이 태반이다. 나역시 그러하지 않으리란 보장이 없다. 다만 나는 내 마지막 순간이 그런 무모함 가운데 놓이지 않기를 바란다.

7일 아침에는 헌병대에 수감 중인 죄수들의 집단 처형식이 있었다. 헌병대장 나오키의 지휘 아래 스물일곱 명의 극렬분자들이 뒤뜰에서 일제사격을 받고 죽었다. 나오키의 행위는 정당했다. 적들이 사령부를 포위하면 제일 먼저 우리에게 총부리를 겨눌 자들이었다. 현명하게도 나오키는 내가 개인적으로 빼돌린 죄수들에 대하여 별도의 토를 달지 않았다. 보다 크고 거대한 싸움을 앞둔 지금 개인의 일들은 당분간 덮어야 한다. 같은 울타리 안에 갇힌 자들끼리의 우정이자 동지애다. 적들이 사령부를 포위하기 전, 나오키는 헌병대를 몰고 밖으로 나가 질서를 유지해야 한다. 어쩌면 그는 돌아오지 못할 수도 있다.

"단 것이 먹고 싶군. 그게 무엇이든."

그날 저녁, 나는 시게오에게 명령했다. 시게오는 한 시간쯤 지나 처음 보는 과자를 그릇에 담아 가지고 들어왔다. 과자 위에 파인애플이 얹혀 있었다.

　　"이게 뭔가, 시게오? 그 중국인의 작품인가?"

　　시게오는 고개를 끄덕였다.

　　"과자 위에 꿀에 절인 파인애플을 얹은 겁니다."

　　"맛이 있군. 이건 이름이 뭐지?"

　　사실 과자는 지나치게 달았다.

　　"글쎄요, 파인애플 파이?"

　　"맛있게 먹었다고 전해줘. 하지만 아직 놈의 임무가 끝난 건 아니야. 적들이 사령부를 겹겹이 둘러싸는 한이 있어도 놈이 요리를 할 수 있도록 배려해주어야 한다. 그게 녀석의 운명이다. 인정받기 위해 도마질을 멈추지 않는 것, 요리를 해 올린다고 생각하고 있지만 실상은 규칙적인 복종 속에 개성을 잃어가는 것. 녀석은 자신이 진실로 패배해가는 줄을 모르고 있다. 보잘것없는 목숨 하나 보존하기 위해 구차하게 솥에 기름이나 두르고 있다니, 그건 진짜 요리사의 자질이 아니지."

　　"알겠습니다."

　　시게오가 경례를 하고 물러났다.

　　나는 과자를 다 먹을 때까지 집무실에 앉아 있었다. 창밖으로 보이는 풍경은 바다 건너 불바다가 무색하게 평화로웠다. 거리엔 인력거들이 바삐 지나가고 기차역에선 여전히 덜컹 소리를 내며 전동차들이 들어오고 나갔다. 바다 건너 본토에서 도시 하나가 통째로 날아갔다지만, 그것은 믿을 수 없는 유언비어이거나 꿈속의 일인 양 느껴진다. 그런 일이 실제로 벌어졌을까? 아니, 이곳 만주에서도 벌어질 수 있을까? 나는 그 모든 잔인한 순간으로부터 멀리 도망치고 싶다.

다음날 상황은 더욱 나빠졌다.

어제 오후, 황제는 라디오를 통해 무조건 항복을 선언했다. 물론 그것은 어디까지나 만주와는 무관한 본토의 일이다. 지난 새벽녘까지 이곳은 새벽의 나른함과 아득함, 밤새들의 울음소리와 아침 일찍 일을 나가는 인력거의 바퀴 소리를 그대로 유지했다. 창밖 점호받는 병사들의 구호 소리도 여느 날과 다르지 않았다.

"적들이 전선을 돌파하기 시작했습니다."

아침 일찍, 시게오의 목소리가 잠든 나를 밖에서 흔들어 깨운다. 원자폭탄이 나가사키에 떨어졌다는 소식이 들리기 무섭게, 황제가 무릎을 꿇자마자 마치 기다리기라도 한 것마냥 북쪽의 적들이 총구를 겨눠 전진을 시작한 것이다.

"왔군!"

나는 가까스로 조선 여인의 품을 빠져나온다. 어젯밤 마신 술 때문인가, 머리가 무거웠다. 하필 이런 날 적이 침공하다니. 속이 편해지도록 죽을 한 그릇 비우고, 뜨거운 물로 목욕을 하고, 솜씨 좋은 장님 안마사를 불러 지압을 받고 그대로 쉬고 싶은 날이었다. 빌어먹을 소비에트 놈들, 생각할수록 불쾌하다.

"오늘이 며칠인가, 시계오?"

"8월 15일입니다."

"뭔가를 하기엔 너무 나른한 날이군."

회의실로 들어서니 이미 대부분의 장교들이 기립해 있다.

나는 주어진 의자에 앉으며 천천히 그들을 눈으로 훑는다. 나는 진정 궁금하다. 전쟁을 앞둔 자들, 죽음을 앞둔 자들, 그들의 애국심과 용기, 위기 앞의 질서, 솔직함, 우리 머릿속을 지배하는 저 복잡한 생각들은 다 무어란 말인가. 누가 우리를 이곳에 앉혀놓았는가. 누가 제복을 입히고 제멋대로 고안한 견장과 훈장을 내리고 명령을 내리고 규칙을 세웠는가. 그들은 지금 모두 어디로 숨어버렸는가. 그것을 끝까지 이행한다는 것은 무엇인가. 저들은 왜 숨지 않고 끝까지 체면을 차리고 있는가.

오가는 대화들을 무심히 듣는다.

"황궁은 어찌해야 할까요?"

"일단 국무부와 사법부, 황궁을 통화*로 옮기는 게 어떻겠습니까?"

---

* 현 길림성(吉林省)에 있는 도시. 함경도와 국경을 이룬다.

"모든 기차 노선을 압수하고 군용으로 전환하여 비상 운영해야 합니다. 안 그러면 민간인들로 역이 아수라장이 될 것입니다."

"아직 크게 동요할 일은 아니지 않습니까? 국경이 전부 무너진 것도 아닙니다. 적들이 아무리 빠르게 밀어붙인다고 해도 최소 열흘은 걸려야 신경에 당도할 것입니다. 우리가 손을 놓고 있지 않는 한, 그렇다는 말이죠."

"본국이 항복을 했는데 우리가 저항하는 게 무슨 의미가?"

"무슨 소리요. 이곳은 엄연히 만주국이오. 최후의 순간까지 사수를 해야 하오."

"사령관께서 뭐라 말씀을 해주시오."

머저리들의 표정이 나에게 집중된다.

"이런 날을 우리가 예상하지 못한 건 아니잖소. 미리 세워놓은 계획대로 움직이되 황제를 피신시키는 일은 보류합시다. 백성들이 동요할 수 있으니. 그리고 본국에 계속 연락을 넣어서 독자적으로 저항을 할지, 신경을 포기할지 자문을 구하시오."

더러는 실망한 듯, 더러는 안도한 얼굴이다. 아니다, 모두 그 두 가지의 표정 사이에서 안절부절못하며 자신의 가장 근엄한 모습을 연기하느라 애써들 태연한 척을 한다. 말하자면 가장 뛰어난 무대 배우들이 여기 죄다 모여 있는 셈이다.

"본토가 항복을 한 상황에서 우리가 독자적으로 작전을 수행하는 데는 한계가 있소. 다만 너무 쉽게 항복 선언을 해버린다면 훗날 웃음거리가 될 테니 예하부대에 총력을 다해 적을 저지하라고 이르시오. 그리고 각 국(局)에서는 중요한 문서들을 모두 파기하고, 정보를 가진 자들을 처단하여 훗날에 대비하도록 하시오. 동요하거나 개인적으로 사리사욕을 채우는 자가 있다면 즉시 처단하여 군기를 세우시오. 각자 자신의 영역에서 최선을 다해주시오. 그대들의 행운을 빌겠소."

미군이 만든 가공할 폭탄이 만주에 떨어지는 상상을 해본다. 두려움을 숨긴 저 인형 같은 얼굴들은 어찌 될까. 유리처럼 깨어져 마지막 표정마저 잃어버리는 자들, 본성을 드러낸 채 눈을 일그러뜨리며 검게 타 죽어가는 자들, 바위처럼 버티다가 일거에 부서져버리는 자, 가부키 배우 같은 저들은 어찌 될까. 삶과 죽음이 저들의 운명을 어찌 쥐고 흔들까. 누가 살아남고 누가 목록에 이름을 올리겠는가. 고향으로 돌아가 제 어머니의 발밑에 엎드려 절을 올리며 마침내 전쟁이 끝났구나, 힘없이 중얼거릴 자들은 누구인가. 칼을 들어 제 배를 가르며 패전을 책임질 자들은 누구인가.

회의가 끝나고 눈치껏 주차장으로 내려간다.

시게오가 미리 대기하고 있다. 공식적으로 나는 이 순간부터 황제 푸이를 단독으로 면담하기로 돼 있다. 그러나 그런 약속 같은 것은 아무려나 불필요한 것이다. 푸이는 궁의 이전을 요청할 것이다. 이 전쟁 통에서 책임지고 죽겠다는 사람은 아무도 없다. 나라가 망해가는데 끝끝내 허수아비처럼 제 의자를 지키고 싶은 걸까. 만약 소비에트군의 포로가 된다면 푸이는 어떻게 될까. 전범 재판을 받고 목이 잘릴 것이다. 멀리 달아나려는 그의 계획은 합당하다. 어쩌면 그는 본토로 날아가길 희망하고 있는지도 모른다. 그러나 본국으로 가는 화물칸에 그의 의자는 없다.

"용궁으로."

시게오가 이내 말을 알아듣고 운전대를 돌린다.

"언제 돌아오십니까?"

위병사관이 평소답지 않게 묻는다.

"두 시간."

지난밤 적들이 전 전선에서 국경을 넘었다. 벌써 병사들의 아우성이 환청으로 들려온다. 횡대 방어진은 곳곳에서 누수 현상을 보이고 있다. 그래도 만주의 험악한 지형에 의지한 방어 지형들은 굳건할 것이다. 적어도 3개월 치 이상의 식량과 탄약이 미리 보급되어 있다. 충성으로 가득 찬 장교들이 병사들을 지휘하고 있다. 그들이 한 달만 버텨준다면 이쪽에서 유리한 쪽으로 협상을 이끌게 될 것이다. 적들도 피해를 원하지는 않을 테니까. 최악의 경우 만주를 넘겨주고 조선으로 후퇴해 들어가면 된다.

주지가 비실비실 웃는 얼굴로 주차장에 나와 기다리고 있다. 짐꾼들인가? 주지 뒤로 엉거주춤 선 두 명의 중국인이 보인다. 밭을 돌보던 농부들마냥 허름한 차림이다. 기분이 불쾌해진다. 멍청이 주지가 괜한 일을 한 것이다. 시게오만으로도 얼마든지 짐을 옮길 수 있었는데, 주지의 엉뚱한 배려가 애꿎은 생목숨을 버리게 만들었다. 부처를 옮기는데 피를 보아야 하다니. 주지 말고도 쏘아 죽일 자들이 둘이나 더 있는 것이다. 그나저나 시게오 이 녀석은 어떻게 한담. 전쟁이란 참으로 지긋지긋한 일이야.

"걱정 마십시오. 안전한 자들입니다. 돈도 쥐어줄 만큼 쥐어주었으니 끽소리 않고 물건을 옮기는 데 협조할 겁니다. 그나저나 어디로?"

주지가 눈치를 보며 굽신거린다.

"어디에 모셔뒀나?"

"트럭에 실어놨습니다."

주지가 주차장에 선 낡은 민간인 트럭을 가리킨다.

"곤란하군. 검문이 삼엄할 텐데."

"가짜 식재료 영수증을 챙겨두었습니다."

주지가 땀으로 번들거리는 둥그런 목덜미를 문지른 뒤 입을 헤벌린다. 조간만 놈을 쏘아야겠다. 헌병대로 하여금 도박판을 급습한 뒤 남김없이 쏘아버리면 후환도 남지 않겠지. 모든 일에는 운명의 시간이 있는 법이다. 지난 십 몇 년 동안 주지 노릇을 하며 빼돌린 돈이 대체 얼마나 될지 가늠하기도 힘들다. 내게 협조적인 것도 자금 마련을 위해서다. 이런 자들은 나라가 망하든 성하든 관심이 없다. 설령 만주의 주인이 바뀐다고 해도 영영토록 자신이 절의 주지 자격을 누릴 것이라 착각한다.

물건을 확인하기 전 법당으로 향한다. 언제나 그렇듯 대웅전 천장의 만다라 그림 밑에 정확히 엉덩이를 내려놓는다. 오직 이곳에서만이 미륵의 미소를 마주볼 수 있다. 각도가 조금만 어긋나도 누군가 필시 미륵을 옮긴 것이 될 터이므로 지난 몇 개월 나는 예민하게 굴어왔다. 그러나 보라, 지금 가짜가 분명한 저 미륵은 너무도 당당하게 내게 수줍은 미소를 부려놓고 있다. 장인들의 솜씨가 뛰어나서인지, 아니면 주지가 무슨 요술을 부려놓은 건지 나는 트럭에 실린 진짜와 보대에 놓인 가짜를 거의 구분할 수 없다. 주지를 죽여야겠다는 생각을 한 걸음 뒤로 물린다.

가짜 부처를 향해 절을 올린다. 백단향 냄새가 코를 간질인다. 저 얼굴은 오직 하나일 필요가 없는 얼굴이다. 아니 마음만 먹으면 둘도 셋도 만들어낼 수 있는 얼굴이었다. 나는 지난 몇 개월간 무엇에 그토록 집착했는가. 세상에 딱 하나만 존재한다고 믿었던 미륵의 얼굴, 그 얼굴이 어리석은 나를 비웃고 있는 것 같아 심기가 불편해진다. 혹시라도 밖의 것이 가짜가 아닐까. 주지가 패망해가는 나의 앞날을 비웃으며 한판 장난을 치고 있는 건 아닐까. 나는 혼란 가운데 쉽게 대웅전을 뜨지 못한다. 시게오가 재촉하는 소리를 듣고서야 대웅전을 빠져나왔다.

"대장님, 시간이……."

"알고 있다. 푸이가 두 눈이 빠져라 기다리겠군."

하늘은 잔뜩 찌푸려 있다. 곧 소나기가 쏟아지겠지. 국경을 넘은 적들은 어떻게 되었을까. 군복이 땀에 젖어 헐떡이며 고함을 내지르고 있으려나. 지난 며칠 전부터 역사는 하나의 거대한 순간 속에 소용돌이쳐왔다. 본토에 두 방의 핵이 떨어지고, 황제는 항복을 선언하고, 소비에트의 150만 대군이 국경을 넘었다. 이 허울 좋은 제국을 어떻게 수습해야 역사가 내게 돌팔매를 거둘까. 나는 무사히 살아 돌아갈 수 있을까.

주지가 상자를 가리킨다. 상자 뚜껑을 열자 거무죽죽한 빛을 표면에 머금은 채 미륵이 웅크리고 앉아 있다. 방금 대웅전에서 보았던 그 미륵과 똑같은 미륵이다. 나는 상자를 봉인한 뒤 인부들이 모는 트럭을 먼저 출발시킨다. 주지가 행운을 빈다며 능글능글한 웃음으로 나를 배웅한다. 쏘아버리고 싶은 걸 눌러 참는다. 시게오가 운전하는 부식 운반차가 느리게 트럭을 따라간다. 절을 완전히 벗어나 숲이 우거진 곳으로 들어선다. 모퉁이를 돌아갈 무렵 나는 트럭을 세우게 한다. 인부들이 쭈뼛거리며 내려와 무슨 일이냐고 묻는다. 나는 그들에게 트럭 옆에 땅을 파게 한다.

"상자를 이곳에 묻어둘 생각이다. 기차역은 너무 위험해."

인부들은 삽을 꺼내 와 두말없이 구덩이를 파기 시작한다. 오후 햇볕이 인부들의 누런 작업복 위로 칙칙하게 내려앉는다. 가까운 곳에 나무 그늘이 있어 시게오와 나는 잠시 그쪽으로 피신한다. 인부 하나가 물통을 가져와 물을 나누어 마시고 있다. 서둘러야 하리

라. 지나가는 헌병들이라도 만나면 상황은 곤란해진다. 오토조 사령관은 밖에서 무얼 하고 돌아다니는지 알 수가 없다. 사적으로 시간을 비운 적이 많다. 전범 재판이라도 열리는 날, 누가 이렇게 증언하지 않으리란 보장이 있는가.

"시게오, 네가 가진 남부 94식에 몇 발이 들어 있지?"

"여덟 발입니다. 왜 그러십니까?"

시게오가 놀라며 묻는다. 물론 몇 발이 들어 있는지 몰라서 물어본 건 아니다. 나는 시게오에게 권총이 장식용이 아님을 상기시키고 싶다.

"자네 사격 솜씨는 여전히 형편이 없지? 하지만 이번엔 실수하지 마."

"네?"

나는 턱으로 인부들을 가리킨다.

"이제 슬슬 구덩이를 판 것 같군. 가서 등 뒤에서 놈들을 쏴, 그런 다음 신속하게 구덩이를 메운다. 상자를 부식차로 옮긴 뒤 역으로 가서 내가 지시하는 곳에 내려놓으면 돼. 오늘 같은 날을 위해 열차 한 량을 통째 빌려놓았지."

"조금 무거울 텐데요?"

"괜찮다. 너와 내가 힘을 합치면 문제없어. 지금이 기회야."

시게오는 여전히 머뭇거린다.

"굳이 쏠 필요까지 있겠습니까?"

"명령이야, 시게오. 늦기 전에 얼른 해치워."

시게오는 거의 울상이 되어 한 번 더 사정한다.

"전 아직 사람을 죽여보지 않았습니다."

북해 청년이 날렵한 턱을 떨기 시작한다.

"같은 말을 하게 하면 너 먼저 쏘게 될 것이다. 가라, 시게오."

나는 내 권총을 꺼내 등 뒤에 숨긴 뒤 시게오를 앞세우고 중국인 인부들 뒤로 다가간다. 구덩이는 거의 배꼽 높이까지 파여 있다. 두 사람을 구겨넣고 흙을 덮는다면 그럭저럭 피 냄새쯤은 가려질 것이다. 어서 쏴라, 시게오.

"고생들 많았네, 편히 쉬기를."

시간을 더 지체할 수 없다. 나는 짧은 인사와 함께 시게오의 어깨 너머로 총을 발사한다. 나이를 가늠할 수 없는 시커먼 몰골의 인부 하나가 놀란 눈동자를 굳힌 채 그 자리에 주저앉는다. 나머지 인부 도 이내 피를 뿜으며 스러진다. 나는 여덟 발을 모조리 쏜 뒤 탄창을 비운다. 화약 냄새가 비로소 내 정신을 야만으로 이끈다. 머저리 들이 죽을 줄 알면서도 반자이 돌격을 감행하는 이유는 바로 이 냄새 때문일 것이다. 죽음을 재촉하는 냄새, 진하다. 몇 해 전 남방 전 선에서 맛보았던 그 냄새다. 뜨거운 피의 냄새다. 진짜 사내들의 세 계로 복귀한 것 같다. 멍청하게 선 시게오를 재촉해 서둘러 흙을 덮 는다. 작업이 끝난 뒤 시게오의 따귀를 때리는 것도 잊지 않는다.

"네놈을 저 구덩이에 처박았어야 하는데."

바로 그때다. 다른 총소리가 정적을 무너뜨린다.

시게오도 나도, 조금 멍한 상태에서 주변을 살핀다. 맥고모자를 깊숙이 눌러쓴 비적 하나가 숲에서 뛰어나온다. 비쩍 마른 몸이 날쌔게 이쪽으로 날아온다. 꿈인가? 나는 정신을 차릴 수가 없다. 역사에 우연이 있다면 기가 막힌 타이밍이다. 놈의 손에 권총이 들려 있다. 탕! 다시금 총소리가 숲의 나뭇가지들을 뒤흔든다. 뛰어오느라고 그랬는지 놈의 총은 두 방 모두 우리를 빗나간다. 세 번째로 놈이 신중하게 겨냥하지만 불발이다. 하늘이 도왔는지 놈이 총을 내던지고 칼을 빼든다. 정신을 차린 시게오가 엉거주춤 놈을 막아서는 게 보인다. 아마 본능일 것이다.

"권총을 꺼내, 시게오. 놈을 겨눠!"

재빨리 권총을 꺼내보지만 장전된 총알이 없다.

시게오는 미처 제 총을 꺼내기도 전에 불청객의 잔영과 뒤엉킨다. 칼날이 시게오의 목을 스치는 걸 확인하면서 나는 인부들이 주차해둔 트럭으로 뛰어오른다. 트럭이 덜덜거리며 출발함과 동시에 시게오를 쓰러뜨린 괴한이 짐칸으로 달려들었지만, 트럭은 가까스로 낯선 사내를 따돌리고 기차역을 향해 엔진 소음을 높인다.

"정보가 샜군. 도대체 누가 이런 일을 꾸몄지?"

시게오를 떠올리며 나는 분풀이하듯 가속기를 밟는다.

"시게오의 짓인가? 아니면 그 천박한 조선 여자가?"

나는 다시 고개를 젓는다.

"주지, 그놈일 확률이 높지. 그놈을 먼저 쏘았어야 해. 물건을 전해주는 척하면서 다시 챙길 작정이었군. 어차피 일본은 패망할 족속들이니."

트럭이 기차역에 닿자마자 나는 모자를 눌러쓴 채 내린다.

18

진군나팔 소리가 환청처럼 고막을 찢어와.

눈을 뜨자 사방의 문들이 열리며 엷은 빛이 갈래갈래 쏟아지고 있어. 꿈인가, 생시인가, 관사 밖 하늘로 연기를 뿜으며 국적 불명의 비행기가 추락하는 중이야. 이름 모를 새들이 떼 지어 남쪽으로 날아가고, 새들은 죄다 날개가 검은데 저들은 대체 어디로 가는 걸까? 이 하늘 아래 숨을 곳이 있다고 생각하는지. 관사를 지키는 수비병도, 잡일을 하는 중늙은이 여자도 보이지 않아. 도망쳐야 해. 어디선가 죽은 자의 목소리가 들리기도 했는데, 도대체 어디로 도망쳐야 하지? 내 오빠로부터, 아니면 일본인들로부터, 아니면 만주로부터? 나는 방안을 빙빙 돌며 생각에 잠겼어.

문을 열고 조심스레 복도로 나섰어. 소나무 특유의 냄새가 코를 찌르는 일본식 복도엔 햇살이 칸칸이 머물고 나는 해를 꾹꾹 눌러 밟으며 걷기 시작해. 모두 어디로 갔을까. 전쟁이 살아 있는 모든 사람들을 앗아가버렸는지 비명과 고통, 불안으로 북적이던 공간 속에 오로지 나 홀로 남겨진 느낌이야. 몸이 가벼워. 마치 날개라도 돋은 듯이. 마음만 먹으면 훨훨 날아서 조선 땅에도 닿을 수 있을 것 같아. 사내들이 전부 죽어버린 거겠지. 내가 잠든 사이에 전쟁은 조용히 왔다가 조용히 사라진 게 분명해. 눈을 뜨고 사내들이 죽어가는 걸 보지 않았다는 건 얼마나 큰 행운인지. 세상의 사내들이 모두 사라진다면 전쟁도 일어나지 않겠지.

가엾은 첸, 혀가 잘린 그 사내는 어떻게 되었을까. 장교식당은 3백 보쯤 떨어진 건물 2층에 있어. 사내들이 전부 죽은 거라면 첸도 죽었겠지. 복도 밖으로 나서자 비가 내리려는지 하늘이 갑자기 우중충해졌어. 먹구름이 사령부 건물을 메우는가 싶더니 비가 후드득 떨어지기 시작해. 하늘은 마치 사진을 찍듯이 가엾은 인간의 풍경 속으로 연신 빛을 터뜨리고, 사방이 밤처럼 어두워지고 틈틈이 천둥이 창문을 흔들었어. 그 속에서 검은 망토를 입은 사람의 형체가 연기처럼 스멀스멀 피어나.

—어딜 도망치려는 거지?

오빠, 아니, 오빠의 얼굴을 한 망령이야.

—사람들이 모두 사라졌어. 난 밖으로 나갈 거야.

망령이 나를 막아서.

—안 돼. 어서, 방으로 들어가. 어쩌면 마지막 밤이 될 수도 있어. 놈을 그냥 살려두어서는 안 돼. 우린 기백을 보여야 해. 이대로 항복 문서에 사인을 하도록 두어서는 안 돼. 놈들은 협상에 어려움을 겪을 거야. 사령관이 없는 관동군 따위는 아무것도 아냐. 허수아비들이지. 곧 소비에트 동지들이 몰아칠 거야.

내 손에 총이 있다면 망령의 입부터 쏘아버리고 싶어.

—그래서 뭐가 달라지는데?

—잘 들어, 넌 살아서 여길 빠져나갈 수 없어. 가서 복수를 해. 혀 잘린 첸의 복수를, 끌려와 죽어간 조선 청년들의 복수를, 놈이 잠들거든 허리의 권총을 꺼내 안전 고리를 풀고 방아쇠를 당겨. 정확히 놈의 심장을 겨눠야 해. 그럼 너는 역사에 이름을 남기게 돼. 실패하거든 부엌칼이라도 가져다가 놈의 심장에 욱여넣어. 피가 솟구치거든 장렬하게 놈과 함께 죽어. 어차피 살아서 이곳을 빠져나가기는 힘드니까. 죽고 산다는 건 아무것도 아니야. 네가 죽어도 꽃은 피고 아침은 와.

후드득 빗소리가 사라지고 오빠의 환영도 엷어졌어.

동시에 먼 곳에서 울리는 호루라기 소리가 나를 현실로 불러냈지. 거리로 나가는 헌병대였어. 언젠가 팔리보 거리에서 헌병대에게 맞아 죽는 사람을 본 적이 있어. 그는 평범한 인력거꾼이었어. 본국에서 온 사절단 일행의 자동차가 지나가는 동안 눈치 없게 인력거가 그 앞을 가로막았을 뿐이지. 실수를 눈치챈 인력거꾼은 허둥거리며 길 가장자리로 벗어났어. 그때 그의 허리춤에서 권총 같은 것이 바닥으로 떨어졌어. 나중에 밝혀진 거지만 그건 물병이었어. 인력거꾼은 물병을 집어들기 위해 고개를 숙였고 말 위에 탄 헌병 하나가 총으로 그를 죽인 거야.

집으로 돌아가고 싶다. 갑자기 왜 그런 생각이 들었는지는 모르겠어. 청진으로 돌아가고 싶다, 내 아버지가 있는 곳으로. 어쩌면 아버지는 오래전에 돌아가셨는지도 모르는데.

나는 비틀거리며 관사 밖으로 나섰어. 관사 출입문에 착검한 병사가 부동자세를 취한 채 멀리 하늘을 쳐다보고 있는 게 보여. 그는 나무로 깎아놓은 장식용 인형 같았어. 그의 시선이 가닿는 곳에 물오리 몇 마리가 힘겹게 날갯짓을 하며 도시를 가르는 중이었고. 저 병사의 고향은 어디일까. 병사에게 다가가 밖으로 나가겠다고 손짓을 해보지만 병사는 고개를 완강하게 저을 뿐이야.

혹독했던 겨울 청진이 생각나. 추위가 닥치면 사람들은 쉽게 밖으로 나서지 않았어. 토방 깊숙이 들어앉아 새끼를 꼬거나 짚신을 삼으며 소일했어. 그러나 아버지만은 예외였지. 아버지는 눈을 아랑곳하지 않고 부지런히 사냥을 나갔어. 겨울에는 땅이 얼어 약초를 캘 수 없었기 때문이야. 주로 잡아 오는 것은 고라니나 토끼, 꿩 같은 야생동물이었어. 아버지는 겨울철에 부지런히 야생동물을 잡아두었다가 봄이 되면 읍내로 나가 식량과 바꾸곤 했어. 운이 좋은 날은 멧돼지나 곰을 잡기도 했는데, 사냥에서 돌아오면 아버지는 우물가에 앉아 잡아 온 짐승을 정성스럽게 손질했어. 살아 있는 짐승은 그 자리에서 손을 보고 꽁꽁 언 짐승은 방안에 들여 녹였다가 다듬었지.

값이 제일 많이 나가는 것은 짐승 가죽이었어. 아버지는 예리한 칼을 이용해 마치 조각을 하듯 짐승 사체 이곳저곳에 칼집을 넣었어. 나는 마루에 걸터앉아 강냉이를 우물거리며 아버지가 칼질하는 소리를 듣곤 했지. 몇 분 지나지 않아 두꺼운 옷을 벗어던지듯 짐승들은 가죽을 내놓았어. 아버지는 여간해서 칼에 피를 묻히지 않았어. 손놀림이 빨랐기 때문이야. 베인 혈관이 미처 차가운 날을 느끼기도 전에 아버지는 훌훌 가죽을 걷어냈지. 벗겨진 가죽은 어머니 손을 거쳐 천장에 매달렸고, 간이나 쓸개, 눈알 같은 것은 따로 분리하여 건치에 말리곤 했어. 남은 고기는 이웃집과 나누거나 곡물과 바꾸고, 그래도 남은 찌꺼기는 집에서 기르는 닭과 개의 먹이로 던져주었지.

"청진에도 봄이 올까? 지금 그곳은 꽁꽁 얼어 있겠지."

항공대의 전투기 한 대가 굉음을 울리며 지나가는 게 보여. 급히 전선으로 파견되기라도 한 걸까. 마치 금을 그어 두 조각으로 하늘을 나누어버리는 것 같아. 전투기가 남긴 매연 뒤로 창백한 낮달이 숨을 죽이고 있었지.

전쟁은 끝났다. 너는 곧 고향으로 돌아가게 될 것이다. 어젯밤, 사령관이 관사로 찾아온 부관과 이야기하는 소리를 들었어. 계급을 알 수 없는 그 부관은 완전무장한 상태였고 잠시 이야기를 나누더니 군홧발 소리만 남긴 채 사라졌어. 사령관의 지시를 받으며 신경을 지키는 방어부대의 일원이었어. 적들이 국경을 넘고 본토에는 태양의 위력을 지닌 폭탄들이 떨어졌다고 해. 나처럼 관사에 머무는 여자들을 통해 들은 얘기야. 느릿느릿하던 사내들의 동작이 갑자기 빨라지고 고함이 늘고 발짝 소리가 커졌지. 짐승들 울음소리조차 평소보다 크게 들렸어. 그 모든 움직임이 하나의 결말로 내닫는 중이야.

"아앗, 아파, 때리지 마!"

관사 뒷마당에서 갑자기 찢어지는 듯한 여인의 외침이 들려. 50보쯤 떨어진 이웃 관사의 여자가 맨발로 이쪽으로 달려오고 있어. 그 뒤로, 일본도를 철렁이며 웃통을 벗어던진 사내가 여자를 쫓아오는 중이야. 나는 이 장면이 매우 비현실적이라고 생각해. 사령관의 눈에 띈다면 저 장군은 이유 불문하고 문책을 당하겠지. 하지만 그는 너무 당당해 보여. 술에 취한 채 그는 억센 손으로 여인의 머리채를 휘어잡았어. 여인이 내 발밑으로 달려와 살려달라고 애원하기 시작해. 전에 두어 번 본 적이 있는 여자야.

"더러운 갈보년이 감히 어디라고 거부를 해. 네년이 가면 어딜 갈 것 같아? 만주를 벗어날 것 같아? 죽지 않으면 여길 벗어날 수 없어."

남자가 일본도 뒷등으로 여자의 어깨를 내리쳤어. 여자가 비명을 지르며 허리를 구부리는데도 근무를 서는 병사들은 재미난 구경이라도 생긴 듯 히죽거렸지. 누구도 뛰어와 사내를 말리지 않았어. 남자가 여자의 머리채를 잡아 질질 끌고 가는 것을 보며 나는 안마당으로 돌아왔어. 모두 미쳐 돌아가고 있는 게 분명해. 곳곳에 진을 친 두려움을 연막 삼아 이미 죽은 자들이 사방으로 돌아다니는 것 같아.

관사는 2층으로 지은 방 세 칸짜리 단출한 집이야. 쉰쯤 된 여자가 집안일을 돌보는데 좀처럼 말이 없는 여자야. 사령관이 오바상(おばさん, 이모)이라고 부르는 그녀는 매일 관사 안팎을 닦고 쓰는 일로 소일해. 사령관이 아무렇게나 벗어놓은 빨래를 하는 것도 그녀야. 안마당에 하얗게 널린 이불과 옷가지를 볼 때마다 사령관은 만족한 웃음을 지으며 그녀에게 먹을 걸 선물하곤 했지. 고향이 구마모토 어디라고 했던가. 내게 보내는 눈빛만큼은 얼음처럼 차가워서 살갑게 대화를 나눈 적은 없어.

그런데 여자가 욕실에서 울고 있어. 울음은 가랑비가 내리듯 조용히 복도를 따라 떠다니는 중이야. 나는 뒤꿈치를 들고 조용조용 복도 끝으로 가보았어. 욕실 문은 열려 있었어. 뿌연 수증기 사이로 그녀의 마른 몸이 보이는데 여자는 목욕통에 앉아 맥없이 천장을 보고 있어. 내가 오는 것도 아랑곳 않고 어깨를 들썩이며 조용히 울기만 해. 그녀가 왜 우는지 나는 알지 못해. 친척 중의 누군가가 며칠 전의 폭격에 죽기라도 한 걸까? 나는 옆에 쪼그리고 앉았어.

"아무 일도 일어나지 않을 거예요. 오바상."

오바상이란 말에 그녀가 울음을 그쳤어.

"미안해요. 이런 모습을 보여서."

여자가 애써 웃는 얼굴을 하고 대답해.

"그런데 왜 낮에 목욕을 하죠?"

지금껏 여자가 씻는 것을 본 적이 없거든. 아니, 그녀는 자신이 씻고 있음을 누구에게도 들키지 않을 정도로 조용조용한 여자였어.

"언제 죽을지 모르잖아요. 우리 마을에선 병이 생기면 목욕을 깨끗이 하고 조상님을 기다리는 풍습이 있어요. 어젯밤 무서운 꿈을 꾼 걸요."

나는 여자의 어깨를 가만히 쓰다듬었어.

"여긴 괜찮아요. 여긴 절대로 괜찮아요."

"그럴까요? 당신은 조선 여자지만 난 일본인이에요."

나는 여자를 일으켜 세운 뒤 수건으로 몸을 감싸주었어.

"남자들은 조선 여자 일본 여자를 가리지 않아요, 오바상. 일어나서 전처럼 마루를 닦고 빨래를 해요. 봐요, 여긴 안전해요. 아무런 일도 일어나지 않아요."

"미안해요. 미안해요."

옷을 입은 여자가 마루를 삐걱이며 자기 방으로 돌아가.

그 마루 끝에, 오빠의 그림자가 출렁이며 일어났지. 마치 껍데기만 남은 가을 뱀처럼 스멀거리며. 움켜쥐면 연기처럼 사라져버릴 그림자로.

"모두들 날 비난하더군. 적이 국경을 넘어오는데 자리를 비운다고? 빌어먹을 놈들, 내가 그럼 뭘 해야 하지? 진지에 앉아 얌전히 기다리기라도 해야 해?"

낮술을 마신 건지 사령관은 젖은 쌀가마니처럼 취해 있어.

그는 사령부를 비운 채 관동주 의용봉공대본부 결성식에 참석하기 위해 두 시간 거리인 심양엘 다녀왔다고 해. 가는 길에 적색분자를 만나 부관이 죽었다고 했던가. 그 일을 두고 참모들 사이에서 말이 많았던 모양이야.

"적들은 아직 너무 멀리 있어. 뚫리는 전선만큼이나 승전보도 심심찮고. 연성 전투에선 3천의 아군이 적의 기계화사단을 궤멸시켰어. 다들 최선을 다하고 있지. 피난을 떠나는 자도 없고 기차역도 평소보다 조금 붐볐을 뿐이야. 농민들은 땅을 두고 떠나지 않거든. 힘겹게 이곳으로 넘어와 터전을 닦은 외지인들도 마찬가지지. 하하, 어쩌면 그들은 전쟁을 반기고 있는지도 몰라. 누군가는 붉은 소비에트기를 꺼내 닦고 있을지도 모르지. 이제 모든 풍경을 마무리할 때가 됐군. 안 그래?"

중얼대는 사령관의 군화를 벗기고 침대에 눕혔어. 군화 속에서 썩은 감자 냄새가 올라와 나는 코를 막았지. 대야에 물을 받아와 양말을 벗기고 발을 씻겼어. 깎을 때가 지난 발톱이 내 손을 할퀴었어. 새끼발가락 발톱이 기형적으로 살을 파고들고 있어. 물기를 수건으로 제거하는데 그가 상체를 일으키며 허리에 찬 권총을 풀어 던졌어. 천장에 매달려 있던 오빠의 망령이 눈을 번쩍 떴지. 뭐해, 어서 권총을 빼 놈을 쏴. 나는 손때 묻은 감색 손잡이를 노려보았어. 저 권총은 단 한 번이라도 사람을 죽여본 적이 있을까? 만약 그런 적이 없다면 오늘 그 임무를 수행하게 될지도 몰라. 제가 차고 다니던 권총에 죽어간다는 건 어떤 느낌일까?

"배가, 배가 고프다. 해물이 들어간 국수를 끓여 오라고 해."

국수가 먹고 싶다고? 이 절체절명의 순간에?

나는 복도 밖, 아직 가지 않고 대기하던 당번병에게 간식을 부탁하고 문을 닫았어. 새로 바뀐 당번병은 무뚝뚝한 표정으로 알았다며 고개를 끄덕였어. 그런데 왜 하필 국수지? 사령관은 지금껏 단 한 번도 국수를 주문한 적이 없잖아. 국수라면 첸이 가장 잘하는 요리야. 제국의 운명을 홀로 짊어진 채 괴로워하는 저 사내에게 어쩌면 가장 훌륭한 한 끼가 배달되겠군. 마지막 허기를 달래고 죽을 수 있다는 것은 큰 축복이니까. 주방에 엎드린 첸은 이 희극을 예감하고 있을까?

잠이 들었는지 규칙적으로 숨 쉬는 소리가 들려. 나는 권총과 잠든 그를 번갈아 내려다보았어. 숱한 암살의 위협을 견뎌온 사내야. 그럼에도 끝까지 첸의 요리를 믿고 먹었어. 이제 그 부조리한 연극을 끝낼 때가 되었고. 저 작은 총구 속에 모든 답이 숨어 있을까? 쇠는 단순하게 결말에 가닿을 거야. 총알이 장전돼 있다면 그가 죽을 것이고 장전되지 않았다면 내가 죽어. 설령 격발이 안 돼도 운이 좋으면 사령관이 눈치채지 못할 수도 있겠지. 하지만 내가 살 방법 따위는 고려하지 않기로 하자.

나는 은회색 권총으로 손을 가져갔어. 천장의 오빠가 채근하는 소리가 들려. 어서 방아쇠를 당겨! 오빠를 외면한 채 나는 오토조의 감긴 눈두덩을 주시해. 국수가 오기까지 30분쯤 시간이 남아 있어 지금 첸은 열심히 반죽을 하고 있겠지. 어쩌면 제 어미처럼 닭뼈가 끓는 육수에 면을 넣고 있을지도 몰라. 국수를 먹이고 다시 잠들기를 기다리는 건 어떨까. 죽기 전 마지막 식사를 방해하고 싶지 않았거든. 저 남자가 지금껏 두말없이 첸의 요리를 먹고 그의 생명을 연장해주었기 때문이야.

막이 걷히고 무대에 등이 켜져. 지금 이 순간, 조명이 비치는 장교식당 도마 앞에 혀 잘린 요리사 하나가 최선을 다해 면을 밀고 있어. 어쩌면 오늘 밤, 오토조는 세상에서 가장 맛있는 광둥식 국수 요리를 먹게 될지도 몰라. 첸은 국수 면발이 거칠수록 국수 맛이 훌륭하다고 말했어. 반죽을 마친 첸은 칼등으로 국수를 거칠고 굵게 썰었어. 재료가 준비돼 있다면 닭뼈 육수에 말린 표고와 말린 호박을 얹었을 거야. 표고와 호박은 충분히 부드러워질 때까지 물에 불려놓은 것이어야 해. 첸은 면발이 쫄깃하게 삶아지는 시간을 정확히 알고 있지. 혀를 잃게 된 것은 불행한 일이지만 그 일은 첸의 요리에 어떤 악영향도 끼치지 못했을 거야.

오토조는 첸의 요리에, 첸의 간에 길들여져 있어. 오바상이 요리를 아주 못하지 않는데도 그는 첸이 주방에 온 뒤부터 첸이 만들어주는 간식을 선호해왔거든. 첸의 요리를 씹으며 요리를 품평했고 내게 맛보게 해주었어. 그리고 종종 기억 속 제 어머니의 요리와 비교하길 즐겨어. 첸의 요리에 반했다기보다는, 성질이 다른 첸의 중국요리를 통해 제 어머니의 맛을 끄집어내려 애쓰는 것 같았어. 하지만 요리에 대한 한 사내의 고단한 노력도 오늘이 마지막이야. 따스한 국물 몇 모금을 들이켜고 났을 때 사내의 적(敵)은 대가를 치러야 하지. 요리사의 혀를 앗아간 죄를, 주방에 개처럼 묶어두고 그를 살려둔 죄를.

—무얼 기다리지?

오빠의 망령이 답답하다는 듯 가슴을 두드려.

—국수, 이 사내에게 국수를 먹이고 싶어.

—그새 놈에게 정이라도 든 거야? 놈이 첸에게 어떤 짓을 했는지 정말 몰라? 어서 일어나, 자비 따위를 베풀 시간이 없다.

—지금까지 첸의 목숨을 연장해준 것도 그야.

국수 한 그릇을 먹을 시간만은 주고 싶어. 어차피 죽게 될 테니까. 앙숙처럼 상대를 겨누던 칼과 매일 끓여 바치던 요리는 뜨거운 국수 한 그릇으로 화해하게 되겠지. 나는 그 마지막 순간을 저들에게서 빼앗고 싶지 않아.

─아냐. 놈은 겁쟁이일 뿐이야. 다가오는 적들 앞에서 엉뚱한 쪽으로 생각을 돌리고 싶었겠지. 지금 요리 따위가 다 무어란 말이야? 지금은 아무것도 아니야. 먹고 마시는 건 아무것도 아니야. 적이나 우리나 마찬가지. 바로 옆에서 죽어가는 자들의 비명을 들은 자들이라면, 제 동료의 갈비뼈를 타고 흐르는 붉은 피를 한 번이라도 본 자들이라면 누구도 감히 먹는 것 따위로 한심한 수작을 부리진 못해.

─제발, 내 앞에서 사라져.

─당장 권총을 집어. 더는 시간이 없어.

오빠의 망령이 삿대질을 시작해.

머리맡으로 기어가 총집에서 권총을 빼냈어. 내 몸의 가장 누추한 안쪽에서 후드득 바람이 몰아치는 것 같아. 나뭇가지가 꺾이고 동맥의 움직임이 멈춘 듯. 총을 바닥에 떨어뜨리고 떨리는 손으로 총을 다시 집었어. 절구 방망이를 든 것처럼 무거운 총신. 이렇게 무거운 총으로 사내들은 서로를 겨누고 서로의 목숨을 빼앗나? 어둠 속에 웅크린 오빠가 다시 속삭이기 시작해. 침착해! 먼저 안전손잡이를 풀어. 그렇지. 엄지손가락을 이용해 앞쪽으로 미는 거야. 그래, 그다음 놈의 눈을 봐. 두려워하지 마. 놈의 머리통을, 아니 심장을 겨눠. 방아쇠를 당기기만 하면 돼. 놈을 죽인 전공을 소비에트 놈들 따위에게 빼앗길 순 없어. 어서, 우리 손으로, 조선의 이름으로 놈을 죽여.

철컥, 방아쇠를 당기지만 기대했던 총소리는 나지 않아. 두 번, 세 번, 오빠의 안색이 멍이 든 것처럼 변해가. 제기랄, 탄창이 비었군. 총을 총집에 꽂아, 어서. 주방으로 가. 가서 칼을 가져다가 놈의 심장을 찔러. 마지막 기회야. 나는 총집에 총을 도로 꽂고 일어났어. 마치 최면에 걸린 것처럼. 오빠라는 최면, 아니 오빠라는 몽유병이 나를 덮친 것 같았어. 청진을 떠난 뒤부터 나는 계속해서 꿈속인 모양이야. 오늘 밤이 지나면 꿈 밖으로 나갈 수 있을까. 마루가 쿵쿵 울려 걸음을 제대로 옮길 수가 없어.

주방문을 열고 들어서다가 깜짝 놀라 주저앉았어. 희미한 어둠 속에서 누군가 이를 번뜩이고 있었어. 일본 여자야. 잠도 안자고 주방에서 혼자 무엇을 하고 있지? 오히려 나보다 더 놀란 듯 그녀는 어둠 속에서 바들바들 떨고 있어. 나는 불을 켜고 천천히 그녀에게 다가갔어. 여자는 지금 찬장 밑에 쪼그리고 앉아 그릇을 두 손으로 감싼 채 눈을 커다랗게 뜨고 나를 쳐다보고 있어. 입가에 밥풀을 잔뜩 묻히고.

"왜 그래요, 오바상?"

그녀가 밥그릇을 뒤로 숨겼어.

"나가줘, 나가줘."

그녀가 거의 울먹이며 중얼거려. 나는 칼을 찾는 것도 잊고 부엌을 나왔어. 안에서 그녀가 출입문을 걸어 잠그는 소리가 들려.

가서 놈의 목을 졸라. 오빠의 망령이 복도 끝에서 지시해. 내게 그런 힘이 남아 있을까? 상대는 90킬로그램에 육박하는 거구잖아. 베개를 들고 오토조의 곁으로 다가가 누웠어. 한 생명의 삶과 죽음이 내 옆에 있어. 어서 당번병이 나타나기를. 그가 쟁반에 받쳐 들고 온 따스한 국물을 들이켜고 싶어. 첸의 국수는 베베의 국수 국물이기도 하니까. 고운 육수에 만 면발의 부드러움을 다시 맛볼 수 있다면.

발짝 소리가 들리고 당번병이 복도를 걸어와.

"국수가 왔군!"

놀라운 일이야. 자고 있던 오토조가 벌떡 몸을 일으켰어.

"술을 너무 많이 마셔서 속이 뒤집어졌어."

문이 열리고 구수한 국물 냄새가 방에 퍼지기 시작해. 새로 임명된 당번병은 시게오보다 키가 작고 턱이 둥글둥글한, 앳된 청년이야. 그가 제국대학에서 중국어를 전공했다는 얘길 어제저녁 사령관에게 얼핏 들은 기억이 나.

"국수, 가져왔습니다."

그가 절도 있게 말한 뒤 쟁반을 내게 건넸어.

"그릇은 내일 가지러 와."

오토조가 인심 쓰듯 내뱉고 청년은 이내 등을 보였어.

"광둥식 국수는 예상대로 기름지군."

오토조는 국물을 긴 호흡으로 들이켠 뒤 사발을 내게 건넸어.

"면발을 먹어봐. 난 국물이 조금 먹고 싶었을 뿐이야. 음식을 남기는 건 정성껏 국수를 만든 요리사에게 예의가 아니지."

그가 시키는 대로 나는 면을 후루룩 남김없이 먹어치웠어. 국물이 기름진 건 고추기름을 넉넉히 썼기 때문이야. 고추기름이 닭의 기름기를 잡아 담백하게 해주지.

"맛이 어때?"

"면발이 투박해요."

"그것보단 면발이 불어서 맛이 덜한 게 문제다. 시게오 같으면 음식이 조금 덜 익은 상태에서 요리사를 재촉해 이리로 달려왔을 거야. 오면서 면발이 퍼질 걸 예상하고서. 새로 온 신참은 시게오에 비하면 애송이지."

나는 시게오가 어디로 갔는지 묻지 않았어.

국수 한 그릇이 깨끗이 비워지고, 오토조는 바지를 벗고 이불 위에 뻗었어. 나는 그가 무엇을 요구하는지, 그 동작의 의미를 알고 있어. 지켜보는 오빠의 눈초리가 느껴지자 몸이 떨리기 시작해. 무엇으로 이 사내의 숨을 끊을 수 있을까. 사내를 입안 가득 품으며 나는 눈을 감았어.

"놈은 착각하고 있다!"

오토조가 천장을 보며 중얼거렸어.

"내가 매일 밤 제 솜씨에 감동하여 요리를 먹어주는 줄."

"……!"

착각하고 있다고? 나는 사내의 목덜미를 향해 기어오르기 시작해. 저 목덜미 위에, 자신을 위해 매일 밤 정성껏 요리를 바친 요리사를 비방하는 나쁜 혀가 있어. 그럴 수 있다면 저 혀를 멈추게 하고 싶어. 저 사내의 텅 빈 내부 속으로. 매일 밤 어떤 요리로도 채워지지 않는 허기의 구멍 속으로, 저 사내의 혀를 저 사내의 성기를 머리통을 몸통을 욱여넣고 싶어. 다시는 세상 밖으로 나올 수 없도록 세상에서 가장 단단한 자물쇠를 채우고 목구멍 속에서 살려달라고 버둥거리는 저 남자의 목소리를 듣고 싶어. 다시는 어떤 맛도 느끼지 못하도록, 어떤 요리에 대해서도 품평하지 못하도록. 다시는 자신의 혀 따위는 믿지 않도록, 맛 속으로 숨지 않도록.

"어머니, 어머니가 해주던 분고규가 먹고 싶다."

나의 혀로 그의 혀를 간절히 누르며 조금씩 전진해.

혀와 혀가 얽히고 침과 침이 교환되고 침묵이 고일 때, 두 다리를 벌리고 사내의 배 위에 올라앉아 사내의 성기를 몸 안으로 삼켰어. 사내의 뇌가 어떤 말도 상상하지 못하도록, 오로지 내 육체에 도취되도록, 상체를 사내의 가슴에 바싹 붙이고 입술을 핥고 혀를 빨아들이며 사내의 목구멍을 향해 기어갔지. 사내의 공허 속으로 내 공허를 밀어넣었어. 사내의 목구멍 속에 잠시 앉아 숨을 고르고 싶었어. 나는 나의 말랑말랑하고 보드라운 혀를 움직여, 사내의 맛을 눌렀어. 혀가 총을 대신할 순간이야.

"악!"

사내의 비명이 방안을 뒤흔들었어.

공포에 질린 비명이 수만 개의 손가락이 되어 허공을 헤집으며 자신의 목구멍으로 돌진하기 시작해. 그럴수록 나는 촉촉한 혀에 집착해. 혀를 내 목구멍 속으로 깊이 빨아들인 뒤 날카로운 앞니로 힘껏 누르며 사내의 혀가 쉽게 도망가지 못하도록, 사내가 공허한 말들을 더 뱉어내지 못하도록 안간힘을 쓰며 붙잡았어. 누구의 것인지도 모를 뜨거운 피가 두 남녀의 맞물린 입안으로 뿜어져 나왔지. 역한 피의 냄새, 이것이 오빠가 갈망하던 누추한 죽음의 냄새일까. 언젠가 숙영이의 죽음 앞에서 맛본 적이 있는 저승의 냄새일까. 사내의 잘린 혀가 내 목구멍을 막아섰어.

"이, 이, 년! 내, 내 내, 혀."

사내가 찍어 누르듯이 내 몸을 타고 올라앉았어. 으드득, 갈비뼈 부러지는 소리가 들려와. 크고 투박한 손이 사정없이 내 턱을 내리치고, 눈알이 한쪽으로 쏠려 사방을 분간할 수 없는데 피가, 사내의 피가 울컥울컥 넘어와 내 목덜미를 적셨어. 주, 죽이겠다. 아아아, 죽이겠다. 반드시 네년을 찢어놓겠다. 사내의 집게손가락이 내 입안을 후비고 들어와 제 혀를 찾았어. 나는 어금니를 꽉 깨물었어. 사내의 손가락이 턱에 연이어 닿을 때 말랑말랑한 혀가, 사내의 일부였을 그 살덩이가 말캉, 입술 밖으로 토해졌어. 제 혀를 받아든 사내가 울부짖으며 주저앉는 사이 나는 문을 열어젖히고 복도 밖으로 뛰쳐나왔지.

19

"너는 내일 저녁 총살될 것이다."

새로 바뀐 당번병이 죽을 핥아먹는 내 등에 대고 말한다.

"너무 원망하지 말라는 사령관님의 전언이다. 적들이 이곳에 닥치기 전에, 관내에 머무는 모든 황색분자들을 남김없이 처형하라는 명령이 본국으로부터 내려왔다."

그가 떠드는 와중에도 나는 꾸역꾸역 토막 난 혀로 잔반을 핥는다. 동지들의 군대가 가까이 왔군. 다만 그렇게 짐작할 뿐이다. 결국 해방군의 승리다. 이 기쁨의 순간, 내가 밥을 먹지 못할 이유가 없다. 지금 이 부엌 안의 승자는 너희들이 아닌 나다. 불과 며칠 후, 어쩌면 바로 내일이라도 해방군이 닥치면 너희들은 모두 한 줄로 꿰여 진흙 속에 처박히게 될 것이다. 내일 아침, 뜨거운 된장국 한

종지가 마지막 식사였음을 애틋하게 기억하게 될지도 모른다. 그게 제국의 운명이다.

녀석이 계속 떠들어댄다.

"사령관께선 마지막으로 너의 요리를 들고 싶어 하신다. 오늘 밤 11시에 나는 그것을 가지러 올 것이다. 어떤 요리를 만들든 너의 자유다. 단, 아무리 좋은 요리를 올려도 내일 아침 죽음을 피해갈 수는 없다. 그래도 자신이 있느냐?"

마지막 요리를 해서 바치라고? 이건 또 무슨 해괴한 수작인가. 목숨을 빼앗기 전날까지도 요리를 청하다니. 곧 죽게 될 요리사에게 베푸는 마지막 예의인가. 죽기 전날까지 한 그릇의 요리를 올리고 나서 그동안 애용해주셔서 감사합니다, 하고 큰절이라도 해주길 바라고 있는 걸까. 좀처럼 속내를 모르겠다. 혀의 일부를 앗아간 뒤부터 그는 하루도 빠지지 않고 내가 만든 음식을 먹어왔다. 아니, 그랬다고 믿고 있다. 나는 그의 혀를 내 방식대로 길들여왔다. 그런데도 놈은 여전히 목말라하고 있다! 나는 밥그릇을 턱으로 밀어 행동반경 밖으로 옮긴 뒤 자세를 고쳐 앉는다.

"나는 요리하겠다. 내 솜씨를 기다리는 손님을 위해. 나는 내일 주, 죽어도 화덕에 불을 피운다. 기름, 을 두른다. 나의 웍에. 나, 나는 요리사다."

"좋아, 자세가 됐군. 사령관님께 그렇게 전하지."

녀석이 딱하다는 듯 말을 잇는다.

"참, 한 가지 정보를 줄까? 안타까운 일이지만 어젯밤 사령관님께서 혀를 다치셔서 딱딱한 음식은 안 만드는 게 좋아."

"혀, 혀를 다쳐?"

"너는 알 필요 없는 일이다."

나는 돌아서려는 그를 불러 세운다.

"저, 적, 북쪽의 적은 어찌 됩니까?"

나는 이미 주방에 도는 소문을 통해 전황을 알고 있다. 소비에트 동지들은 3일이면 닿을 수 있는 거리까지 가까이 다가와 있다. 지난 일주일 사이 관동군은 허수아비처럼 벌판 곳곳으로 흩어졌다. 전투다운 전투가 일어난 곳은 몇 곳 되지 않았다. 소비에트가 자랑하는 제6근위전차군의 최신예 T-34 전차들은 몽골의 넓은 초원지대를 무인지경으로 내달려 만주국 국경 곳곳을 유린했다. 소총으로 무장한 관동군들은 힘 한번 쓰지 못하고 뒷걸음질만 쳤다. 하룻밤에도 수천 명씩 무기를 버리고 달아나는 자들이 생겨났다. 제국은 이미 무너졌고 적들은 소멸 중이다.

당번병이 문을 열다 말고 비웃는다.

"내일 죽을 놈이 전황은 알아서 무엇하게?"

저녁 10시 30분, 나는 다시 웍을 들고 화덕 앞에 선다.

혀를 다쳐 어쩌면 미각의 일부를 잃어버렸을지도 모를 주인을 위해 마지막 요리를 준비한다. 오늘의 요리는 쉐창이다. 피를 응고

해 혀처럼 부드럽게 만드는 전통 만주식 쉐창은 아니다. 쉐창이 들어간 경탕을 끓일 생각이다. 이미 주방에도 소문은 파다하게 퍼졌다. 한 조선인 처녀가 사령관을 죽이려다가 실패했다는 이야기가. 사령관의 혀를 깨문 뒤 귀신처럼 종적을 감추었다고 했던가. 부디 그녀가 살아 있기를. 나의 요리는 그녀의 용기에 대한 애도다. 나의 사랑스러운 주인이 부디 알아주었으면 좋겠다. 쉐창이, 잘려나간 당신의 말랑한 혀에 대한 나의 은유임을. 매일 밤 천수각 식당을 애용하는 나의 손님이여. 어서 피 맛을 보라. 언젠가 내가 당신에게 써준 '향식(餉食)'이란 말의 의미를 오늘 밤 당신은 진정으로 되새겨야 한다.

모두들 적이 닿기만을 바라고 있다. 체계도 군기도 무너졌다. 소문은 감춰지지 않고 다가오는 적만큼이나 빨리 퍼진다. 모두들 사령관이 미친 거라고 수군거렸다. 입을 막는 자도 없었다. 황제 푸이가 수심 가득한 얼굴로 찾아왔지만 두 번이나 그를 돌려보냈다고 한다. 푸이는 수도를 남쪽으로 옮기는 동안 관동군의 호위를 받고 싶어한다. 그러나 사령관은 내각을 옮기는 일에 전혀 관심을 보이지 않고 있다. 행정부가 무너지자 장교들 중에는 벌써 짐을 싸 사무실을 떠난 자들까지 생겨났다.

나는 다시 도마 앞에 섰다. 장교식당 화덕에 보급되는 갈탄은 최상품이어서 화력이 강하다. 발로 바람을 조절하는 풍구를 적당히 밟아주면서 웍을 흔들어대면 주방은 어느새 음식 냄새로 코끝이

따가워진다. 이 풍경도 마지막인가. 동지들은 모레, 어쩌면 새벽 느닷없이 신경에 닿을 것이다. 그들은 남호를 둘러싼 안개처럼 신경을 포위해올 것이다. 제국주의자들이 도망칠 곳이 어디란 말인가? 남호가 그들의 마지막 무덤이 될 수도 있다. 나는 죽어가는 적들을 위해 기꺼이 한바탕 굿을 펼칠 것이다. 거듭 말하지만, 그들이 나를 아직 살려둔 것은 실수다. 그러니 부디 나의 마지막 요리를 기꺼이 먹어주기를. 접시 가득한 피를 남김없이 삼키고 품평해주기를.

달궈진 웍 안에서 보글보글 국물이 끓기 시작한다.

나는 조선 된장을 풀어 시래기 몇 점을 넣고 다시 끓인다. 언젠가 조선인 처녀가 베베의 생일날, 조선식 피 요리를 해준 적이 있다. 그녀는 시장에서 갓 잡은 돼지의 선지를 바가지에 담아 와 굳혀놓았다가 조선 된장을 풀고 시래기와 함께 볶다가 끓였다. 그 속에 마늘을 비롯한 양념을 치고 붉은 피를 조금씩 넣어가며 저었다. 선지는 국물 속에서도 퍼지지 않고 묵처럼 뭉쳤다. 요리가 끝난 선지는 믿을 수 없을 정도로 부드럽고 고소했다. 그것이 피라는 걸 결코 눈치챌 수 없는 맛이었다. 그날 베베는 조선 여인이 해준 선짓국을 남김없이 비웠다.

말린 배춧잎이 넓게 퍼지며 푹 익어갈 무렵 나는 작은 밥그릇 위로 내 왼쪽 팔목을 늘어뜨린다. 나의 오른손엔 주방에서 제일 묵직한 칸다오가 들려 있다. 모든 요리는 시간과 불과의 싸움이다. 1초도 지체할 수 없는 순간, 나는 칼날로 가볍게 손목의 핏줄 하나를 툭 건드린다. 살이 베이고 붉은 피가 흘러내린다. 그릇에 검붉은 피가 반쯤 고이자 나는 그것이 굳기를 조금 기다렸다가 불을 줄인 웍속에 넣는다. 피는 잘 응고되지 않는다. 국의 색깔이 붉은색을 띠어간다. 웍 속에서 된장 냄새를 풍기며 시래기가 끓고 있다. 선지들이 국물 속으로 사라지고, 나는 매운 고춧가루를 듬뿍 넣고 소금과 마늘로 간을 맞춘다. 나는 달리 간을 보지 않는다. 오늘만큼은 내 요리를 미리 맛보고 싶지 않다.

11시, 문을 열고 들어온 당번병에게 눈인사를 건넨다. 녀석의 눈길이 천으로 감싼 내 손목에 머물렀지만 귀찮다는 듯 관심을 거둔다. 뜨거운 국물 요리를 보자 녀석은 무엇인지 묻지도 않은 채 그것을 쟁반에 받쳐 사라진다. 나는 당번병 녀석이 내 요리에 대하여 물어주기를 고대했다. 주방 가득 풍기는 역겨우면서도 고소한 피의 냄새를 맡아주기를 바랐다. 그가 호기심 가득 요리의 이름을 물었다면 자랑스럽게, 그의 눈을 똑바로 바라보며 마음껏 비웃었을 것이다.

'나리, 이것은 피로 만든 요리입니다. 향은 역하지만 고소하고 부드러운 맛이 이내 목 안을 감싸게 되지요. 잘린 상처에 어떤 무리도 가지 않을뿐더러, 혀가 아닌 목구멍 깊숙한 곳에서 느껴지는 그런 맛을 지니고 있습죠. 아마도 사령관님은 이 요리를 한 번쯤 맛보길 고대하셨을 겁니다. 굳이 이 요리의 이름을 묻는다면⋯⋯.'

정문 방향에서 자정을 알리는 나팔소리가 울린다.

내가 부러워하는 것 중의 하나가 일본인들의 저 나팔소리다. 이곳 주방에 유기된 이래 나팔소리는 단 한 번도 시각을 거르지 않았다. 주방에 걸린 시계의 초침과 분침이 정확히 일치하는 시간, 여지없이 나팔소리가 느슨해진 인간들의 귓바퀴를 흠뻑 두드려댄다. 저들과 달리 중국인들은 시간에 관대하다. 요리는 시간과의 싸움이기도 하지만, 그것은 요리 자체의 시간에 한정된다. 일본군들은 모든 하루의 시간 속에서 유기적으로 밥을 짓고 국을 끓인다. 요시이 하사관이 장교식당 주방의 상징적인 존재가 될 수 있었던 것도 규칙에 충실했기 때문이다.

이제 온전히 마지막 굿판을 벌일 시간이다. 어차피 나는 내일 총살될 것이다. 적들은 거짓말을 하지 않는다. 그들의 유일한 장점이라면 장점이다. 순순히 끌려가 총탄을 받아들일 순 없다. 내 운명은 내가 결정한다. 도마가 있는 한 나는 저항할 것이다. 그러고 보니 지금껏 나 자신을 위해 단 한 번도 요리하지 않았다는 생각이 든다. 이제 나를 위해 요리를 해야겠다. 사슬에 발목이 묶인 내 꼬라지를 한 번이라도 객관적으로 보고 싶다. 몇 달을 개처럼 적의 혀를 위해 봉사해온 몸이다. 이제 그 치욕을 조금이라도 씻어보고 싶다. 그런데 정말 궁금하다. 요리를 맛본 내 손님의 표정은 어떠했을지. 피요리를 향해 그가 마지막으로 내뱉었을 감탄사가 궁금해진다.

사슬이 바닥에 끌리며 맑은 소리를 낸다. 매번 내가 살아 있음을 확인시켜주는 소리다. 도마를 끌어다가 솔로 신중하고도 깨끗이 닦는다. 도마의 결을 손가락으로 보듬는다. 칼날에 쪼개지며 조금씩 낮아졌지만 도마는 아직 건재하다. 어린 아버지가 발을 딛고 섰던 그 도마다. 말을 익힌 뒤 도마에 올라가 "정말 쓰기 좋은 칼이군" 하고 소리쳤다는 그 도마다. 아버지라면 수많은 칼날을 이겨낸 상처를 훈장처럼 바람에 훑다가 점점 낮아져 바닥에 닿을 순간까지 재료를 다듬는 데 도마를 사용하지 않았을까.

솔질을 끝낸 뒤 나는 도마를 끌어안는다. 어떤 살아 있는 것들도 더는 너의 몸 위에서 생명이 동강나고 뼈가 으스러지는 일 따위는 없게 되겠지. 이제 나는 너를, 나의 도마를 쉬게 해주고 싶다. 어쩌면 도마는 아버지와 함께 사라져버렸어야 옳다. 내가 그것의 운명을 연장하는 동안, 그것은 오로지 나를 위해 봉사해왔다. 적의 혀를 위해 봉사해온 도마는 나의 운명과 함께 완전하고 깨끗하게 사라져야 한다. 그것이 언젠가 닳아 없어질 것들의 운명이다.

풍구를 밟으며 화덕의 온도를 최대한 끌어올린다. 뜨거운 기운에 이마에서 땀이 흘러내린다. 이제 불은 스스로 연소할 준비를 끝마쳤다. 평생 요리에 희생되어온 나의 화덕이여. 오늘 밤은 마음껏 너를 일으켜보라. 나는 바싹 마른 나의 도마를 안아올려 화덕 위에 얹는다. 불이 솟구치며 도마를 집어삼킨다. 나는 비로소 나의 도마에 대하여 온전히 말할 수 있겠다는 생각을 한다. 요리사의 진짜 언어는 혀가 아니라 활활 타는 불꽃이다. 나는 혀의 일부를 잃었지만 불로 내 이야기를 마무리할 수 있음에 만족한다. 나의 도마 위에서, 제국주의자들과 겨룬 나의 이야기는 어느 요리도 대신할 수 없는 깊은 맛을, 쓰고 맵고 끈질긴 맛을 풍기게 될 것이다.

문이 열리고 누군가 뛰어들어온다.

"뭐하는 짓이냐?"

그가 나를 한쪽으로 밀치며 소화기를 가져와 불을 끈다. 거무죽죽한 죽음의 냄새가 코끝으로 달콤하게 밀려든다. 후각을 빼앗기지 않았다는 건 얼마나 축복인가.

"대체 뭘 하려는 거였지? 도마로 요리라도 하겠다고?"

불을 다 끈 요시이가 손바닥으로 내 뺨을 후려친다.

"정신 차려. 이 못생긴 중국인 자식."

나는 몸을 늘어뜨리며 바닥에 엎어진다. 나는 도마 위에 누운 한 마리 도미처럼 내 몸이 죄죄 발라지는 상상을 한다. 인간의 생을 제멋대로 관장하는 더 큰 신이 있다면 지금이 기회다. 당신의 식탁에 알맞게 마음껏 나를 요리해줬으면.

"나를, 나를 그대로 두라, 요, 요시이. 부탁한다."

비상 타종이 요란하게 울리고 밖에서 사병들이 달려오는 소리가 들린다. 연기가 밖으로 새어 나간 탓이겠지. 요시이가 멱살을 잡아 일으킨다.

"살아라, 멍청이 자식. 어떻게든 버텨라."

20

적들이 신경의 코밑까지 진격해왔다.

아니, 적이 신경의 코밑까지 진격해왔다고 한다.

예상했던 일이니 그다지 놀랄 것도 없다. 관동군은 허약하여 적을 물리칠 기세를 잃었다. 나는 이런 일을 예감하고 오래전부터 패전에 대비해왔다. 그 길이 나의 영토와 병사들을 지키는 길이라는 소신 때문이다. 역사는 나를 불운한 패장으로 기록할 것이다. 겁쟁이 장수로 기억할 수도 있다. 그러나 나는 당당하다. 나는 나의 비겁함이 불필요한 마찰을 줄여 수많은 생명들을 살릴 수 있게 되리란 걸 안다. 본토의 황제가 항복한 마당에 내가 할 수 있는 선택이 대체 무어겠는가?

도적들은 눈 덮인 벌판으로 곰처럼 우직하게 남진 중이다. 우수

리강*을 따라 구축된 애휘 요새, 후룬 요새, 동녕 요새가 차례로 격
파당했다. 총무청 장관 다케베 로쿠조는 소비에트의 침공 소식을
듣자 9일 새벽 간부회의를 주재한 뒤 어디론가 사라졌다. 황제와
친족들은 별다른 호위병도 없이 기차를 이용해 어젯밤 겨우 신경
을 빠져나갔다. 그들이 압록강변의 대요자라는 작은 산촌 마을에
도착했다는 소식을 들었으나 그 뒤 연락이 끊겼다. 이런 와중에도
우수리강 서안에 자리잡은 호두 요새만이 외롭게 독전 중이라는
전보가 답지한다. 통신이 끊어진 지역이 태반이어서 사실상 누가
어디서 어떻게 싸우는지 알 수가 없다.

　　아침 10시, 나는 관내 장교와 사병들을 모아놓고 어쩌면 마지막
이 될지도 모르는 연설을 한다. 모두 들으라. 적이 신경을 포위했
다. 자기 자리를 지키며 마지막 한 명까지 신경을 사수하라. 본토의
명령이 있어도 우리는 항복하지 않을 것이다. 그것이 군인의 본분
이다. 영광스럽게 죽는 자들은 역사에 이름을 남길 것이다. 너희 가
문을 더럽히지 마라. 최후까지 신경을 무덤으로 삼으라. 병사들의
동요를 막아라. 기차역을 폐쇄하고 민간인의 이동을 차단하라. 적
에게 동조하는 자들은 가차 없이 죄를 물으라. 그러나…… 더 들으
라, 모든 일에는 끝이 있다. 모두들 내 명령에 귀를 기울여야 한다.
내가 항복의 깃발을 올리기 전에는, 그전에는 마지막까지 저항해야

---

* 러시아와 중국의 경계를 이루며 흐르는 강. 중국 동북 지역(옛 만주) 동쪽에 있다.

한다. 나는 여전히 이곳 집무실을 지킬 것이로되…….

연설이 끝날 때쯤 나는 나의 말투가 며칠 전 라디오에서 흘러나오던 황제의 음성과 닮았음을 느낀다. 나는 거짓말을 하고 황제는 진실을 말한 것만 다르다. 연설이 끝나면 다들 뿔뿔이 흩어져 살길을 도모할 것이다. 사령부 내부의 분위기는 이미 오래전부터 뒤숭숭했다. 한때는 보잘것없었던 인력거꾼들이 대규모로 행진하고 있다는 헌병대의 보고를 받기도 했다. 그들이 향하고 있는 곳은 황궁이다. 그들은 푸이가 쓰던 호화로운 물건들에 관심을 보이고 있다. 50만의 시민들이 폭도가 되어 제국군인들을 막아서는 상상은, 생각만으로도 끔찍하다.

정문 건너 사거리에 사람들이 바퀴벌레처럼 모여 있다. 서랍에 넣어둔 망원경을 꺼내 눈을 들이댄다. 나의 눈은 믿을 수가 없다. 사람들이 손에 들고 있는 건 붉은 소비에트군의 깃발이다. 그 많던 헌병들은 죄다 어디로 사라졌는가? 누가 저 군중들에게 헛된 희망을 불어넣었는가? 누가 지금껏 저들을 억압해왔는가. 저들은 관동군 사령부 앞에서 우리를 조롱하고 있다. 당장 놈들을 쏘아버려야 하지만, 누구도 그럴 엄두를 못 내고 있다. 위병소에 있는 머저리들조차 멍청하게 서서 폭도들을 바라볼 뿐, 별다른 조치를 취하지 않는다. 나는 위병소를 호출한다.

"놈들을 쏘아!"

이름 모를 하급 장교가 떨리는 목소리로 대답한다.

"지금 저들을 쏘면 폭동이 일어날 수 있어서······."

"명령을 어길 텐가? 당장 헌병대를 호출해서 놈들을 쏘라고 해."

"핫, 알겠습니다."

장교가 경직된 목소리로 전화를 끊는다.

군중들의 무리가 점점 불어난다. 하나둘, 수십, 수백, 아니 천여 명도 넘을 것 같다. 아주 잠깐 사이에, 어디서 저 많은 사람들이 모두 광장으로 쏟아져 나왔는가. 마치 이 순간을 기다리고 있던 것처럼, 죽은 자의 영혼들이 골목에 도사리고 있다가 빛 속에 형체를 드러내기라도 한 것처럼, 순식간에 광장이 붉은 물결로 덮인다. 명령을 받은 서른 명가량의 헌병들이 착검을 한 채 정문으로 나가다가 머뭇거리며 상황을 지켜보는 것을 마지막으로 나는 망원경에서 눈을 뗀다.

저 사거리는 늘 비어 있었다. 늘 위축돼 있었다. 그것이 이 제국의 평화였다. 그러나 이제 사거리는 주인을 찾았다. 활기를 띤다. 대답해보라. 말을 타고 채찍으로 군중을 내리치던 순경들은 다 어디로 사라져버렸는가. 그러고 보니 헌병대장 나오키가 보이지 않는다. 그는 아침 일찍, 신경역의 군중 소요를 잠재우겠다며 2백 명의 헌병을 지휘하여 나간 뒤 아직 행방이 묘연하다. 어찌하여 2백 명의 헌병들 중 단 한 명도 본대로 귀대하지 않는 것일까? 신경역의 소요는 어찌 되었을까. 강철 같은 제국의 군인들이 기껏해야 천여 명도 안 되는 인력거꾼들에게 제압이라도 됐단 말인가? 나는 헌병대를 호출하려다가 그만둔다.

　어제, 신경을 떠나기 전 푸이가 나를 찾아왔다. 새벽 2시였다. 그의 행색은 초라했다. 입에는 버짐까지 피어 있었다. 검정 양복 위에 눌러쓴 벙거지 모자는 애써 자신이 이 나라의 황제임을 감추고 싶어하는 것 같았다. 상갓집에라도 가는 것처럼 짙은 어둠이 속눈썹 주변을 에워싸고 있었다. 그는 마지막까지 자신이 탄 열차를 호위해줄 것을 청했다. 나는 권총을 꺼내 당장에라도 놈을 쏘아버리고 싶은 충동을 겨우 눌러 참았다. 사령부를 호위하던 병력 스무 명을 차출하여 그를 통화까지 호위하게 한 것은 패망하는 왕국의 황제에 대한 마지막 예의였다. 내 마지막 성의를 마땅찮게 생각하며 그가 떠나기 전 물었다.

　"적들이 입성하면 어찌하실 생각입니까?"

　나는 침착한 척을 하며 담배를 태워 물었다.

　"나도 모르겠소. 분명한 건 항복 따윈 없다는 것이오."

　그는 자신이 정식으로 항복 선언을 해야 할 시기를 묻고 있었다.

　"통화가 함락되면 조선으로 건너갈까요?"

　"그래야겠지……."

　"조선이 함락되면……."

　나는 짜증을 숨기지 않고 대꾸했다.

　"식솔들을 데리고 부산으로 가 교토로 가는 배를 얻어 타시오."

　그가 손을 내밀어 악수를 청했다.

"그럼, 장군의 행운을 빌겠소."

푸이는 백여 명의 초라한 인력들을 거느린 채 역을 향해 떠났다. 거친 만주로 올라와 한바탕 풍자극을 펼치다가 다시 길을 떠나는 떠돌이 유랑극단 같은 차림새였다. 그들의 공연은 미완성이었지만 박수를 쳐주고 싶을 정도로 훌륭했다. 불행한 황제여, 제국의 수도에 안착하여 부디 평화 속에서 목숨을 부지하기를. 떠돌이 유랑극단의 뒤를 따라 탄창을 꽉꽉 채워넣은 병사들이 조용히 사령부를 빠져나가는 걸 착잡하게 지켜보며 나는 예를 갖추어 만주국 황제의 행운을 빌었다.

"자넨 고향이 어딘가?"

새로운 당번병이 목에 힘을 주어 대답한다.

"도쿄입니다."

"도회 출신이군. 사격 솜씨는 어떤가?"

"훈련소에서 특등사수에 선발된 적이 있습니다."

시게오를 대신해 이 녀석을 만난 건 다행스러운 일이다. 새 당번병은 모든 면에서 만능인 제국군인의 표상이다. 특히나 중국어에 소질이 뛰어난, 나를 위해 할 일이 많은 병사다.

"사람을 죽여본 적은 있나?"

당번병이 머리를 긁는다.

"탄창을 넉넉히 준비하여 10분 뒤 간부 주차장으로 내려와. 운이 좋다면 오늘 너의 사격 솜씨를 마음껏 발휘하게 해줄 것이다."

나는 미리 준비해둔 민간인 복장 두 벌을 가방에 처넣고 권총을 요대 속에 숨긴다. 부디 새로운 당번병은 시게오처럼 멍청이가 아니었으면 좋겠다. 적의 칼날 하나 피하지 못하고 제 허리의 권총조차 뽑지 못하는 무능한 당번병이라면, 기꺼이 죽음을 받아들이는 게 옳다. 시게오는 제 목숨을 버려 엉뚱한 적색분자의 목숨을 살렸다. 자신의 상관을 위태롭게 만들었으니 녀석은 살아났다 해도 헌병대 지하실에서 골병이 들도록 얻어맞았을 것이다.

모자를 벗고 부식차에 탑승한다. 부식 담당 장교에게 미리 차를 부탁해놓았다. 어디로 가는지 그는 묻지 않았다. 부식차는 식당으로 오르는 계단 밑에 키가 꽂힌 채 서 있었다. 식당 주방 쪽으로는 쥐새끼조차 보이지 않는다. 중국인 요리사는 어떻게 되었을까. 놈이 식당에 불을 지르려다가 헌병대 지하감옥에 수감되었다는 보고를 받은 바 있다. 어쩌면 고문을 받고 죽었을 수도 있다. 한심한 자식. 요리사는 어떤 경우에도 제가 헌신하던 주방을 태워서는 안 된다. 녀석이 살아 있다면 마지막 요리를 품평해줄 수도 있었을 텐데. 너의 어젯밤 요리로 말하자면…….

"사령관님 아니십니까? 어디로 가십니까?"

후문을 지키던 하사관이 묻는다.

"급히 황궁에 다녀올 일이 생겼다. 중사."

그가 고개를 갸웃한다.

"황제 일행은 어젯밤 떠났습니다."

"알고 있어. 중요한 문서를 직접 챙기러 가는 길이다. 그건, 우리 제국의 운명이 걸린 문건이야. 결코 적들에게 빼앗겨서는 안 되지."

그가 이번에는 고개를 끄덕인다.

"언제 돌아오십니까?"

그는 일지에 기록할 근거를 찾고 있다. 기록이 없다면 문책당할 것이다. 사령부를 탈출한 나를 방기한 죄로 총살에 처해질 수도 있다.

"한 시간⋯⋯."

나는 어서 차를 출발시키라며 당번병을 재촉한다. 그럼 다녀오십시오! 경례를 올려붙이는 하사관의 뒷모습이 자동차 유리에 애원하듯 매달린다. 그 뒤로, 거무죽죽한 형태의, 내 고향 구마모토의 천수각을 닮은 대본영 건물이 거인처럼 나를 내려다보고 있다. 나는 거울에서 눈을 떼지 않는다. 후면 거울 뒤로, 거대한 천수각은 점점 몸을 낮춰 아래로 쪼그라드는 중이다. 그 뒤를 마포를 두른 것 같은 황색의 하늘이 한 장의 깃발처럼 펄럭이고 있다. 거인은 이내 자취를 감춘다.

"어디로 갈까요?"

후문 쪽 도로엔 다행히 인적이 드물다.

"적당한 곳에 차를 세워."

당번병이 한적한 공터에 차를 멈춘다. 나는 끝내 녀석의 이름만은 묻지 않는다. 어차피 사라져갈 목숨이다. 이름을 알게 된다는 건 그만큼 업장을 짓는 일이기도 하다. 내 병사가 부디 시게오처럼 멍청하지 않기만을 바랄 뿐이다.

"얼른 갈아입어."

가방을 열어 민간인 옷을 꺼내 그에게 던진다.

"제국의 군인이라는 모든 증거를 여기 버리고 간다."

당번병이 옷을 갈아입으며 언뜻 묻는다.

"그다음에는 어디로 가시렵니까?"

"신경역."

"아."

녀석의 표정이 조금 밝아진다.

"곧 적들이 닥칠 것이다. 시간이 없다. 어서."

나는 당번병을 다시금 재촉한다. 역사 화물차고 한 귀퉁이에, 아직 떠나지 않은 나의 전용열차가 기다리고 있음을 아는 자는 오직 기관사 한 명뿐이다. 나는 돈을 많이 주겠다며 그를 아껴놓았다. 화물칸에는 결코 적들에게 넘겨줄 수 없는 제국의 문건들이 가득하다. 고로 나의 행위는 정당하다. 또한 어느 누구에게도 보여주고 싶지 않은 수많은 예술품들, 신경에서 지난 몇 년간 모아온 나의 수집품들이 차곡차곡 쌓여 있다. 적들이 역사로 밀려들기 전에, 화차에 불을 붙이고 경적을 울리며 나의 기차는 부산까지 쉬지 않고 내달릴 것이다.

역 주변은 아수라장이다. 많은 일본 민간인들이 기차를 타기 위해 끝없이 줄을 선 풍경이 눈에 들어온다. 사복으로 갈아입은 사내들, 군복을 그냥 입고 수십 명씩 무리 지어 불안한 눈동자를 굴리는 제국군인들, 험악한 표정으로 그들을 지켜보는 본토인들, 조선인, 몽골인, 각양각색의 사람들이 역 주변에 몰려 있지만 기차는 이미 오래전에 동이 났다. 남쪽으로 내려간 기차들이 다시 올라오지 않고 있기 때문이다. 아직까지 세력이 균형을 이루고 있어 무차별적인 폭동은 일어나지 않은 상황이지만, 소비에트 놈들이 신경에 닿는다면 상황은 완전히 달라질 것이다. 신경을 떠난 뒤, 본국에 열차 증편을 건의해야겠다.

역무원들도 거의 보이지 않는다. 선로도 거의 무법지대다. 누군가 마음만 먹는다면 선로를 끊는 일은 쉬워 보인다. 그전에 속히 무법자들 천지인 이곳을 떠나야 한다. 나는 운이 좋았다. 기관사가 약속을 지켜준다면 말이다. 황금 백 돈에 기관사를 매수했다. 중국인들은 황금에 약하다. 그는 목숨을 걸고라도 약속을 지킬 것이다. 예정대로라면 30분 뒤 나는 이곳을 뜨게 될 것이고 제국을 지키던 중요한 문서들은 조선으로 무사히 운반될 것이다. 심장의 움직임이 팔뚝을 타고 손끝으로 전해진다. 이 모든 것이 하나의 거대한 운명의 소용돌이라면, 지금 나의 운명은 가장 극적인 어느 순간 사이에 존재하고 있겠다. 먼 훗날 무사히 고향으로 돌아간다면 나는 이 순간의 감정에 대하여 보다 온전히 표현할 수 있을 것이다.

예상대로 중국인은 약속을 지켰다. 폐쇄된 것처럼 위장해놓은 보조 선로 쪽이다. 화물차로 올라가 나의 짐들을 확인한다. 나무 궤짝에 담긴 80개 가까운 짐들은 맡겨놓은 그대로다. 마지막으로 미륵이 든 상자를 열어본다. 미륵을 가져가지 못한다면 80개의 궤짝이 다 무슨 소용이란 말인가. 미륵은 얌전히 상자에 담겨 있다. 빠르게 뛰던 심장이 비로소 제자리를 찾는다. 모든 게 그대로다. 조용히 화구에 불을 붙인 뒤 빠른 속도로 역을 탈출하면 모든 게 끝이다. 기관사는 이런 일에 능숙한 자라고 들었다. 나는 아직 그에게 어떤 황금도 주지 않았다.

손을 뻗어 불상의 표면을 문질러본다. 표면이 문드러진다. 뒷다리의 힘이 빠져 나는 그대로 주저앉는다. 무언가 잘못되었다. 어떤 재앙의 조짐이 그 순간 내 온몸을 훑고 빙의된 혼처럼 빠져나가버린다. 도무지 믿을 수 없다. 어떻게 이런 일이 벌어질 수가? 부처의 표면을 거듭 문지르며 나는 머리를 궤짝에 찧는다. 불상은 석불처럼 교묘히 위장돼 있다. 나무로 모양을 똑같이 만들고 속을 비워 안에 쇠를 집어넣었다. 무게를 맞추기 위해서였겠지. 속았다. 나는 궤짝 속의 가짜 부처를 짓밟는다. 입구에서 상황을 지켜보던 당번병이 다가와 나를 일으켜 세운다.

"사령관님, 사령관님, 괜찮으십니까?"

녀석의 뺨을 후려친다.

"입 조심해. 여기선 나를 그렇게 부르면 안 돼."

권총을 빼들어 천장을 겨눈다.

"속았다. 주지 그 능구렁이 놈에게 속았어."

솜씨 좋은 장인이 똑같은 걸 만드느라 고생깨나 했다며 느글느글 웃던 주지가 떠오른다. 작업 시간이 너무 빨랐다는 걸 간과한 게 나의 가장 큰 실수다. 어떤 장인도 석불을 이렇게 단기간에 만들어낼 수는 없다. 손으로 표면을 한 번만 쓰다듬어보았다면 알아챌 수 있었던 비밀을 나는 놓치고 말았다. 도박이나 하는 가짜 중놈에게 철저히 농락당했다. 그날 내가 본 좌대의 부처는 처음 극락사에 갔을 때 보았던 그 부처였다. 그것을 믿지 못하고 주지의 세 치 혀에 속아버린 것이다. 엉터리 물상에 감히 천 년을 땅속에서 버텨온 부처의 본질을 투과해버리다니. 땅에 머리를 찍고 싶다. 주지의 몸을 조각조각 찢어버려도 분이 풀리지 않겠구나.

"너의 이름이 뭐였지?"

"나카무라, 상등병입니다."

"가자, 나카무라. 나가서 인력거든 오토바이든 끌어와."

녀석의 표정이 아까와 달리 초조해진다.

"어디로 가시게요?"

"극락사로 가야겠다. 한 시간이면 돼."

나카무라가 먼저 역사를 빠져나가는 동안, 나는 중국인 기관사에게 기다리라는 신호를 보낸다. 그가 손짓 발짓으로 얼마나 걸리는지 묻고 있다. 나는 손가락 두 개를 꼽아 보인다. 그가 알았다며 담배를 꺼내 입에 문다. 두 시간, 두 시간이면 족하다. 잃어버린 보물을 되찾고 구렁이의 심장에 총알을 박아넣기까지는.

밖으로 나오니 인력거 한 대가 기다리고 있다.

나는 고양이처럼 사납게 의자로 뛰어오른다.

"극락사! 최대한 빨리."

21

나는 첸이다. 직업은 요리사.

아버지를 광둥 제일의 요리사로 둔 덕에 어려서부터 이족과 광둥요리를 두루 익혔다. 만주로 온 이후에는 한때 일본인 식당에서 메밀 요리를 배웠고, 관동군 사령부 장교식당 주방에 머물던 때는 만주 여인을 통해 만족 전통 요리를 배우기도 했다. 그전에 광둥에 있을 때는 조선 처녀와 인연을 맺어 조선요리를 몇 가지 배웠다. 내 아버지처럼 감히 만 가지 요리를 모두 할 수 있다고 허풍을 떨진 못하겠지만, 웬만한 요리는 대부분 할 수 있다고 말하겠다. 나는 요리사가 직업이고 앞으로도 그럴 것이기 때문이다. 나의 두 손이 자유로워진다면 말이다.

나는 소금에 찌든 단무지처럼 축 늘어져 있다. 냉기가 올라오는 헌병대 지하감옥 가장 깊은 곳이다. 두 손이 뒤로 묶여 있어 일어설 수가 없다. 좌판의 물고기처럼 배를 양옆으로 밀어가며 앞으로 나아갈 순 있지만 곧 차가운 창살에 가로막힌다. 그나마 다행인 건 독방에 던져지며 의례적으로 몇 차례 주먹질과 발길질을 당한 것을 빼고 크게 다치지 않았다는 점이다. 아마 나의 적들도 정신이 없었겠지. 자신들을 죄어오는 더 큰 두려움 앞에서 장교식당 화덕 하나를 태워먹은 나 같은 극렬분자들은 얼마나 하찮고 귀찮은 존재일까.

정신을 차린 건 대략 두어 시간 전이다. 나를 둘러싼 건 쿰쿰한 어둠뿐이다. 나는 살아 있는 건지 죽은 건지 분간할 수 없었다. 나는 그 상태로 얼마간 어둠을 뚫어져라 응시해야만 했다. 시간이 흐를수록 시멘트 바닥에 밀착된 턱이 빠질 듯이 저려왔다. 짓이겨진 하관이 시멘트를 누르며 버티고 있었다. 차갑고 뜨거운, 인생의 진짜 맛이 올라왔다. 살아 있다는 기쁨과 언제 죽음이 닥칠지 모른다는 두려움 속에서 몸을 비척거렸다. 뒤로 묶인 손목은 이미 끊어진 듯 감각이 마비돼 있었다. 고통만큼 살아 있음을 확실하게 증거하는 것은 아무것도 없다. 비로소 나는 안도했다. 적들은 아마도 나를 쏘는 일을 잊어버렸을 것이다. 아니면 그럴 정신도 없이 흩어져버렸거나. 아니면 마지막 교전 과정에서 모두 죽어버린 거겠지.

이곳에 얼마나 버려져 있었는지 나는 모른다. 창자가 간절히 음식을 원하고 있다. 극한의 고통 속에서도 창자가 신호를 보내온다는 건 놀라운 일이다. 식욕은 성욕처럼 단순하지가 않다. 온몸으로 공허를 발산시킨다. 가엾은 상상이 주린 창자로부터 나를 구원해줄 수 있을까. 제일 먼저 떠오르는 음식은 취두부다. 곰팡이 핀 두부를 기름에 튀긴 다음날, 주방의 사병들은 코를 틀어막고 내 등짝을 후려쳤다. 그날 저녁, 오토조 사령관이 그 요리를 끝까지 먹어치웠는지는 알 수 없다. 시게오는 별말을 하지 않았고 나도 묻지 않았다. 지금 이 순간, 흰 쌀죽을 쑤어 한 사발 퍼놓고 썩은 냄새를 끌어안은 채 입안을 헹궈가며 취두부를 베어물 수 있다면.

아버지는 싱싱한 요리일수록 맛과는 거리가 멀다고 자주 얘기했다. 그것이 재료 본래의 맛을 간직할 순 있다지만, 요리란 재료 본래의 맛을 살려내는 행위가 아니라 다양한 재료에 소스를 입혀 새로운 맛을 창조해내는 일이라고. 그중에서도 첫 번째로 친 것이 발효시켜 썩힌 음식들이었다. 죽은 오리를 진흙 항아리에 넣어 6개월이나 썩힌 이족 요리를 배우던 날, 나는 아침에 먹은 음식을 죄다 토하고 말았다. 아버지는 그런 나를 비웃었다. 썩어가는 것들일수록 더 깊은 맛을 풍기지. 인생도 그렇다. 너의 무엇이 너를 간절하게 하느냐? 그것이 없다면 요리는 겉치레일 뿐이다.

몸을 굴려 천장으로 향한다. 적의 저항이 너무 강렬해서 해방군이 도시 외곽으로 밀려간 건 아닐까. 도시의 어둠 속으로 뿔뿔이 숨어 흩어진 나의 동지들은 무얼 하고 있을까. 적들의 학정이 심해지면서 동지들은 짚을 꽁꽁 두른 평범한 인력거꾼의 고무신 속으로,

야채를 파는 상점 주인의 뒷모습 속으로, 나무를 베는 벌채꾼의 굵은 팔뚝 속으로 하나둘씩 숨어들었다. 해방군이 닿기 전에 우리 손으로 도시를 탈환했으면 좋겠다. 우리들이 무기력하게 도시를 내어준 게 아니라고, 우리는 다만 각자의 영역에서 때를 기다려왔다고 말해주고 싶다. 입을 크게 벌리고 최대한 밝게 웃으며 해방군의 언어로 '즈드라스트부이쩨!(안녕하세요)' 하고 말해줄 수 있으면 좋겠다.

인기척이 들린 건 그로부터 두 시간쯤 더 지나서다.

아주 먼 곳으로부터 문들이 하나씩 열리는 소리가 구원처럼 다가왔다. 귀의 감각은 그것을 충분히 감지할 수 있다. 사내들은 모두 셋, 아니면 다섯, 제국의 군인들과 다른 체취, 다른 숨소리, 다른 발짝 소리다. 문이 열릴 때마다 억눌린 공포들이 새어 나온다. 죽은 자의 채취가 맡아지기도 한다. 공기는 빠르게 문과 문, 강철 창살을 타 넘으며 이쪽과 저쪽을 소통한다. 누군가에게는 공포였을지도 모를 발짝 소리들이 하나둘씩 깊이를 더해갈 때마다 나는 조금씩 빛 밖으로 꺼내어진다. 마침내 문이 열리고 불빛들이 쏟아진다. 누군가 중국어로 외친다.

"여기, 여기도 한 명 있다. 아직 살아 있어."

사령부 마당으로 옮겨지는 동안 눈에 안대가 채워진다. 밖으로 나오자 미지근한 햇살이 느껴진다. 사령부를 가득 채웠던 제국군인들의 목소리는 어디에서도 들을 수 없다. 신음 소리, 이쪽으로 오라는 외침, 기다리라는 말, 통곡 소리, 제 아들을 찾는 늙은 여자의 외침, 먼 곳에서 들려오는 소비에트 군인들의 방송, 조선인의 목소리, 만주국 청년의 비명, 온갖 소리들이 사령부 마당을 어지럽게 돌아다닌다. 당장에라도 안대를 벗어버리고 싶지만 곁에 선 사내들이 그것을 허용하지 않는다.

"나는 첸이오. 어, 떻게 된 겁니까?"

한 사내가 조금은 무뚝뚝하게 대답한다.

"다 끝났소. 제국군인들은 모두 도망쳤소."

"다다, 당신들은?"

"우린 비밀 자경단원들이오. 잠깐, 당신이 첸?"

사내가 나를 건물 안으로 안내한 뒤 천천히 안대를 벗겨냈다. 빛이 쏟아지는 가운데 턱수염이 덥수룩한 사내의 잔영이 고인다. 우리는 서로를 알아본다.

"자 자네, 혹시, 우 동지?"

"오, 이런. 첸이군, 아직 살아 있었네."

우리는 서로를 꼭 안는다.

나는 신경에 도착한 3개월 뒤 식당 주인의 이름을 빌려 우에게 전보를 넣었다. 광둥에서 적들의 감시가 극악으로 치닫던 무렵이었다. 신경에 정착한 우는 인력거꾼으로 생계를 유지하며 비밀리에 지하활동을 해왔다. 몇 차례 만나지 못했지만 서로가 무엇을 해야 하는지는 정확히 알고 있었다. 우는 한때 인력거꾼들을 조직적으로 재편하기 위해 '신경인력연합' 결성을 주도했다가 헌병대에 끌려가 6개월간 옥살이를 하기도 했다. 내가 사령부 주방으로 입성하기 직전의 일이었다.

"어어, 어떻게 된 거지? 밖의 일들, 말 좀 해줘."

그는 조급해하는 내게 물이 든 병을 내민다.

"자네야말로 어떻게 된 건가. 왜 이렇게 발음이 흩어지지?"

나는 끝이 일자로 잘린 혀를 보여준다.

"이런, 고문을 당한 게로군!"

우가 혀를 차며 주머니에서 담배를 꺼낸다.

"우리는 한 달 전부터 작전을 준비해왔네. 소비에트 동지들이 입성하는 시기에 맞춰 시내 곳곳에서 소요를 일으키기로. 어제는 대단했지. 2천 명이 넘는 동지들이 총을 든 2백 명의 무장 헌병들과 맞서서 한바탕 전쟁을 치르기도 했어. 우리는 헌병들을 서른 명도 넘게 죽이고 놈들이 도망가는 걸 지켜봤어. 이제 밖은 우리들 세상이야. 곧 새로운 조직이 생겨날 테니 첸, 네게도 할 일이 주어질 거야."

눈물이 뜨겁게 볼을 타고 흘러내린다.

"그, 그래, 이제 조, 좋은 세상이 와, 왔다."

물병을 비우고 나자 현기증이 느껴져 느티나무 그늘 아래 주저앉는다. 말은 그렇게 했지만 도무지 실감이 나지 않는다. 불과 며칠 전까지도 착검을 한 제국군인들이 바삐 오가던 이 차가운 건물 안 마당이 중국인과 조선인, 만주인들로 가득 뒤덮이다니.

"가세, 자네와 가서 뭘 좀 먹어야겠어."

우는 나를 사령부 뒷골목의 작은 식당으로 안내한다.

"국민당 전선이 빠르게 움직이고 있대. 놈들에게 절대로 주도권을 빼앗겨서는 안 되지. 그래서 당에서는 자네와 같은 젊은 투사들의 역할을 기대하고 있어."

두부를 으깨 넣은 밥과 술을 시키며 우가 말한다.

"구, 국민당이 움직인다고?"

또다시 전쟁이라니. 가슴이 무겁게 가라앉는다.

그렇지. 우리에겐 국민당이라는 아직 해결하지 못한 문제가 하나 더 남아 있었지. 어쩌면 제국군인들보다 더 골치 아픈 존재들이다. 그들은 부자를 인정하고 부패에 능하다. 1927년에서 1936년까지 중국 전역에서 우리는 같은 동포끼리 피를 보아왔다.* 두 번 다시 같은 전쟁이 되풀이되어서는 안 된다는 걸 우도 나도 뼈저리게 느끼고 있다. 하지만 불길한 예감은 어쩔 수가 없다. 이념이 다르다는 건 죽음을 의미한다.

"전쟁으로까진 가지 말아야겠지. 결국 주도권 싸움 아니겠어? 우

* 모택동이 이끄는 공산당과 장개석의 국민당 사이에 벌어졌던 1차 국공내전. 현대 중국에선 이를 해방전쟁이라고 부른다.

리를 지지하는 농민 세력이 훨씬 우세하니까, 자본주의자들의 지지를 받는 국민당 정권은 오래 버티지 못할 거야. 피의 대가 없이 완전한 혁명이 이루어지진 않겠지만."

"장, 장제스는 실, 실패한. 아니, 실패해야 해. 감히 우, 위대한 삼민주의*에 어설픈 반공 이데올로기를 덧입혀 백성들을 현혹하려 들다니."

내 말에 우는 전적으로 동감을 표시한다.

"그렇지. 자자, 한 잔 들고 대화를 이어가세. 마오를 위하여!"

"마, 마오를 위하여!"

두부밥 한 그릇을 뚝딱 비우자 기운이 불같이 솟는다.

"참, 으기, 웅기 선생의 소식이, 궁금하다."

우의 눈꼬리가 아래로 축 처진다.

"죽었다!"

"뭐, 죽, 죽었다고?"

나는 주먹을 불끈 쥔 채 자리에서 일어났다.

"왜? 누가!"

"말을 하자면 길다. 배신자가 있었는데 그 얘긴 나중에 들려주겠다. 어서 그릇을 비워라, 우린 정말로 할 일이 많다. 몸의 기력을 먼

---

* 쑨원(1866~1925)이 제창한 중국 근대 혁명과 건국의 기본 정치 이념. 민족, 민권, 민생의 세 개 항으로 이루어져 있다.

저 찾아야지."

응기 선생이 죽었다고? 배신자라고? 목구멍을 타고 올라오는 분노를 떨쳐낼 수가 없다. 이제 적들은 사라졌다. 나는 이제 나의 분노로 무엇이든 할 수 있게 되었다. 모두 되갚아줄 것이다. 적들도, 배신자도, 조국을 등진 자들은 살려둘 수 없다.

"이봐, 정신을 차리라고!"

안절부절못하는 나를 우가 다시 끌어 앉힌다. 그의 손길은 마치 생전의 응기 선생을 보는 듯하다. 응기 선생이라면 지금 내게 어떤 충고를 하겠는가. 침착하라. 그의 목소리가 가까이서 들려오는 것 같다. 그렇다. 아직 내게는 할 일이 남아 있다.

"이, 이봐. 우. 자네들이 사령부에 입성한 게, 언제인가?"

"오늘 새벽! 왜 그러지?"

"혹시 새, 새벽에 제국군인, 놈, 놈들을 보지 못했는가?"

"글쎄, 전부 민간인 옷을 입고 돌아다녀서 확실히 구분할 수는 없었지만 아침까지 눈치를 보며 사령부를 탈출한 인원이 적지 않았을 거야."

나는 술을 한 잔 더 따라 마신 뒤 몸을 일으킨다.

"개, 자식, 놈을 찾아야 해. 야, 야마다 오토조."

나는 아직 사령관과 나 사이에 해결하지 못한 문제가 남아 있음을 알고 있다. 그를 찾아야 한다. 우리에겐 아직 찾아 청산해야 할 빚이 남아 있기 때문이다.

"그자라면 벌써 신경을 빠져나갔을걸?"

"그래도 차, 찾아야 해. 우, 우리, 손으로 잡아서 재판정에 세우세. 역으로, 인원을 보내 놈을 수소문해주겠나? 병력이 남으면 그, 극락사로도 좀 보내고."

"극락사? 거긴 왜?"

"아직, 신경을 떠나지 않았다면 놈은 거, 거기에 있다."

우는 갑자기 영웅 행세를 하려는 내가 못마땅한 것 같다.

"그런 일이라면 이미 신경역을 이 잡듯이 뒤졌지. 아침에 출발하는 열차들도 남김없이 수색을 해서 제국인들의 물건을 전부 압수했을 테니 걱정 마."

"놈, 놈들의 수뇌부를 체포, 한 것도 아니잖아?"

우를 남겨놓고 식당을 나선다. 사람이 많아 인력거를 잡는 데 시간이 오래 걸린다. 겨우 늙은이가 모는 인력거 한 대를 잡아놓고 도로 식당으로 돌아온다. 주머니가 비어 있었기에 우에게 얼마간의 돈과 권총을 빌릴 생각이었다. 우는 주머니를 뒤져 만주국 지폐 몇 장을 손에 쥐여준다. 흔쾌히 자신의 권총도 빼준다. 탄환은 세 발이 들어 있다. 우에게 거듭 고맙다는 인사를 한 뒤 도로로 나선다.

"첸, 팔리보 128번지로 오게."

우가 임시 당사로 쓰이는 팔리보의 한 건물 번지를 알려주며 내일 그곳에 들르라고 소리 지른다. 나는 알았다며 손을 들어 보인다.

"극락사!"

우가 멀어진다. 나는 늙은 인력거꾼의 어깨 너머로 펼쳐지는 도로에 무심히 시선을 놓아둔다. 인력거 노인도 해방의 의미를 알고 있을까. 아닐 것이다. 무지한 백성들에게 해방이 다 무어란 말인가. 저 노인에겐 오늘 자신의 손에 쥐어질 몇 푼의 돈이 더 중요한 거겠지. 눈을 찌르는 햇볕을 가리며 입술을 물어뜯는다. 바람이 시원하다. 곧 가을이 닥치고 눈이 내릴 것이다. 남호에 늘어선 백양나무 숲이 떠오른다. 만주는 가을이 와야 비로소 만주다움을 느낄 수 있는 곳이다. 수많은 철새와 구름과 바람, 먼지의 낙원, 그러나 아직 나의 전쟁이 완전히 끝난 건 아니다.

40분쯤 지나 극락사에 닿는다. 인력거꾼에게 돈을 쥐여준 뒤 조심스럽게 주차장을 살핀다. 제국군인들이 쓰는 트럭 한 대가 주차돼 있다. 보닛을 만져보니 아직 열이 뜨겁다. 권총을 꺼내 사찰 경내를 겨눈다. 대웅전 쪽으로 발걸음을 옮겨가며 공기의 흐름에 집중한다. 사령관은 이곳에 왔을까. 나는 모른다. 다만 나는 공기의 흐름, 내 귀가 지시하는 방향, 내 잘린 혀의 감촉을 좇아왔을 뿐이다. 나는 부디 한때 내 귀한 요리 손님이던 그가 죽지 않고 살아 있기를 바란다.

한 발 한 발, 나는 법당으로 다가간다. 어디선가 구수한 냄새가 난다. 공양간 쪽이다. 푹 삶을수록 더 깊은 맛이 나는 통초이(空心菜, 공심채) 냄새다. 저 부엌 안에서는 조국이 해방되고 거리가 환희에 휩싸인 이 순간에도 여전히 저녁 찬을 만들고 있구나. 광둥이나 남쪽 지방에선 보통 통초이나 옹초이로 부르지만 내지로 들어갈수록 꾸와신사이라 부르는 저 산나물을 반찬 삼아. 아버지는 저 나물이 사골과 비슷한 데가 있다고 말한 적 있다. 고기를 먹지 못하는 절간의 중들일수록 통초이 맛에 취하면 삼시세끼를 그것으로 먹기도 한다고. 하지만 지금 생각해보니 아버지의 지적은 어폐가 있다. 통초이는 그 한자어에서 알 수 있듯, 줄기 속이 비어 있는 식물이다. 단단한 줄기가 아니라, 빈 공허만으로도 단단한 것들과 견주어지지 않는 맛을 선사한다.

아아, 그러나 나의 코는 틀렸다. 공양간 보살이 통초이를 삶고 있는 그 순간, 법당 주변은 여지구육제가 열리던 그날처럼 핏빛 지옥으로 물들어 있다. 나는 코를 킁킁거리며 앞으로 나아간다. 이래서는 안 되는 것이다. 피의 냄새라니, 신성한 사찰에 어울리지 않는 냄새다. 제국의 군인들조차 이곳에서만큼은 전쟁을 내려놓고 부처를 알현했을 공간이다. 죽음보다 삶이 더 흥해야 하는 곳에 누가 함부로 죽음의 벽화를 그려놓았는가. 그 희생자가 한때 천수각 식당의 단골손님이 아니기를. 그는 아직 죽어서는 안 된다. 그도 알고 있을 것이다. 나와의 내기가 아직 끝나지 않았음을.

부처는 법당 보대에서 끌어내려져 바닥에 정좌해 있다. 부처 가까이 마주앉아 뚫어져라 부처의 얼굴을 응시하는 사내가 있다. 사내는 손을 뻗어 정성껏 부처의 얼굴을 어루만진다. 사랑하는 여인의 몸을 다루듯 사내의 손길은 섬세하다. 그 뒤편, 손에 권총을 쥔 젊은 남자가 사내를 지키고 있다. 젊은 남자는 미동도 하지 않은 채 충견처럼 제 주인의 등만 쳐다본다. 법당으로 오르는 계단 주변엔 머리가 으깨져 형체를 알아볼 수 없게 된 비쩍 마른 시신 한 구가 나뒹굴고 있었다. 사찰의 승려인 듯 누런 법복을 입고 있다. 다른 중들은 어디로 갔는지 일체 기척이 없다.

나는 요대 깊이 총을 숨기고 헛기침을 한다. 법당을 지키던 젊은 이가 내게 총을 겨눈다. 나는 걱정 말라며 손짓으로 신호를 보낸다. 그는 장교식당 바닥에 묶여 있던 나를 알아본 것 같다. 조용히 하라며 손을 입으로 가져간다. 제 주인의 의식을 방해하지 말라는 뜻이겠지. 나는 사내가 속히 미몽에서 깨어나기를 기다린다. 사령관 역시 나를 의식하고 있는 게 분명하다. 그도 알고 있을 것이다. 시간을 더는 지체해선 안 된다는 것을. 포로로 잡힌다면 치욕 속에서 죽게 될지도 모른다. 제대로 정신이 박혀 있다면 돌부처 따위에 집착할 게 아니라 속히 신경을 떠나야 한다. 무색무취한 돌부처 따위로는 이 세상을 구원할 수 없다. 차라리 공양간의 통초이 냄새가 낫지.

생각이 거기에 미쳤을 때, 나는 요대의 권총을 꺼내 부처의 머리를 향한다. 두 발, 세 발, 파편이 튀고 돌덩이가 부서져 법당으로 와르르 쏟아진다. 보잘것없는 돌가루가 만다라 그림 아래 묵은 먼지를 피워 올린다. 젊은 부관이 당황해하며 총으로 나를 겨눈다. 나는 싸울 의사가 없다는 걸 보여주기 위해 총을 내려놓고 두 손을 머리

로 향한다. 부관이 방아쇠를 당기려는 순간 미동 없이 앉아 있던 사
내가 부관을 제지한다. 사내는 총탄에 부서진 부처의 일그러진 얼
굴을 매만지며 시간을 지체한다. 오랜 면벽 끝에 진귀한 깨달음을
얻은 승려처럼, 그의 눈동자엔 어떤 흔들림도 없다.

잠시 후 그가 손짓으로 부관을 불러 통역을 지시한다.

"체, 첸이구나. 지금, 껏 너를, 너를 기다렸다. 가까이 오라."

사내가 시인처럼 중얼거리는 걸 나는 조용히 내려다본다.

"그, 전에 먼저 묻자. 왜 나를 찾아, 왔지? 복, 수를 하러?"

나는 대답 대신 그를 딱한 눈으로 바라본다.

"너는, 너는 결코, 이해하지 못할 거야, 첸…… 내기가, 나와의 내
기가 끝났다고 생각하면 너는, 이미, 이미 진 것, 이다. 우리, 우리
는 아직 무엇도 끝내지 못했다…… 나는 여전히 너의 요리를 갈구
하고 너는 나에게 그걸 해 바칠 의무가 있, 있지. 내가 너의 손님으
로 한 말이다. 내가 너의 요리를 거부하지 않는 한, 나는 여전히 너
에게 주문을 넣으며 매일 너의 솜씨를 품평할 것이다…… 그러니
어서, 어서 그 둔하게 생긴 몸뚱이를 움직여 주인, 주인에게 따듯한
요리 한 접시를 내놓아라."

나의 손님은 힘겹게, 힘겹게 문장을 지어나간다.

"네, 네가 가장 잘할 수 있는 요리를 해봐…… 송이, 그 요리를 다
시 맛볼까? 절간의 중들을 내가 잘 아, 니까, 무엇이든, 재 재료를
내줄 것이다. 난 배가 고프거든. 넌 아직 무엇도 해내지 못했어. 나,

나는 어떤 요리에도 만족하지 않았으니까. 넌 이긴 게 아니라 지고 있었던 거, 라고. 알겠나? 가서 나를 이겨봐. 네 목숨을 걸고 내 혀를 넘어봐. 네가 신처럼 아끼는 도 도, 도마의 힘을 발휘해봐. 이 멍청이 자식."

사내가 내 뺨을 후려친다. 그의 눈에 눈물이 고여 있다.

"네가, 최 최고의 요리사라고? 제 손님의 미각 하나 만족시키지 못하면서 최고의 요리사라고? 나는 한번 맛있게 먹은 음식, 같은…… 간으로 요리하는 식당엔 두 번 다시 가지 않는다. 첫 요리의 기억에 실망을 얹기 싫어서다. 요리란 그런 것이다. 어떤 것도 첫맛을 넘어설 수는 없지. 오직 하나 내 어머니가 구워주는 분고, 규 그래 그 맛을 빼고. 그러니까 내가 너를 살려둔 건, 계속, ……해서 네 요리를 먹어준 건, 네 요리 솜씨에 반해서가 아니야. 네, 네 요리에 만족하지 못했기 때문이다. 알겠냐, 멍청이 자식."

짝, 나는 방금 받았던 뺨의 아픔을 되갚아준다. 감히 내 요리를 비웃다니. 혀를 잘린 치욕을 참아가며 정성껏 자신을 위해 음식을 만든 요리사의 명예를 더럽히다니. 너를 도저히 용서할 수 없다. 세 발의 총알은 부처가 아니라, 놈의 면상을 뭉개는 데 썼어야 한다. 요리사의 정성을 부정하는 나쁜 입, 자신에게 충성을 다한 요리의 모든 것을 한순간에 부정하려는 저 오만한 혀를.

"……지난 몇 달 어땠는지 아나? 넌 중구난방, 아무 요리나, 꺼내놓으며 짐승, 그래 짐승 같은 생명을 연장, 하는 데…… 만족했다.

그건 요리사의 자질이 아니지. 넌 패망하는 제국의 마지막을 지켜보아야 하는 내, 나의 고통을 조금도 이해하지 못했어. 나는 인간이 혀로 느낄 수 있는 맛이 아닌 고통의 맛을, 사랑했다…… 단맛, 신맛, 짠맛, 쓴맛, 감칠맛 따위가 아닌, 혀를 뚫고 혀를 째며 점막에 와 닿는 그 찢어지는 아픔을! 그건 혀로 느껴지는 맛이 아니라 온몸으로, 몸으로, 몸, 몸으로 느껴지는 맛이다. 첸, 혀만으로 모든 걸 느낄 수 있다고 판단했다면 너의 요리는, 틀…… 틀렸다. 저 부처도 마찬가지다. 내가 한갓 저따위 부처의 미에 도취된 듯 보이느냐? 나는 감춰진 얼굴을 그리워하고 있었다. 너 따위가 감히 상상할 수 없는 얼굴, 얼굴…… 넌 구원이란 이름으로 내 소중한 기억을 파괴한 배은망덕한 자다.”

나는 지금 이 사내의 말이 진심임을 안다.

“첸, 내가 왜, 왜, 너를 살려두었는지 아느냐?”

사내가 가까이 오라며 내게 손짓을 한다.

“그럼에도 나, 는 궁금했다…… 내가 그토록 찾아 헤매던 맛, 무너져가는 제국을 속절없이 지켜보며 고통 속에서, 하아, 목구멍으로…… 떠넘겨야 했던 맛, 왕국의 마지막 밤에 네가 해 올렸던 마지막 요리의 이름을 알, 알고 싶다. 그 어느 요리보다 괴롭고 역했던 그 요리의 이름이 무엇이냐?…… 그, 그 요리라면 내가 진심을 다해 해줄 말이 있지. 정말로, 난 정말로 품평할 준비가 돼, 있다.”

나는 요리사의 예를 갖추어 대답한다.

"그, 그, 것은 세상에 없, 는…… 요리입니다."

"뭐, 라고? 너, 너는 스스로 요리를 지어냈구나?"

나는 자세를 낮춘 채 입술을 손님의 귀로 가져간다.

"잊, 잊어버리기 전에 그, 그 맛에 대하여 듣고 싶습니다."

사령관이 꿈에서 막 깨어난 얼굴로 나를 쳐다본다.

"첸, 저, 정말로 맛에 대해 품, 품평을 듣, 고 싶은 거냐? 정말 몰라서 묻는 건가. 그 요리는…… 너의 마지막 요리는 내가 지, 금껏 먹어본 요리 중에서…… 그래 정말로, 제일, 제일 형편없는 것이었어. 정말이지…… 쓰레기 같았지. 하, 하지만 난 마지막 한 방울까지, 한 한 방울도 남김없이 먹어치웠다……! 진심을 다해서, 나, 나를 위해 요리한 요리사를 경외하며, 그, 그 요리를 먹어치웠다."

뭐라고? 진심을 다해서 먹었다고? 사내가 내 손을 악수하듯이 꼭 움켜쥔다. 불과 싸워온 내 손에 경외를 표하듯이. 고, 고맙다고 입술을 달싹여보지만 말이 제대로 나오지 않는다. 그렇다. 나의 혀는 진심을 다해 고맙다고 말하고 싶다. 심장을 떠난 뜨거운 피가 팔을 타고 흘러 내려와 맞잡은 사내의 손으로 흘러간다. 나는 여전히 말하고 싶다. 이제 우리의 내기는 끝이 났다고. 나는 무엇도 요리하지 않았고 당신은 무엇도 먹지 않았다. 우리는 다만 외로웠을 뿐이라고. 나는 요리를 했고 당신은 접시를 비웠다. 불과 싸우던 나의 시간도, 맵거나 짜거나 달콤하거나 시었을 온갖 요리의 맛들도, 우리를 아프게 했던, 시대가 만들어낸 순간의 고통일 뿐이라고. 한 접시의 요리가 깨끗이 비워지는 순간 우리는 비로소 증오로부터 자유로워질 수 있다고. 그 짧은 순간 나는 잘린 혀들이 말하는 소리를 듣는다.

"다, 끝났다. 나를 쏴라, 첸."

사내가 바닥으로 무너진다. 죽음을 받아들이겠다는 태도다.

잠시의 침묵, 자동차들이 연이어 주차장에 닿는 소리가 들린다. 우가 보낸 사람들일 것이다. 사내들의 발짝 소리와 고함이 뒤엉켜 경내가 분주해진다. 이제 저들은 또다시 피를 얻어 가겠구나. 정의를 위해, 세상을 구원하기 위해, 침략자들에게 복수하기 위해, 내 이웃의 원수를 갚고 기울어진 사방의 질서를 바로잡기 위해. 발짝 소리가 대웅전 마당까지 다가온다. 죽어 넘어진 승려의 시체가 눈에 걸린다. 피가 피를 부르기 전 나는 넋놓고 앉은 사내를 일으켜 세우며 법당 뒷문을 가리킨다.

"어서 저 뒤쪽으로!"

극락사 부엌으로 통하는 길이 그곳에 있다.

22

법당을 벗어나니 길은 공양간으로 이어진다.

수십 번도 더 절에 들렀지만 한 번도 가보지 않은 이곳, 중들이 돼지죽처럼 꾸역꾸역 욱여넣을 음식을 만드는 곳, 나는 공양간에서 만든 음식과 이 절의 살찐 중들을 경멸해왔다. 끓는 피를 어찌하지 못한 청년들이 전선으로 나가 목숨을 버릴 때, 절간의 중들은 매난 죽이 벽에 그려진 선방 하나씩을 독차지하고 앉아 염불을 외거나 까닭 없이 몸을 좌우로 흔들어가며 한자투성이 경전을 마치 그것이 세상을 구원할 유일무이한 게송이라도 되는 양 떠들어댔다. 2천 5백 년도 더 전에 죽은 사내의 이야기를, 그 이야기를 모방하여 온갖 군상들이 남겨놓은 객쩍은 기록들을 들추며.

잘못 본 것일까? 그러나 평생 들어갈 일이 없을 것 같은 저 누추한 구덩이 입구에 흰 저고리를 입은 길순이 창백한 손짓으로 나를 부르고 있다. 골목으로 달려나가 동네 꼬마들과 종일 벽돌치기를 하는 동생을 부르러 사립문 밖으로 나온 누이처럼 단정하고 정갈한 자태로, 담장 주변으로 피어난 나팔꽃 꽃술처럼 붉은 자줏빛 입술을 달싹이면서, 천천히 골목으로 기어가는 오후의 늙은 햇살, 느물거리며 돌아다니는 고양이의 하품, 평상 위에선 아침에 어머니가 얇게 잘라놓은 호박들이 꾸덕꾸덕 말라가듯이, 좀처럼 아무런 일도 벌어지지 않을 것 같은 그 평화로운 풍경 속에서.

"어서, 이쪽으로 와요, 모리."

길순이 거듭 손짓을 한다. 나는 정신을 차리고 뒤를 돌아본다. 햇살과 대각으로 어슷하게 늘어진, 대웅전 돌계단 아래 골통이 부서져 죽은 주지의 시신과 2백 보쯤 떨어진 주차장에서 들려오는 중국인들의 왁자지껄한 목소리. 대웅전 뒷문에 서서 내 등을 떠밀던 자세 그대로 굳어 있는 첸의 모습까지. 그리고 나비⋯⋯ 한 무리의 흰 나비 떼. 어디서 나타난 걸까. 봄도 아닌데 나비들이, 믿을 수 없이 많은 나비 떼가 경내를 에워싸며 사쿠라 꽃잎 날리듯 공양간 주변으로 몰려든다.

"어서 오라니까요, 이곳은 안전해요."

길순이 거듭해서 나를 부른다. 그녀의 등 뒤로 드리운 흰 그림자, 연하고 긴 팔과 손가락, 그녀의 손끝에 들린 투박한 질그릇과 그 위에 수북이 담긴 전병 몇 개. 그렇다. 언젠가 나는 저 목소리를 들은 적이 있다. 다섯 살, 혹은 여섯 살, 기억 속 어딘가에 처박혀 있던 얼굴. 꿈속에서조차 보여주지 않던 얼굴, 그 얼굴이, 그토록 고대하던 얼굴이 가까이서 나를 부르고 있다. 나는 그곳으로 뛰어간다.

"걱정 마요. 사내들은 부엌에 들어올 수 없어요."

길순이 빗장을 지르고 아궁이를 틀어막는다. 네, 네가…… 왜 여기 있지? 그러나 나는 물을 수 없다. 내 혀를 끊어내고 내 혀를 넘어서 밖으로 줄행랑을 놓아버렸던 여자다. 그녀가 어떤 연유로 죽지 않고 살아남아 이곳에 오게 되었는지, 겁에 질려 떠밀려온 나를 부엌 바닥에 앉힌 뒤 솥을 열어 뜨거운 밥을 푸고 화덕에 처음 보는 찌개를 끓이며 태연하게 상을 차리고 있는지, 나는 물어볼 수 없다. 지금 이 순간, 극락사 공양간으로 기어든 나는 더 이상 제국의 군주가 아닌, 한 사람의 손님이기 때문이다. 그러고 보니 나는 지금껏 저 여인의 요리를 맛보지 못했구나.

"정말, 나, 나를 위해 음식을 만들고 있었나?"

나는 밥이 담긴 질그릇을 두 손으로 받는다.

"아니, 당신을 위해서는 아니에요. 나는 단지 숨을 곳이 필요했어요. 노파를 도와 스님들에게 공양을 올려왔을 뿐이죠. 여기서 당신을 만난 건 우연이에요."

그녀가 나를 위해 요리하지 않았다는 사실에 안도한다. 그녀는 길을 잃은 사람에게 한 끼 밥을 차려주고 길을 알려주듯 무심하게 나를 대한다. 어떤 원한도 남아 있지 않다는 듯이. 아니, 원한 따위는 애초에 없었다는 듯이.

"나는 배, 배가 고프다. 하지만 냄새가 지독하군."

나는 코를 막으며 화덕 위에서 끓고 있는 국을 가리킨다. 노랗고 붉은 국물이 파닥파닥 끓어넘치며 특유의 눅눅한 맛을 한가득 풀어놓고 있다.

"이건 청국장이에요. 내 고향에서 즐겨 해먹던."

그녀는 국물이 든 뚝배기 질그릇을 화덕에서 빼내 조심스럽게 내 앞으로 들고 온다. 상 위에 내려놓은 뒤, 후후 김을 불어가며 수저를 넣어 몇 번 젓는다.

"청, 청국장이라고? 이건 수, 수프의 일종인가?"

"발효시킨 콩 요리예요. 오늘은 특별히 아주 귀한 걸 넣은걸요. 밥을 먼저 한 수저 떠넘긴 뒤 맛을 봐요. 배가 고플 땐 이만한 게 없어요."

시키는 대로 밥을 넘기자 그녀가 수저로 청국장을 떠 후후 불어가며 넣어준다. 미처 맛을 느낄 사이도 없이 나는 허겁지겁 국물을 흡입한다. 지독한 허기가, 바깥의 발짝 소리를 잊고도 남을 지독한 허기가 목구멍 아래서 음식을 달라고 아우성치는 것 같다. 혀에와 닿은 감각에 어떤 생각을 할 틈도 없이. 어떤 품평의 마음도 없이, 살기 위해, 오로지 허기를 달래기 위해 음식을 밀어넣는 무아의 순간. 혀가 아닌, 한껏 쪼그라든 위를 향해 나는 꾸역꾸역 수저질을 멈추지 않는다.

"그, 그런데 특별히 무얼, 무얼 넣었다고?"

길순이 젓가락으로 건더기 하나를 건져 올린다.

"버, 버섯 종류인가?"

그녀가 고개를 끄덕인다.

"전단나무에서 자라는 아주 귀한 버섯이에요."

"전, 단, 나무?"

"여길 봐요. 이 붉은색이 얼마나 처연하고 아름다운지. 마치 눈물처럼, 입술처럼, 피가 흐르는 심장처럼, 삶과 죽음을 막 건너온 듯한, 이승과 저승의 경계를 뚫고 지상으로 제 살점을 밀어올린, 구원의 또 다른 이름이죠. 아니, 부활이야. 고향 청진에서 나는 이 버섯을 종종 본 적이 있어요. 어머니의 손에 들려 있곤 하던 저 핏빛. 어머니는 버섯을 손질할 때마다 두 손을 벌벌 떨곤 했었죠."

나는 그 이유를 물어보려다가 그만둔다.

"오, 오래전에, 나는 이 절에서 좋은 송이가 난, 난다는 얘기를 들은 적이 있다. 요리사의 목, 목숨을 그 송이가 살린 적이 있지."

"송이는 11월이 되어야……."

"이, 이 버섯엔, 어 어떤 특별함이 있나?"

여자의 입술이 옴싹달싹 오르내린다.

"채취할 땐 붉은빛을 띠는데 기름에 볶으면 검은색과 흰색이 섞인 오묘한 빛을 띠죠. 버섯을 발견한 건 이 절의 거위들이에요. 주지가 죽은 뒤부터 거위들은 산신각 뒤편 전단나무 숲으로 들어가 이걸 파먹고 있었어요. 마침 저녁 반찬이 없어 고민을 하고 있었는데, 달콤한 공심채는 이 절의 주지들이 전부 먹어치워버린걸요…… 그들은 점심 한 끼 잘 차려먹고 이 소란이 일기 전에 죄다 절을 빠져나갔죠. 값나가는 걸 대부분 챙기고서…… 대체 무슨 일이 있었냐는 듯이."

그랬군. 진즉에 놈들을 쏴 죽였어야 하는데, 그 주지에 그 중들이었던 겐가. 세금만 축내는 버러지들…… 배가 부르자 잊었던 분노가 창자를 밀며 넘어온다. 다른 건 용서할 수 있지만, 남은 채소반찬까지 깡그리 먹어치운 중놈들의 식탐까지 용서할 수는 없다. 놈들을 찾아야 해. 헌병대 중좌 나오키는 대체 뭘 하고 있지? 시게오는? 그러고 보니 녀석은 꽤 오래전부터 보이지가 않네. 탈영해 북해로 돌아갔던가. 아니면 남호 근처 민가로 숨어들어 생선구이집이라도 열 계획을 꾸미고 있는가?

길순이 청국장 국물을 밥에 부어가며 비빈다.

"이 버섯은 두 가지 얼굴을 하고 있죠. 염증과 가려움을 가라앉히는 성분이 들어 있기 때문이에요. 어머니가 손을 떨었던 이유도 채취하는 장소에 따라 약용과 독성 두 가지로 갈리기 때문이에요. 전자는 사람을 살리고 후자는 사람을 죽이니까. 전단나무에서 채취한 버섯을 전단용(栴檀茸)이라 부르는데, 경전에 따르면 여든의 고타마 시타르타를 열반으로 인도한 것도 전단용이었대요."

길순의 목소리는 떨리듯, 그러나 단호하다.

"당신도 그래야 해요, 모리. 자신을 위해 정성껏 요리를 준비한 순타를 위해 독이 든 음식인 줄 알면서도 태연하게 한 끼의 공양을 맛있게 먹었던 부처처럼, 당신은 겁쟁이가 아니라는 사실을 내게 보여줘야 해요."

나는 짧게 탄식한다.

"목, 목숨을 건 요리는, 아니 한 끼 식사는 언제나 흥미롭다. 나, 나는 늘 이런 순, 순간을 고대해왔지. 점심 식사, 로 손색없는 한 끼였다."

그랬구나, 길순. 이 보잘것없는 재료가 삶과 죽음의 두 가지 빛깔을 애처롭게 머금고 있었다니. 그 선연한 경계 속에서 홀로 고독해하며 썩은 나뭇등걸에서 수만 년 동안 죽고 살아왔다는 사실을, 나는 마지막까지 우물우물 씹어 넘긴다. 저 밑바닥 어딘가에서 호흡이 가쁜 숨을 몰아쉬며 한 생명을 쓰러뜨리기 위해 일어서는 게 보인다. 혈관이 좁아지고 심장을 떠난 더운 피는 온몸으로 더욱 굳세게 혈류를 쏟아붓는다. 하지만 나는 성찬의 인사를 멈추지 말아야 하리라. 그것이 나를 위해 정성껏 요리한 요리사에 대한 예의다. 나는 굳어가는 입술을 달싹인다.

"수, 술이 한 잔 있으면 좋겠어…… 어, 어머니의 자장가 소리를 들으며 한숨 푹 자고 일어난다면, 정, 정말 좋겠는데. 그때쯤 이 지독한 전쟁이……."

길순이 일어나 등을 보인다. 흰 저고리, 단단한 등뼈. 눈이 부시다. 정말로 부시다. 한 마리 나비처럼, 그녀는 몸을 비비 틀어 숨겨 놓은 날개를 펼치고 있다. 한없이 가벼워져 공양간 밖으로 날아오르는…… 그건 수천만 마리의 나비 떼다. 수를 알 수 없는 나비 떼가 날개 소리를 요란하게 내며 부엌으로 쏟아져 들어온다. 흰 가루들이 꽃술처럼 부엌을 메운다. 한 마리, 두 마리, 나는 갑자기 부엌 문틈으로 쏟아져 들어온 나비의 수를 세는 데 정신이 팔린다. 작은 것은 밤알 크기부터 큰 것은 손바닥 넓이에 이르기까지 울긋불긋 각양각색으로 몸통과 날개를 치장한 수만 마리의 나비들을, 열 마리, 스무 마리, 백 스물다섯, 삼백 서른넷, 계속해서 나비의 숫자를 세고 있는데, 그리고 소리, 카고메 카고메 카고노나카노토리와 이쓰이쓰데야루(카고메, 카고메, 새장 속의 새는 언제언제 나오나)…… 어느 고운 여인이 부르는 노랫소리가, 공양간을 빠져나가 죽어 엎어져 이제는 해골이 된 채 꾸덕꾸덕 말라가고 있는 주지 덕천의 뼈대를 두드려대고 있었다.

아직도 나는 말하고 싶어.
내 혀가 기억하는 어떤 순간에 대하여.

귀한 약초를 망태 가득 캔 날이었어.
장에 간 아버지가 쇠고기와 부속물을 사 왔고
어머니는 아껴두었던 쌀을 꺼내 흰 쌀밥을 짓고
양념에 무친 쇠고기와 두부, 응고된 소 피를 넣어
시래기로 매운 국밥을 끓여냈지. 밥을 먹는 도중
오빠가 엉터리 일본어로 우스갯소리를 늘어놓아
모두가 배를 잡고 웃었던 기억이 나.
혀에 감기던 진득한 쌀밥과 된장, 고추장에 뒤섞여

입안에 머물던 쇠고기의 얼큰한 맛까지
기억에도 이름이 있다면 나는 그날의 풍경을
무엇이라 불러야 할까?

여전히 나는 말하고 싶어.
청진항에서 도보로 세 시간쯤 걸리던 골짜기 집에 대하여.
개울을 따라 드문드문 들어섰던 대여섯 가구의 너와집들
조상들이 화전을 일구던 터 위에 자리잡은 그 집 오른쪽엔
수수깡과 진흙으로 대충 발라 벽을 세운 탓에
바람이 그대로 들이치는 낡은 부엌이 하나 있었지.
축농증을 앓던 어머니는 소매로 콧물을 문대가며
하루 세 번, 아궁이에 불을 지피고
그럴 때마다 굴뚝에선 연기들이 허리를 숙인 채
하늘로 올라가 바람과 섞이곤 했어.

또한 나는 말하고 싶어.
이 불가해한 골목에 대하여.
모두가 취해 있지만 아무도 취하지 않은 척하는 세계
모두가 미쳐 있지만 아무도 미쳤다고 말하지 않는 세계
병자 같은 몰골로 거리를 헤매 다니는 사내들에 대하여.
저녁이 되면 거처로 돌아가 아직 죽지 않았음에 안도하며

두 다리를 뻗고 이불 속에 누워 과거를 그리워하는
그런 사내들이 아침이면 햇빛 속으로 기어 나오곤 하는
이 믿을 수 없는 세상에 대하여.

나는 이별하기 위해 청진을 떠난 게 아니었습니다.
돌아가기 위해 청진을 떠나온 거였죠.
이제 그 깊고 깊은 목구멍 속으로 들어갑니다.
사랑하는 사람들이 기다리는 그곳,
적당한 기쁨과 견딜 만한 슬픔이 함께하는 곳으로.
그곳에서 잔칫날처럼 한 상 벌여놓고 앉아
내 어여쁜 당신과 조근조근 밤을 두드려가며
이야기할 수 있으면 좋겠습니다.

그리하여 내 부드러운 혀를 움직여
뜨겁게 말하고 싶습니다.

또 다른 '칼과 혀'의 발견, 그리고 한국소설의 새로운 영토

아마도 『혼불』의 아우라 때문일 것이다. 현재 한국의 장편소설 공모 문학상 중 거의 유일하게 자기만의 고유한 색채를 유지하고 있는 혼불문학상의 기세가 이토록 대단한 것은. 2017년 제7회 혼불문학상의 열기는 가히 뜨거웠다. 우선 응모작이 많이 늘었다. 282 편. 더 결정적인 것은 응모작의 수준이었다. 가볍게 읽고 쉽게 밀쳐놓을 작품이 거의 없었다. 여기에 무엇보다 흥미로운 점은 그토록 많은 응모작 사이를 가로지르는 일종의 공통감각 같은 것이 감지된다는 것이었다. 전통이라는 거대한 뿌리 속에서 오늘날을 읽어내고 동시에 과거의 역사를 오늘날까지 면면히 계승되어온 통치성의 구조 속에서 맥락화하기. 그리고 그토록 견고하고 혹독한 통치성의 자장 안에서 결국 상처 입은 인간들끼리 화해할 길을 찾고 진정으로 모든 존재들을 자유롭게 할 공동체를 꿈꾸기. 이는 다름 아닌 『혼불』이 집요하게 천착해서 한국문학사에 그 의미를 드러낸 바로 그것이기도 하다. 특이하다고 할 수밖에 없을 듯하다. 『혼불』은 현재적 의미로 충만한 한국문학사의 한 정점이 되어 후대 작가들의 영감의 원천으로 작동하고 있고, 혼불문학상의 응모작들은 그 정신을 더욱 현대적으로 계승하며 각자의 문제의식을 예각화하고 있으니 말이다. 이렇게 혼불문학상은 어느덧 현재 시행되고 있는 공모문학상 중 가장 특색 있는, 그러니까 가장 이상적이고 모범적인 문학상으로 자리한 것은 물론 한국문학의 발전을 이끄는 중요한 축으로 작동하고 있다.

2017년 제7회 혼불문학상의 본심 경연에 초대된 작품은 모두 6편이었다. 6편 모두 분명한 자기 색채를 지니고 있었고 문제의식 또한 예리했다. '아! 한국문학이 아직 이런 문제를 다루지 않고 있었구나!' 할 만한 새로운 삶의 영역을 날카롭게 포착하는 한편 그것을 밀도 있게 포섭해내는 역량과 기량을 지니고 있었다. 6편 모두 본심의 무대에 오를 만한 일가를 이룬 작품들이었다. 하지만 당선작을 결정하는 데는 오랜 시간이 걸리지 않았다. 한 작품이 압도적이었기 때문이다. 그 한 작품이 저기서 홀로 빛나고 있었고 심사위원들은 그 작품을 그저 지목하면 되었다. 그걸로 심사는 끝이었다.

본심에 오른 작품 중『영원의 바람이 불어온다』는 '홍길동의 나라'를 꿈꾸었던 허균의 모험과 좌절을 그린 소설이었다. 허균의 효수된 목을 따라 사건이 전개되고 또 그 효수된 목이 초점화자가 되어 허균의 삶과 사상을 전달하는 대목이나 허균이 꿈꾸었던 '홍길동의 나라'에 여성의 자리가 없다는 지적은 흥미로운 설정이었고 예리한 통찰이었다. 하지만 소설 전체가 김동인의『젊은 그들』유의 시대극을 그대로 반복하고 있다는 느낌이 강했다. 소설적 필요에 따라 가상의 인물들을 통해 시대를 재구성하는 것은 역사소설의 불가피한 요소이기는 할 것이나 가상의 인물들이 실존 인물들을 압도할 경우 그것은 엄정한 역사를 자의적으로 전유하게 하는 결과를 낳게 된다.

『달과 바람과 용』역시 지나간 역사의 한 장면에서 현재적 의미로 충만한 메시아적 시간을 발견하려 한 소설이다. 이 소설은 민중을 위한 제왕이고자 했던 세종과 왜 민중이어야 하는가를 상징적으로 대변하는 장영실의 신분을 뛰어넘는 우정을 중심으로 중국이라는 제국으로부터 자유로운 또 다른 국가를 건립하고자 했던 세종의 모험과 성취, 그리고 좌절을 집중적으로 그려낸다. 하지만 이 소설 역시『영원의 바람이 불어온다』에서 맛본 아쉬움을 그대로 반복한다. 소설 전체의 질서와 무관한 무협지적 요소, 당대의 역사적 상황과 관련성이 떨어지는 가상인물들의 등장과 그들을 중심으로 펼쳐지는 멜로드라마적 사랑 이야기 등등. 일찍이 벤야민은「역사철학테제」에서 우리가 추구해야 할 메시아적 표지는 미래에 있는 것이 아니라 과거에 있다고 했다. 저기 저 먼 시대에 인류가 도달할 수 있는 인류 역사 최대의 풍경이 있었다는 것. 한데, 이후 공허하고 균질적인 시간을 역사적 발전이라 참칭한 제도들이 생겨나고 인류의 역사를 지배하면서 인류 최대의 풍경은 단절되고 오히려 기억의 저편으로 사라져버렸다는 것. 이런 관점에 선다면 과거는 우리가 도달해야 할 미래다. 아니, 우리는 과거 속에서 끊임없이 현재의 상징질서에 의해 은폐된 메시아적 표지를 찾아내고 그곳으로 호랑이처럼 도약해야 한다. 우리가 만나고 싶은 역사소설은 바로 이런 벤야민식 역사철학이 구현된 역사소설이다. 현재의 균질적인 시간 혹은 역사적 발전이라는 관념하에 은폐되고 억압된 과거의 메시아적 시간을 귀환시키는 한편, 그 시대의 역사적 사실들의 더미 속에서 그 사건이 왜 현재적인 맥락에서 메시아적 시간에 해당하는지를 설득력 있게 증명하는 소설. 하지만 아쉽게도 『영원의 바람이 불어온다』와 『달과 바람과 용』에서는 역사에 대한 치밀한 천착과 깊이 있는 현대적 해석을 찾아보기 힘들었다.

『지하강 앞에서』는 우리 사회의 은밀한, 그러나 치명적인 환부를 드러낸 소설이었다. 『지하강 앞에서』는 우리 안에 견고한 악으로 자리 잡은 우리식 오리엔탈리즘과 자본가적 셈법과 기억법 탓에 유령으로 떠도는 코피노 문제를 정면으로 다루고 있어 주목할 만했다. 이 소설은 경우에 따라서는 원초적 아비와 닮은 자들의 건잡을 수 없는 소유욕의 결과로 또 어떤 경우에는 한때의 열정적 사랑의 힘으로 탄생했으나 이제 우리에게는 호모 사케르적 존재에 불과한 코피노들이 우리의 상징질서에 의해 교묘하고 집요하게 은폐되어 있음을 차분하고 정교하게 보여준다. 『지하강 앞에서』는 추리소설적 기법을 구사한다. 코피노의 존재론적 기반이라는 것이 겹겹의 가림막을 열고 들어가야만 그 실체 혹은 실재를 확인할 수 있는 것이어서 이 추리소설적 기법은 코피노라는 존재를 드러내는 데 최고의 선택으로 작동한다. 해서 소설 말미에 소설 서두에서 발생한 사건의 범인과 원인이 밝혀지면서 동시에 끝없이 유예했던 코피노라는 존재들의 우울과 희망, 분노와 분노 속에서 승화시킨 윤리적 결단이 실체를 드러내는 순간은 읽은 이들을 울먹하게 한다. 이는 『지하강 앞에서』가 우리 시대가 안고 있는 증상과 그것을 넘어설 수 있는 처방에 대한 오랜 인내와 숙고의 산물임을 충분히 짐작하게 한다. 하지만 결말이 읽은 이들이 충분히 예측할 만한 그 수준에서 끝난다는 점, 그리고 등장인물들이 전혀 개성적이지 않고 지나치게 정형적이라는 점은 많이 아쉬웠다. 그것은 아무래도 코피노라는 우리의 상징질서에 의해 쓸모없는 실존으로 격하된 존재들을 귀환시키면서도 그 존재들에 의한 이해가 막연한 휴머니즘 수준에 머물고 있다는 점과 전혀 무관하다고 할 수 없기 때문이었다.

『한 사람의 아들』은 잘 짜인 성장소설이었다. '두 사람의 아들'이 아니라 '한 사람의 아들'이라고 표나게 내세운 제목에서 짐작할 수 있듯 편모슬하의 주인공을 둘러싼 흥미진진한 성장 이야기가 흥미로웠다. 특히 어머니의 새로운 연인들, 그러니까 새로운 아버지들이 등장할 때마다 전혀 새롭게 구성되는 가족로망스적 에피소드들이 흥미로웠으며, 성장소설의 내적 구조를 절묘하게 활용, 도발적인 사건들을 끌어오면서도 안정된 구조를 일관되게 유지하고 있다는 점도 높이 살 만했다. 하지만 이렇게 흥미로운 성장의 서사를 통해 인간 본성에 대한, 사회적 관계에 대한 또 다른 인식론적 지평을 열어가는 대신에 단순히 세태풍자에 그친 점은 무엇보다 아쉬웠다. 또한 기발하면서도 탄탄한 밀도를 잘 유지하던 전반부에 비해 후반부에 들어 이야기의 밀도도 사건들의 현실성도 급격하게 떨어진 점도 큰 아쉬움으로 다가왔다. 한국문학사 전반에 조금만 관심을 가진 이라면, 편모슬하의 성장담이야말로 한국소설이 새로운 단계에 진입할 때마다 시대적 변화의 징후를 앞서서 알린 바로 그 형식이며, 따라서 한국문학의 고유성을 대표할 만한 바로 그 형식임을 잘 알고 있다. 『한 사람의 아들』은 바로 그러한 형식을 이어받은 소설이었다. 그렇다면 『한 사람의 아들』은 그 형식의 단순한 반복이 아닌 차이를 만들어내고, 또한 이전의 성장소설이 일군 것 외에 또 다른 영역을 개척해야 비로소 그 의미를 인정받을 수 있을 터였다. 하지만 『한 사람의 아들』은 결국 그러한 차이를 만들어내지 못했고, 그래서 나름 완성도가 높았지만 아쉬운 소설로 남았다.

『회귀』는 '악의 탄생기' 혹은 '악의 연대기'라 할 만한 소설이었다. 한 무리의 젊은이들이 걷잡을 수 없는 충동을 이기지 못하고 악을 행한다. 하지만 이들은 이 악으로 인해 처벌받지도 반성하지도 않는다. 그리고, 아니, 그러자 서서히 악한 행동을 바라보고 즐기는 악한 존재, 악마가 되어간다. 이처럼 악의 탄생에 관한 만만치 않은 문제의식을 지닌 『회귀』는 또한 그것을 추리소설적 구성에 잘 녹여내기도 했다. 덧붙여 여러 전문 영역에 대한 깊이 있는 디테일과 실감 높은 묘사도 인상적이었다. 하지만 악으로 지목된 여러 등장인물이 최초의 사건 이후 거의 동일한 패턴의 삶을 밟아나가고 있어 한 번의 악이 왜, 어떤 계기에 의해 반복되며 또 어떤 계기에 의해 중단되는가 하는 악한 행동과 죄책감 등에 대한 성찰의 가능성을 스스로가 차단하고 있는 대목은 못내 아쉬웠다. 또한 등장인물들이 점점 더 악무한적인 악에 빠져드는 심리적 과정이나 내적 필연성이 치밀하지 않다는 점도 '악의 탄생기'라는 작품의 의도를 충분히 살리지 못하는 결과를 낳고 말았다. '운동의 총체성'이 아닌 '과정의 총체성'을 구현하려는 차분함과 정교함이 보완되면 좋겠다 싶었다.

예심부터 본심에 이르는 동안 심사위원 모두를 한껏 들뜨게 하며 2017년 제7회 혼불문학상 당선작으로 결정된 『칼과 혀』는 오늘날까지의 한국문학사의 어떤 결여 혹은 빈틈을 뒤늦게 확인하게 하는 단연 이채롭고 낯선 소설이었다.

『칼과 혀』는 특이하게도 그리고 과감하게도 만주국, 그것도 패망 직전의 만주국을 배경으로 설정한다. 최근의 집중적인 연구를 통해 서서히 실체가 밝혀지고 있는 만주국은 저 오랜 기간 동안 이어져 내려오던 동아시아의 역사가 제국 일본의 전도된 오리엔탈리즘식 야욕과 칼의 힘에 의해 일순간 멈추고 전혀 새로운 힘의 배치에 의해 급조된, 그러나 그것마저 오래지 않아 곧 스러져버린 신기루 같은 나라였다. 한마디로 만주국은 기묘하게 얽히든 한중일 역사의 중대한 접점에 해당하는 곳이다. 상상 속의 역사를 물리적 힘에 의해 곧바로 현실로 구성하고자 했던 이 상상의 공동체 만주국에서는 이전의 역사에서 볼 수 없었던 새로운 지배/피지배 관계가 이중 삼중으로 형성되고 오랜 기간 이어져온 각국의 문화가 서로 뒤엉켜 혼란스럽게 공존했다. 말하자면 만주국은 한중일의 역사와 문화가 불공평하고 편파적인 힘에 의해 뒤엉키고 들끓었던 혼종과 혼용의 용광로 혹은 역사의 실험실 같은 곳이었던 셈이다. 하지만 만주국의 역사는 만주국을 상상하고 실현한 일본 제국이라는 불공정하고 편파적인 권력 때문에 서로 다른 문화가 평화적으로 공존하거나 보다 발전된 새로운 문화를 만들어내기보다는 각 민족 사이의 생존과 자존을 지키기 위한 처절한 힘겨루기가 일상적으로 벌어지는 공간이 된다. 결국 이 만주국이라는 역사적 실험은 말과는 달리 한중일 사이의 공존가능성을 넓히는 데 기여하기보다 서로가 서로를 증오하고 복수심에 불타게 하는 또 다른 갈등의 진원지로 마무리된다. 『칼과 혀』는 과감하고 도발적이게도 이 신기루 같은 나라인 만주국이 배경이다. 각기 세 나라를 대변하는 세 명의 주인공이자 작중 화자를 등장시켜 만주국에서 벌어졌던 한국인, 중국인, 일본인 간의 생존과 자존, 그리고 자국의 문화적 위엄을 지키기 위한 처절한 쟁투를 그려낸다. 작품의 초반부는 한중일 세 나라의 그 오랜 역사 전체를 폭력적으로 전도시켜 일본 중심의 새로운 세계를 건설하는 일본인들과 그들에 처절하게 맞서 자신의 생존과 역사를 지켜내려는 조선인과 중국인의 이합집산이 실감나게 펼쳐지며, 작품의 후반부로 가면 이것이 결국 서로에 대한 증오와 복수심으로 치닫는 과정으로 밀도 있게 제시된다(이 실감과 밀도는 전적으로 역사와 문화를 달리하는 세 명의 작중화자를 통해 전달되는 각국 역사와 문화에 대한 깊이 있는 해석과 포폄(褒貶)에서 기원하는 바, 이는 『칼과 혀』의 작가가 한중일 세 나라 역사, 그리고 만주국에 대한 폭넓고 깊이 있는 역사지리지를 구축하고 있을 뿐 아니라 그것을 나름의 역사철학에 의거해 맥락화하고 있다는 것을 의미하는 것이기도 하다). 『칼과 혀』는 만주국의 역사 중 특히 한중일 3국의 역사를 강제적으로, 그리고 폭력적으로 접합시켰던 누빔점, 일본 제국이 패배하는 순간을 집중적으로 무대화하는데, 이는 이 소설의 극적인 효과를 높일 뿐 아니라 이 소설 자체를 더욱 이채롭게 하는 또 하나의 요소로 작동한다. 일본이 패배하고 이들에 의해 억눌렸던 조선, 중국(인)이 그 억압으로부터 해방되는 시기, 그래서 기묘하게 뒤엉켰던 한중일 세 나라 민중들이 또다시 이전의 역사상으로 귀환하는 시점에 초점을 맞춘다. 그 과정에서 일본 제국이 폭력적으로 구성한 상상의 역사상이 얼마나 자의적이었는지, 그 자의적인 역사를 객관적인 것처럼 유지하기 위해 일본 제국이 얼마나 무자비한 폭력을 행사했는지, 객관적이지 않은 것을 객관적으로 만들기 위해 동원된 폭력이 한중일 세 나라의 민중을 어떻게 오로지 적대적인 관계로 대립하게 만들었는지를 효율적으로 형상화한다. 한마디로 『칼과 혀』는 한중일의 역사가 교차하는 일제 패망 직전의 만주국을 소설의 무대로 설정하면서 한중일 3개국이 왜, 어떻게 갈등하게 되었는지, 그리고 그 갈등을 넘어서서 공존을 이루려면 어떤 역사철학이 필요한지를 설득력 있게 제시한다.

그런데 『칼과 혀』가 더욱 이채로운 것은 한국, 중국(만주), 일본의 인정투쟁을 다루면서도 정치 투쟁 외에 취향(맛)을 둘러싼 요리 투쟁을 하나 더 외삽시켰다는 것이다. 그러니까 『칼과 혀』의 '칼'과 '혀'는 정확하게 이중적이다. 한편으로는 정치적인 힘을 상징하고 그것을 담론화하는 '칼과 혀'이기도 하지만 동시에 정치적인 힘과는 무관한 혹은 이질적인 '맛'의 영역에 속하는 '칼과 혀'이기도 하다. 『칼과 혀』의 인물들은 모두 이 두 개의 '칼과 혀'와 밀착된 삶을 산다. 민족 간의 인정투쟁을 놓고 목숨을 걸고 겨루는 '칼과 혀'의 소유자들이기도 하지만, 각자의 내밀하고도 고유한 추억과 기억에 따라 형성된 맛을 내고 맛을 보는 '칼과 혀'의 소유자들이기도 하다. 그 결과 『칼과 혀』의 인물들은 각기 이 두 개의 '칼과 혀' 사이에서 갈등한다. 뿐만 아니라 한중일 사이의 (인정)투쟁의 무기인 '칼과 혀'로 인해 서로가 서로를 죽이고 혀를 끊어내지만, 각 개인의 내밀한 추억의 상징물인 또 다른 '칼과 혀' 때문에 서로를 이해하고 위무하며 우정을 쌓기도 한다. 『칼과 혀』는 이러한 이중적인 의미를 지닌 '칼과 혀' 덕분에 한중일 국가 사이의 대문자 역사, 그러니까 증오의 역사를 다루면서도 다른 한편으로는 한중일의 개별적인 존재들끼리의 소문자의 역사, 그러니까 모두 동일하게 추억의 맛을 지닌 존재들의 공존 가능성의 역사를 모두 포괄하고 있다.

이렇듯 『칼과 혀』는 이중적인 '칼과 혀'를 통해 한중일의 증오의 역사를 비판적으로 총괄하는 한편 한중일 민중 사이의 소통 가능성을 은밀하게, 그러나 위대하게 제시한다. 한국소설사에서 한중일의 역사적 대립과 갈등을 넘어 세 나라 간의 공존가능성을 타진한, 그리고 그것을 높은 예술적 경지로 끌어올린 경우는 그 유례를 찾아보기 힘들거니와, 그런 점에서 보자면 『칼과 혀』는 이전에는 보기 힘들었던 도발적이고 혁신적인 소설임에 틀림없다. 좀 더 과감하게 말하면 지구가 하나의 공동체가 된 이 지구시대에 걸맞은 소설적 모험이며 동시에 한국소설 전반이 드디어 지구시대라는 새로운 영토에 들어섰음을 알려주는 표지다.

2017년 제7회 혼불문학상의 경연은 이렇게 한국문학이 또 다른 영토에 진입했음을 알려주는 『칼과 혀』를 흔쾌하게 만난 것으로 끝

이 났다. 그래서일 것이다. 벌써부터 내년의 혼불문학상의 경연이
기다려지는 것은.

심사위원: 문순태(심사위원장)
김양호, 류보선, 이경자, 이병천
(대표집필: 문학평론가 류보선)

『칼과 혀』는 잠시도 눈을 뗄 수 없을 만큼 흡인력이 강한 소설이다. 만주 신경(新京, 현 장춘)에 주둔하고 있는 관동군 사령부를 무대로 일본 패전까지 전개되는 70여 년 전 이야기지만 시대적으로 전혀 거리감을 느낄 수 없다. 그것은 광둥요리와 모리 사령관 독살 계획이 중심 줄거리를 이루고 있기 때문이다.

눈길을 끈 것은 독창적인 인물 창조다. 요리와 미륵불상에 관심이 많은 모리 사령관과 광둥요리사 첸, 청진이 고향으로 위안부가 되었다 풀려나 첸의 아내가 된 길순은 잘 만들어진 인물이다. 특히 이 소설의 장점은 도마, 혀, 칼의 알레고리를 중심으로 주제를 강하게 드러내고 있다는 데 있다. 문체가 정밀하고 구성이 탄탄하며 소설 미학이 무엇인가를 여실히 보여주는 매우 뛰어난 작품이다.

_문순태(소설가)

중국인 요리사 첸과 관동군 사령관 모리, 조선 여인 길순, 세 사람의 시점으로 쓴 『칼과 혀』는 일제의 군국주의를 비판하는 형식을 취하면서 내적으론 미의 본질, 나아가서는 인간의 본질에 대한 질문을 동시에 던지고 있는, 가벼우면서도 무거운 수작이다.

일제 말 만주국을 배경으로 삼은 이 소설은 치밀한 자료조사를 바탕으로 생생하게 살아 움직이는 캐릭터를 형상화해 웅장한 스케일의 사건들을 파란만장하게 펼쳐 보인다.

천상의 향기가 풍기는 듯 연이어 식탁 위에 오르는 생생한 요리들의 묘사가 기막히며, 이런 발군의 묘사에 맛깔스러운 대화와 원숙하고 깔끔한 문장, 치밀한 구성이 뒤섞여 군침이 저절로 흐르게 만든다.

_**김양호**(소설가, 숭의여자대학교 교수)

응모된 원고 상태로『칼과 혀』를 읽는 내내, 거의 신기하단 느낌을 지닌 채 빨려 들었다. 이야기를 역사의 물줄기 속에서 밀고 나가는 박력도 대단했고 인물 각각이 지닌 개성을 형상화하는 능력도 탁월해서 읽는 내내 등장인물들이 곁에 있는 듯 생생했다. 소설가에겐 작품에 대한 취재도 능력의 하나이지만 그 모든 것들을 주제에서 벗어나지 않게 적절히 버무리고, 그 작업과정에서 진정성을 놓치지 않는 건 거의 천부적 자질이 없이는 불가능한 부분이다. 문학적 묘사와 문체로 형상화한 작가의 능력과 노고에 대해, 동업자이되 독자인 사람으로서 갈채를 보낸다.

_**이경자**(소설가)

세상에서 가장 무심하고 냉정한 칼과 가장 부드럽고 다감한 혀가 실낱같은 외길 위에서 만난다. 칼은 혀를 일거에 베어버리려 춤추고 혀는 혀대로 칼을 녹여내려고 뜨겁게 자신을 가열시킨다.

2차 대전 말기, 중국 만주 일대를 배경으로 한중일 세 나라 등장인물의 대결 구도가 이렇듯 날카롭고도 위태하기 짝이 없다. 읽는 독자들 또한 마땅히 그러하리라. 베이거나 혹은 녹아내리거나…….

_**이병천**(소설가)

스토리를 처음 떠올린 것은 3년 전, 5월의 어느 날이다.

아마도 월요일이었고 봄이었고 저녁이었다. 나는 초저녁부터 줄 곧 호수공원 한 귀퉁이에 앉아 30만 제곱미터나 된다는 물결과 그 주변에 심긴 침엽수들을 정신없이 바라보며 무아에 빠져 있었다. 등 뒤로 지나치는 사람들은 깔깔거리며 웃었고 밤의 새는 가끔 물 결 위에 앉았다가 어둠과 섞였고 맥주를 많이 마신 누군가는 고래 고래 소리를 질렀다. 누군가는 폭죽을 터뜨렸고 누군가는 지킬 수 없는 약속들을 주고받았고 또 누군가는 누군가를 비난하며 낄낄거 렸고 어느 벤치에서 혼자 앉아 숨죽여 우는 여인을 본 것도 같다.

어둠과 그 모든 애증들이 하나로 뒤섞이고 별들이 드문드문 호 수 속으로 처박힐 때, 돌연 이 스토리가 지나갔다. 왜 하필 만주였

는지, 요리였는지, 세 사람의 목소리를 모두 살려내고 싶었는지는
잘 모르겠다. 어쩌면 즐겨 읽던 백석의 시구가 영향을 끼쳤는지도
모른다. 호수를 쳐다보며 앉아 있던 어느 한순간, 나는 "산절의 마
당귀에 여인의 머리오리가 눈물방울과 같이 떨어진 날이 있었다"
같은 문장을 중얼거려보기도 했으니까. 아니, 어쩌면 그해 봄이 되
기 전에 교양 삼아 읽었던 『동아시아의 민족이산과 도시』『기억 속
의 만주국』『미식 예찬』『악마의 정원에서』〈만선일보〉 같은 책과
신문의 아우라가 복합적으로 만들어낸 연상작용이었는지도 모르
겠다.

그날 밤, 나는 집으로 돌아와 새벽을 버티며 이 소설의 뼈대가
될 수 있는 몇몇 장면들을 흰 A4 용지에 쌀알처럼 적어나갔다. 새
벽 4시, 교회에 가기 위해 서두르는 이웃들의 발짝 소리를 들었고
쓰레기차 특유의 소음과 냄새를 창문으로 듣거나 맡았고 새벽 6시,
벽돌을 3층으로 져나르기 위해 이웃 빌라 건설 현장에 나온 인부들
이 땀을 흘려가며 철제 계단을 따라 오르락내리락 하는 걸 지켜보
았다. 그러면서 이 소설을 포기하지 말고 끝까지 써보자고 스스로
에게 주문을 넣었던 것 같다.

이 소설에 등장하는 여러 인물 중 모리(야마다 오토조)는 실존인
물이다. 마지막 관동군 사령관으로 역사에 기록된 그는 전쟁을 좋
아하지 않는 겁쟁이였다고 한다. 역설적이게도 이런 실화가 내게

는 소설적 영감을 불러일으켰다. 나는 때때로 오토조가 되어 생각했다. 나에게 백만의 관동군이 있다. 본토엔 원자폭탄이 떨어지고 황제가 항복했다. 150만 이상의 소련군이 국경을 넘어오고 그 모든 장면은 꿈처럼 아침마다 의식을 뒤흔든다. 지금 당장, 내가 할 수 있는 일은 무엇일까? 아주 천천히, 부관이 가져온 아침식사를 들며 다음 할 일을 생각해보지 않을까?

그럼에도 불구하고 부족함이 많았던 작품입니다. 부족함보다 가능성을 더 높게 보아주신 예심 본심 심사위원 선생님들, 인쇄되어 나오기 직전까지 빈틈을 보완하기 위해 고민을 해주신 편집자님들께 고맙다는 인사를 전합니다. 애써주신 혼불기념사업회와 최명희 문학관, 전주 MBC 관계자 분들께도 감사를 드립니다. 그 모든 수고로움과 애정을 기억하며, 다음 작품, 그다음 작품으로 보폭을 넓혀가겠습니다.

그리고 '달이.'
고운 너의 이름을 여기, 새긴다.

2017년 9월
권정현

초판 1쇄 인쇄 2017년 9월 22일
초판 4쇄 발행 2019년 10월 1일

지은이 권정현
펴낸이 김선식

경영총괄 김은영
콘텐츠개발6팀장 백상웅 **콘텐츠개발6팀** 임경섭, 박수연, 최지인
마케팅본부 이주화, 정명찬, 권장규, 최혜령, 이고은, 허지호, 김은지, 박태준, 박지수, 배시영, 기명리
저작권팀 한승빈, 이시은
경영관리본부 허대우, 임해랑, 윤이경, 김민아, 권송이, 김재경, 최완규, 손영은, 김지영
디자인 문성미

펴낸곳 다산북스 **출판등록** 2005년 12월 23일 제313-2005-00277호
주소 경기도 파주시 회동길 357 3층
대표전화 02-704-1724 **팩스** 02-703-2219 **이메일** dasanbooks@dasanbooks.com
홈페이지 www.dasanbooks.com **블로그** blog.naver.com/dasan_books
종이 (주)한솔피앤에스 **인쇄 · 제본** (주)갑우문화사
ISBN 979-11-306-1431-1 (03810)